雨花忠魂

雨花英烈系列纪实文学

英雄史诗

袁国平烈士传

浦玉生 著

江苏凤凰文艺出版社
JIANGSU PHOENIX LITERATURE AND ART PUBLISHING

图书在版编目（CIP）数据

英雄史诗：袁国平烈士传 / 浦玉生著 . -- 南京：江苏凤凰文艺出版社，2020.12
（雨花忠魂：雨花英烈系列纪实文学）
ISBN 978-7-5594-2912-4

Ⅰ . ①英… Ⅱ . ①浦… Ⅲ . ①纪实文学 – 中国 – 当代Ⅳ . ① I25

中国版本图书馆 CIP 数据核字 (2018) 第 213248 号

英雄史诗：袁国平烈士传

浦玉生 著

出版人　张在健
责任编辑　傅一岑
封面设计　马海云
责任印制　刘　巍
出版发行　江苏凤凰文艺出版社
南京市中央路 165 号，邮编：210009
网　　址　http://www.jswenyi.com
印　　刷　三河市华东印刷有限公司
开　　本　880 毫米 ×1230 毫米　1/32
印　　张　8.5
字　　数　226 千字
版　　次　2020 年 12 月第 1 版
印　　次　2021 年 4 月第 2 次印刷
书　　号　ISBN 978-7-5594-2912-4
定　　价　35.00 元

“雨花忠魂·雨花英烈系列纪实文学”丛书编委会名单

万里长空且为忠魂舞

中共江苏省委书记　娄勤俭

天地英雄气，千秋尚凛然。雨花台，这片深深浸染着英烈鲜血的山岗，曾见证了几代仁人志士信仰至上、慨然担当的英雄壮举，也铭记着无数革命先烈舍身为民、矢志兴邦的不朽事迹。在这里，彪炳日月、名垂青史的革命烈士就有1519人；也是在这里，还有更多鲜为人知的英烈故事，无法铭刻于碑文，没有见诸史册，像一粒粒晶莹的雨花石，深埋在雨花台殷红的泥土里。理想之光不灭，信念之光不灭。英烈们的背影虽然早已远逝，但他们的集体“影像”已定格在永恒的瞬间，那就是义无反顾、慷慨赴死，前赴后继、为国捐躯，用热血和生命铸就了信仰丰碑，在血与火的洗礼中撑起了民族脊梁，谱写出一部又一部壮怀激烈、气吞山河的“英雄交响曲”。

英雄是旗帜，革命英雄是民族的共同记忆。习近平总书记指出：“对中华民族的英雄，要心怀崇敬，浓墨重彩记录英雄、塑造英雄，让英雄在文艺作品中得到传扬，引导人民树立正确的历史观、民族观、国家观、文化观。”为缅怀英烈伟绩、弘扬崇高风范，培育和践行社会主义核心价值观，培养爱国主义、集体主义精神和社会主义道德风尚，江苏省委宣传部、江苏省作家协会组织创作了《雨花忠魂·雨花英烈系列纪实文学》丛书，以文字、文学、文化的形式，讲述英烈的感人故事，表现英烈的高尚情操，诠释英烈的不朽精神。这一个个闪亮耀眼的名字，如同一座座高耸入云的丰碑，始终矗立在一代代共产党人的灵魂深处。这套丛书，为更好地传承弘扬“雨花英烈精神”提供了生动教材，也为教育党员干部走进历史、追寻英烈，激励党员干部不忘初心、牢记使命，永葆革命本色提供了精神之“钙”。

英烈风骨犹存、感召后人；历史启迪心灵、照亮未来。牺牲在雨花台的我党早期领导人恽代英曾说：“我们吃尽苦中苦，而我们的后一代则可以享到福中福。为了最崇高的理想——共产主义，我们是舍得付出一切代价的。”可以告慰雨花英烈的是，经过七十余年的不懈奋斗，近代以后久经磨难的中华民族，迎来了从站起来、富起来到强起来的伟大飞跃，一幅国家富强、人民幸福、民族复兴的壮美图景正在祖国大地上全面展开。

与伟大祖国历史进程同步伐，江苏发展站到了新的起点上。深入贯彻习近平新时代中国特色社会主义思想，努力把习近平总书记为我们描绘的“强富美高”新江苏蓝图化为美好现实，推动高质量发展走在前列，迫切需要我们传承红色基因，用好红色资源，学习雨花英烈的崇高理想信念、高尚道德情操和为民牺牲的大无畏精神，不忘初心，砥砺前行。我们缅怀革命先烈，就要从前辈先贤身上汲取养分和力量，让他们曾经的牺牲和付出，成为今天前进的动力源泉，砥砺我们以永不懈怠的精神状态推进改革再深入、实践再创新、工作再抓实；我们讴歌革命先烈，就要用“雨花英烈精神”，激励全省人民更加主动担当新使命，意气风发创造新未来，不断开辟新时代中国特色社会主义在江苏实践的新境界。这，正是我们对革命先烈最好的礼敬与告慰。

沧海横流，英雄显本色；落花如雨，正气贯长虹。“万里长空且为忠魂舞”，“雨花英烈精神”必将长留在时光的长河和人民的记忆中。

是为序。

目 录

引子

每个人都有自己的童年和少年时光。袁国平烈士牺牲后，留给他的独子袁振威的童年和少年多是辛酸和痛苦的回忆。

我1939年5月出生在皖南泾县中村，小名浣郎。父母忙于抗日工作，我出生后8个月，就被送到湖南邵东县老家。这时，早在长征前就被送到平江县外婆家的大姐雅音，13岁时就给人家做了童养媳；送回邵东县奶奶家的二姐珍珍，已夭折。

我的童年与奶奶相伴。幼时的记忆，就是每天抬水、拾柴，帮助奶奶烧火，做点小家务活。1946 年，我 7 岁时。母亲邱一涵因病在上海治疗，并做党的秘密工作。经上海地下党组织负责人刘晓的批准，童紫阿姨委托来上海进药的她的二姐夫陆楚梵，趁到湖南经商之机，绕道邵阳去寻找我们祖孙俩。那时的邵阳县城地方不大，陆楚梵终于找到了正牵着双目失明的奶奶讨饭的我。当时我肚子上长了个大脓包，发着高烧，迷迷糊糊的蜷缩在奶奶的怀里。陆楚梵赶紧把我送进了医院，医生立即给我动了手术。我醒过来时，发现床前站着一个身穿长袍头戴礼帽的高个子男人。奶奶告诉我："这是你舅舅，是妈妈要他来接你的。"几天后我被带到上海。我跟着舅舅爬上阁楼，当走进房间时，我顿时就傻了，见到的全是陌生人。有童紫阿姨和她的姐姐、小弟弟（妈妈让我喊他小舅舅）等我都不认识。在窗户旁边椅子上坐着一位中年妇女，她慈祥、温柔的眼睛里饱含着泪水，嘴唇微微颤抖，向我张开双臂……。我一看就觉得她就是我妈妈，她的样子和我想象的几乎完全一样。我真想扑过去，然而我怯生生地愣在原地，双眼愣愣地傻傻地盯着她。想喊喊不出，想走走不动。妈妈则双手停在胸前，满脸的无奈和痛苦。站在一旁的童紫阿姨一边轻轻地推我，一边焦急地提醒："浣郎，她是你妈妈，喊妈妈呀！"此时，妈妈再也忍不住了，她一把抱住我的双肩，将我搂在怀里，喃喃地说："浣郎，我是你妈妈！我是你妈妈呀！我的儿子，我的浣郎！"热泪顺着她的双颊，落在我的额头上，落在我的脸颊上，还带着体温，和着我的泪水。终于"妈妈"两个字从我的喉咙里喷了出来，我就这样平生第一次喊出从小最羡慕的称呼，我终于像别的孩子一样喊了妈妈。那清脆而又嘶哑喊声震撼了整个房间。童紫阿姨、陆楚梵舅舅、小舅舅，满屋子的人都在流泪。童紫阿姨甚至还哭出了声。妈妈马上指着童紫阿姨对我讲："这是三阿姨，就是你的姨妈！"这激动人心的场面，深深地刻在我的脑海里，终生难忘！

后来才知道，我在湖南邵阳县老家由奶奶抚养时，原本妈妈还能寄些钱补贴家用，八路军驻宝庆办事处有时也能给些补助。但日本鬼子占领邵阳后，我们失去了与妈妈和组织上的联系，生活就成了问题，常常有上顿没下顿，没有米吃就用红薯充饥，没有油吃就用水煮辣椒下饭。我还一度牵着双目失明的奶奶讨饭度日。

1948年，我9岁时在大连三八子弟小学读书。有一天，同学们在一起谈论自己父亲的职务：司令员、军长、政治委员、指导员……名称很多。我也自豪地说，我父亲是“炊事员”（母亲说过的），满以为这个“员”不比他们那个“员”差。同学们告诉我，炊事员就是伙夫，就是烧饭的。受到大家讥笑以后，回到家我扑到母亲的怀里哭了，埋怨父亲“没出息”。而母亲却说：“司令员、炊事员，都是人民的勤务员。没有炊事员烧饭，司令员不行，政委不行，所有的人都得饿肚皮，就无法打仗，更无法打胜仗。当炊事员同样光荣！”从此，妈妈再不让我上干部子弟学校，要我和老百姓的孩子在一起。这年冬天，妈妈调任华东军大政治部主任，带我到了济南，我被送进锻店小学读书，与农民孩子在一起。

直到有一天，才从同学那里听说父亲袁国平已在皖南事变中牺牲。听后我感到震惊，立即跑回家问妈妈。这一次，妈妈很郑重地告诉我说：“你爸爸在皖南事变中突围时负了重伤，为了不连累战友，不当俘虏，用最后一颗子弹射进了自己的太阳穴，壮烈牺牲了。希望你能像他一样，做一个真正的男子汉！”这时我才知道，爸爸去世将近十年了。妈妈为了我的健康成长，竟强忍着丧夫之痛，对我瞒着真相，可惜我对妈妈的伟大胸怀认知太晚了，也成为我终身的遗憾。

由此，袁国平的独子袁振威开始了对他父亲、将军的长期追思和探寻。

现在就让我们一起穿越时间的隧道，缅怀和追思袁国平将军的英雄业绩。

第一章 少年时光

1

袁国平原名袁幻成，后改为袁裕，字醉涵，笔名最寒。1906年5月26日出生于湖南省宝庆县袁家台（今湖南省邵东县牛马司镇龙旗村），这里气候温和，山清水秀。

童年的记忆像是一首朦胧诗，充满着侠骨柔情。

袁国平的父亲袁九洄，字玉清，是个弹棉花的手艺人，曾在邵阳东直街49号租了一间小小铺面，挂招牌“袁兴发棉絮铺”，经营絮被业。母亲刘冬秀，是拳师之女，因为父母早亡，跟了袁玉清。刘冬秀从小随父闯荡江湖，勇敢倔强，不畏权势，又颇识些字，泼辣善辩，极有主见，给童年的袁国平以极大影响。

袁玉清夫妇生有两男两女，袁国平排行第三。刘冬秀因为丈夫一字不识，常受人欺侮，所以咬紧牙根省吃俭用，送子女上学。

春来秋往，送走了一年又一年光阴。袁国平悄悄地长大了，背着书包当了小学生。

袁国平六岁入私塾，九岁转入里仁初级小学读新学。新学期学习国文教科书，开头就是什么“羊儿有角，一只羊有两只角”，袁国平感到十分不满意，不值得一读，就转入循程高等小学三年级，编在第六班，循程学校是今天的邵阳市第六中学的前身。

古往今来，湖南三湘大地上，曾有多少往哲先贤、仁人志士，怀着忧国忧民的深情，发出激扬天地正气的呼声，做出报效国家民族的壮举，甚至以身赴死。从三闾大夫屈原的“长太息以掩涕兮，哀民生之多艰”的悲歌，到船山先生王夫之的“宽以养民”的呐喊，千百年来，民本精神和慷慨捐躯的传统绵绵相承，历久不衰。这里民风质朴，民气刚烈。

邵阳自古人杰地灵，风华蔚起。胡曾咏史，邹门舆地，名留青史。慧眼魏源，军魂蔡锷，各领风骚。20 世纪初叶，革命风云激荡，湖南邵东县虽然地处偏远，然而也已经感受到民主革命的气氛。民主革命以来，这里更是铁血壮烈，奔星有声，涌现了众多的政治家、军事家。

“惟楚有材，于斯为盛”，“楚虽三户，亡秦必楚”。袁国平就是在这样的历史和地域环境下出生、成长的。

低年级的袁国平，一心想成为英雄——这是母亲灌输给他的思想。随着知识和阅历的增加，他敬仰的英雄、崇拜的偶像除了孙中山以外，还有两位是来自邵东县的同乡：一是“贺青天”贺金声，一是护国将军蔡锷。

贺金声 1853 年生于今邵东县檀山铺，他是当地的民间领袖。幼读《论语》《孟子》等儒家经典。既长，潜心经世致用之学，喜研《孙子兵法》和戚继光的《纪效新书》，欲效法前贤，匡时救世。1902年9月21日，竖起“大汉灭洋佑民军”大旗的贺金声被俞廉三诱捕。9月26日，贺金声留下自挽联“视死早如归，说甚么力锯鼎烹，使人寒胆；一身安足惜，只天下颠连困苦，令我伤心”。两天后，被俞廉三下令杀害于双峰县青树坪。知者无不落泪，后人塑像建祠以祀之。

蔡锷的祖上河南上蔡，后迁江西泰和，明初洪武年间迁来宝庆（今邵阳）定居。蔡锷的远祖元七公，是迁到宝庆的蔡氏开基鼻祖。以元七公为第一代，到第十代起，从邵阳城郊徙居邵阳北路隆回三都蔡家垅。后来一部分迁回邵阳城郊，蔡锷即是迁回邵阳城郊一支的后裔。从元七公起到蔡锷，一共十八代。

少年时期的蔡锷出口成章，巧应对联的故事，在湘西一带流传甚广。清末宝庆李知府上任时，一天，正是中秋佳节，当晚浓云敛月，天地昏暗。李知府不悦，便根据当时节日气候，拟定一首楹联贴在府衙（今邵阳市第四中学）大门左侧，并在旁边张贴征联布告，广求宝庆各地文人志士前来献对。上联是：中秋月不明，挂一盏灯，替乾坤增色。

上联既紧贴时令气候，又表达了李知府为官清正，如红光普照，乾坤无暗。征联一出，轰传四方，招来宝庆各地秀才、贡生、举人会集府城，大家绞尽脑汁，应对下联。因无时令气候的巧合，难以献对。他们只得扫兴而归。李知府大为失望，摇头不悦嘘唏长叹说：“宝庆无才子，可叹可悲。”这年9月，蔡锷方九岁，随父亲进城购书，知道这事。第二年惊蛰节气，当天，春晖暖照，惊蛰无雷。蔡锷进城献对，朝悬挂在衙门外的惊堂鼓上猛击三下，李知府闻听鼓声后，立即升堂，传击鼓人。衙役答道：“禀大人，击鼓者并无冤情，是一个毛娃娃在击鼓应对。”李知府听后，命衙役取笔墨纸张，府外应对，蔡锷接过笔墨纸张，一挥而就：

惊蛰未雷动，擂三通鼓，代天地回春。

下联时令气候贴切，词情并茂，对仗工整，含义深刻，擂鼓声声战鼓，敢教天地回春，气势磅礴，叱咤风云，表现了蔡锷从小就具有雄才胆略。李知府拍案惊喜：“奇才，奇才，此子不愧神童也。”

蔡锷十一岁参加府试，由父亲背进考场。考官见其年幼，出一联命对：“邵阳考生八十名，唯汝最小。”蔡锷应声对曰：“孔门弟子三千众，数回领先。”

考试期间，蔡锷手摘一枝鲜花，正在欣赏，有人报告主考官来了，蔡锷忙把花枝藏入袖中。主考官见了，用手一指说：“小学生暗藏春色。”蔡锷躬身答道：“大主考明察秋毫。”

2

童年时的袁国平秉性：正直忠厚、侠骨柔肠。人们都说他的正直忠厚如其父，侠骨柔肠如其母。

袁国平很小就很勇敢，见义勇为。有一次，他带着比他小三岁的袁政德从邵水河畔乘渡船过河，那时的袁政德年幼体弱，站在船头，当船尚未靠岸之际，不慎落水，几乎要没入水中，如此惊吓对一个小孩来说是魂飞魄散，只见袁国平眼疾手快，立即跳入河水之中，抓住袁政德的衣领，使出全身力气将袁政德推上岸边。几十年以后袁政德回忆少年时期的惊险一幕时说，袁国平的这种奋不顾身、救人之急的英雄行为，使他永远难忘。

袁国平不但成绩突出，而且慷慨为怀，乐于助人。同班同学袁磊明，家境困窘，袁国平虽然家境也不好，但他经常送给袁磊明一些纸张笔墨，有时还把省下来的零用钱给他用，从无吝啬。袁磊明上学时吃不上中餐，常常饿着肚子上课，有时实在饿得难忍，便到学校食堂喝白开水充饥。袁国平看在眼里想在心里。一天午餐时分，待同学们都去吃午饭了，袁国平偷偷将袁磊明叫到食堂外面，将自己带来的中饭分一半给袁磊明吃。袁磊明怎么好意思吃同学的午饭，两人推来推去。袁国平诚恳地说："我饭量小，带得又多，我俩分着吃虽然不够一点，但总比饿肚子好嘛！"一段时间之后，有一次母亲问他："你为什么最近消瘦下来了，是不是饿了，饿瘦了的呀？还是身体有毛病呀？"袁国平昂首挺胸，神气十足地说："妈，你看，我不是挺好的嘛！"以后，母亲为他盛中午饭时，总是多盛上半碗。

小学快毕业时，袁磊明家中愈发困难，交不起学费，打算中途退学。袁国平知道后，不知如何是好。他通过与校长刘葆初的接触中知道，学校有一份勤工俭学的工作可以让袁磊明去做，就是替学校全体老师擦洗办公用的煤油灯罩，靠着勤工俭学得来的钱，袁磊明勉强应付了学费。袁国平常常协助袁磊明去擦灯罩，将每一个灯罩擦得通明透亮，老师们十分满意，连个别爱挑剔的老师也赞不绝口。有一次袁磊明在擦洗灯罩时，不小心将一个玻璃灯罩打碎，顿时袁磊明急得脸色煞白，连话也说不出来，袁国平一边安慰袁磊明，一边掏钱买了一个同样大小的灯罩赔偿学校。在袁国平的帮助下，袁磊明得以读完小学，顺利毕业。

袁国平仗义执言，好打抱不平，特别是读了《水浒传》之后，他为梁山英雄的行为所深深地吸引。袁国平身材瘦小，衣着寒酸，常受那些富豪子弟的欺侮，母亲总是劝儿子忍让，万不得已时就教训他们一顿。有一天放学后，一帮小痞子又来寻衅挑事，以势欺侮弱小同学，袁国平批评了那些小痞子，小痞子不但不听，还撸起袖子连袁国平一起打。谁知，袁国平学过拳术，三拳两脚就将小痞子打得落花流水。

有一次，一位老师过重地体罚了袁国平的同班同学，袁国平挺身而出，批评老师。那老师不但不接受，反而将袁国平怒斥一顿。从来不迟到早退的袁国平不来上学了，大家一齐罢课，以示支持他。结果，那老师在学校以及社会舆论的压力下，不得不硬着头皮到袁国平家中讲好话，赔礼道歉，保证今后再不体罚学生。第二天，在袁国平的带领下，这个班才复了课，老师对袁国平不得不另眼相看。

临近毕业的时候，袁国平的父亲过度劳累因病去世，家境因之而迅速恶化。小学毕业，再也无力升入中学。他一边帮助哥哥袁醉如弹棉花，管理账目，替母亲支撑门面，一边刻苦自学，同学们也经常来看他。

每逢中学招生，那些富豪子弟中有考不上的就来求袁国平代考。那时这种社会弊病盛行，类似今天的“枪手”。袁国平出马，每考必中。看着这些人背着书包去上学，袁国平心里真不是个滋味，觉得这个世道太不公平了。

3

袁国平面临的时代：那是一个黑暗浓重的时代，也是一个曙光初现的时代；那是一个充满怀疑的时代，也是一个激荡信仰的时代；那是一个以刀枪分裂的时代，也是一个用刀枪整合的时代；那是一个旧思想欲图永远称霸的时代，也是一个新思潮顽强喷薄涌动的时代。西方的鸦片战争摇动了腐朽大清帝国的根基，使中国沦为半封建半殖民地，也把西方滴血的现代文明洒向古老的东方土地，给以康有为、孙中山为代表的资产阶级改良派、革命派拓展了传播的空间。新的信息如同一股潜行的激流，正向着华夏大地和人民的心里急切地渗透。

生长在偏僻山村的幼小孩子袁国平自然不可能知道这些，就是走进私塾那间光线不足、地方狭窄的教室，学的也是幼学、文范、四书等，虽然背得烂熟但却很少弄懂内容的古文。

在乡间小店乡亲们歇脚吃茶，也闲聊扯淡，讲些《三国》《水浒》《西游》“说岳”的故事——魏蜀吴的争雄斗智、梁山泊的劫富济贫、取经路上的降妖镇魔、岳母刺字的“精忠报国”，都让袁国平听得入迷。

袁国平看到商店里有一种用竹皮做的球，便与小伙伴们砍来一根竹子，细心地破成竹篾，编成和足球一样的大的圆筐，再将棉花、碎布塞到里面去，踢起来和足球差不多，又轻又软，还有弹性。

他读《诗经》、《楚辞》、汉赋、唐诗、宋词、元曲、明清小说。值得注意的是，他在这里也开始直接阅读孙中山的著作，如同盟会的

《革命方略》《中华革命党宣言》等宣传孙中山学说的小册子和当时的进步报刊。优秀的古代文化，崭新的现代思潮，悄悄地在袁国平的心中融合着、发酵着，并在实际行动中闪露出最初的端倪。

循程小学原名循程学塾，1912 年创建于风起云涌的新文化浪潮之中，其主要创办人李洞天，循程小学开办后的第二年即 1913 年，就因宣传革命真理，被湖南督军汤芗铭残害致死。循程学校有邵阳地区第一个中共党支部，共产党员和共青团员曾占青年教师的一半。在他们的带动和影响下，循程学校革命风气日炽，参与了邵阳现代史上不少影响深远的革命活动；在历届循程校友中，涌现出许许多多为革命不惜抛头颅洒热血的优秀共产党人。其中与李大钊同时被反动军阀张作霖绞杀的谢伯俞就是循程校友。他面对刽子手的询问："你怕死吗？"谢伯俞的问答是："只要主义真，何惧断头台！"这种革命氛围对青少年时期的袁国平影响很大，对他人生观、世界观的形成所产生的作用，不可小视。

循程小学自创立开始，便与革命有着不能分割的关系。学校非常注重思想和品德教育，倡导"公、勤、实、勇"四字校训。"公"就是做人要讲公道，"勤"就是人人动手，"实"就是做人要老老实实，"勇"就是有勇气。在教学方面，循程小学实行"知行合一"的原则，又采用当时极新的教材，聘用具有革命思想的新青年做老师，这里全然是成为当时当地的"革命风向标"。此四字校训和"知行合一"的原则，在袁国平幼小的心灵里留下了深刻的烙印。学校还紧密联系国内外形势，传播革命道理，帮助学生更多地了解社会，启发学生树立崇高理想。

袁国平聪颖好学，刻苦上进，是循程有名的高材生。课余时间，他爱踢足球，喜读《水浒传》《洪秀全传》等文史书籍。

他仰慕梁山英雄，常以武松打虎的大无畏的精神激励自己，喜欢助人为乐，路见不平，总是拔刀相助。他既接受传统文化的熏陶和道德礼仪的教育，又能追求新文化运动的潮流和开一代风气的现代教育。

他崇尚“长毛造反”，洪秀全发动和领导的太平天国农民运动，是中国几千年农民战争的高峰，它以空前巨大的规模和力量，震撼了中国整个封建帝制的基础，也动摇了满清王朝的统治，并为以后的孙中山领导的民主主义革命做了历史准备。

他信奉孙中山的话：“忠孝、仁爱、信义、和平”和《大学》所说的“格物、致知、诚意、正心、修身、齐家、治国、平天下”，“这种道德，便是我们的民族精神。”

袁国平在循程学校读书的那三年，每天都和同学们一起放声高唱循程学校校歌，其歌词催人奋进，其旋律优美流畅，不断激励着袁国平奋发向上。

六岭西峙，邵水前横，
此处有循程，庄严雄伟，创业何艰辛。
愿吾侪发扬光大，莫使前贤笑后生。
须知道，学问如同浩海，时光不肯留停，
趁今朝还是青年，努力研求。
试听：催人深省，有山寺送传钟声。

随着年龄的增长和学识的增多，袁国平更渴望了解社会，接触大自然。有一天，袁国平的级任老师吴聪省带着他们班的同学郊游，游览邵水河旁的佘湖山，以感受循程校歌中“催人深省，有山寺送传钟声”的意境。

宝庆郊外，邵水河畔，有一座巍峨的佘湖山，这里是登高远眺的好去处，吴老师面对着远山近水，启发着学生们的诗兴。

恰同学少年，意气风发。

喜欢古典文学的袁国平，才思敏捷，很快吟诵了七绝二首《登佘湖山》：

一

万山围绕乱如麻，何处登临望眼赊；
堪羡高峰能独立，巍然不被晚云遮。

二

山势高撑可摘星，游人来去不曾停；
高瞻远瞩谁知我？将谓来庵听佛经。

吴老师吟诵再三，甚为满意，称赞袁国平虽然年纪轻轻，但英雄气魄、史诗情怀却不同凡响。

五四运动的浪潮席卷宝庆时，袁国平在校长刘葆初、体育老师石建殊的带领下，积极参加了这场轰轰烈烈的爱国运动。他领着全班同学上街宣传，反对二十一条，查禁日货，高呼“打倒曹汝霖、章宗祥、陆宗舆卖国贼”等口号；他不再满足于课本上的东西，各种社会主义的小册子、进步的书刊杂志在他眼前开拓了一片崭新的境界。救国救民的志向，在袁国平的心里，变得日渐清晰而坚定。

第二章 师范岁月

1

学子光阴诗卷里，杏花消息烟雨中。

湖南省立第一师范学校是一所免费的公立学校，任务是培养小学教师。一般来说，中等以上人家的子弟志在报考大学的都不进这种学校，而进公立的或私立的普通中学。只有家境贫穷或因各种原因得不到家庭接济的青年才争取进这个学校的机会。

1922年，湖南省立第一师范学校在全省招公费生，分配给宝庆4个名额。省立第一师范因为是个名校，加之公费生不收费，各路人马都涌来报名，争夺是激烈的。社会上有势的人拼命钻营，有钱的人聘人代考。时下就有一个风气，找人代考，此时找袁国平帮忙代考的人越发多起来了，袁国平此次用幽默诙谐地语言回答他们：“人各有姓名，我也有姓名咧！这回我要用自己的名字了！”

招考发榜了，袁国平果然榜上有名。这一年，袁国平才十六岁。母亲和哥哥欢喜不尽，为他准备了简单的行装。

湖南省立第一师范创建于1903年，最初称湖南师范馆，前身是南宋时期著名理学家张南轩①讲学的城南书院，1912年改为湖南省立第一师范，学校坐落在湘江东岸，隔橘子洲头和湘江，与朱熹②讲学的岳麓书院相望。朱熹、张南轩讲学最盛的时候，来从学的有数千人；因两人常相过从，这儿的渡口就被称作为朱张渡（今长沙南门外灵官渡）。校章规定的教育方针“除部定教育宗旨外，特采最新民本主义”，即“道德实践”“身体活动”“社会生活”，“各种教授应提倡自动主义”。袁国平进校前后，这里既有名师如杨昌济、徐特立、黎锦熙等一批富有正义感且具有真才实学的进步教师和革命先驱，以民主科学的精神和渊博的知识教书育人，强调人格和学识的全面培养，又有何叔衡、毛泽东、蔡和森等一批又一批承担大任的莘莘学子，创办新民学会。当时虽然停止了活动，但学会的宗旨“改造中国与世界”，在长沙民众和第一师范的学生中，刻下了深深的烙印。毛泽东在此求学、工作、从事革命活动长达十个春秋。袁国平1922年秋天到校，同年12月毛泽东已经离开学校，投身革命运动，他们相处的时间不长，但在袁国平的心目中，毛泽东就是自己的师长和榜样。湖南省立第一师范逐渐成为湖南革命知识分子和马克思主义者的重要活动基地。追

---

① 张栻(1133—1180)，南宋人，居衡阳，自号南轩。与朱熹同抱昌明孔孟儒学的目的，从事于讲学授徒，著有《论语解》《孟子说》等书。

② 朱熹(1130—1200)，宋朝儒学的集大成者，教育家。

求真理，寻求中国革命的道路和方法，是当时正在求学的第一师范学子们的远大志向。

一心修学储能的袁国平，受到湘学士风的影响，他一跨进校门，就体会到这种特殊的气氛。每逢集会，他与同学们就高唱校歌："衡山西，岳麓东，城南讲学峙其中。人可铸，金可熔，丽泽绍高风。多材自昔夸熊封。男儿努力，蔚为万夫雄。"

袁国平酷爱文学，深受国文老师田汉的赏识。他与田汉结下了深厚的师生情谊，在田汉先生的悉心指导下，袁国平广泛涉猎了现代文学、戏剧创作、古典文学、诗词写作，并在这些方面打下了坚实的基础。诗人肖三评价：袁国平的七言律诗达到了很高的水平。

在长沙的三年读书生涯，他得到文学艺术的陶冶和进步思想的洗礼。

一提到长沙，人们就会联想到在长沙流浪过的古代大诗人屈原，想到那云谲波诡、绮丽无比的诗篇——《楚辞》，尤其是其中民俗色彩更浓的《九歌》。那蛮朴热烈的诗情，那美丽奇特的神话，那歌乐鼓舞的祭祀以及其中寄寓着的热爱生活、忠于爱情、苦恋乡国的美好情思，至今读来还十分感人。屈原那"虽九死其犹未悔"的斗争精神，"路漫漫其修远兮，吾将上下而求索"的探求精神，鞭策着一代代的先驱者奋勇向前。从沅湘之间的歌舞祭祀之礼，人们还会想到盛于楚国的巫风；而巫风恰是中国古代戏剧艺术的胚芽。

在校期间，袁国平阅读广泛，特别是阅览《新青年》《湘江评论》等进步报刊，扩大了视野，增长了知识，提高了识别能力，是进步书刊把他带进了另一世界。书海里，有苦闷的宣泄，有艺术的享受，有思想的磨炼，有希望的寄托。

求知欲来自袁国平对人生价值的追求。他从田汉的教诲中得到启示。田汉认为人既为人，就应该"赋予他们的生活以价值以意义"。当时许多知识青年为所谓"灵"与"肉"的冲突而苦恼，这是理想与现实、精神与物质的矛盾在他们身上的反映。只有掌握知识，一方面

“依自然的法则征服归自然归人类的胜利”，一方面“依现实生活的法则征服现实生活归思想的胜利”，这样“才能有灵肉调和、物心一如之妙”。当然，他是更偏重于精神生活的追求。他说：“物质的生活应该像水一般的平流，精神的生活应该像松一般的直上。物质生活是属地的生活，精神生活是属天的生活。”只有知识和学问的桥梁，才能使人们“由物质生活一极端达精神生活一极端”。

袁国平珍惜在学校的难得的机遇，他一边勤奋学习，一边积极参加进步活动，很快赢得了同学们的钦佩和信任，被推举为第一师范的学生代表参加长沙市学联，后又当选为湖南省学联执行委员。湖南省学联是毛泽东在五四运动期间倡议成立的进步学生团体，以“爱护国家，服务社会，研究学术，促进文明”为宗旨，曾在驱逐军阀张敬尧的斗争中发挥主导作用。

谈到湖南省立第一师范革命风潮，不能不说到一个邵阳人匡互生。他于1915年考入北京高等师范学校。1919年初巴黎和会开幕，4月30日，和会在美、英、法三国的操纵下，对中国山东问题做出了损害中国利益的裁决。“二十一条”没有取消，却还将德国在山东的权利转让给了日本。消息传来国人群起声讨，并强烈要求中国代表拒绝签字。5月2日，北京《晨报》用大字体刊出文章：“胶州亡矣，山东亡矣，国不国矣！……国亡无日，愿合四万万民众誓死图之！”5月4日，匡互生参与组织了北京各高等院校学生的示威游行。游行队伍抵达赵家楼曹汝霖宅时，匡互生第一个攀墙破门而入，并举火焚烧。中国的五四运动就此拉开了序幕。匡互生这位五四英雄于该年夏天毕业，受聘于长沙楚怡小学，次年夏任湖南省立第一师范教务主任。虽为教务主任，实际上却是总揽全校事务的主角。他思想开放，大胆地在学校里更新教师队伍，撤换了大批保守迂腐的教师，延聘了许多具有新思想新观念的教师。

1923年，时值反帝国主义、反封建军阀的运动一浪高过一浪，湖南对日经济绝交运动达到高潮。6月1日，发生日本军舰水手枪杀长沙示威群众的流血事件。袁国平作为学联代表，与同学们一道积极参加了中国共产党领导的抬尸游行示威和全市罢工罢课罢市等活动，到处宣讲“六一惨案”，鼓动民众抵制日货，不坐日本船。

1924 年上半年，袁国平参加了学校驱逐反动校长李济民的斗争。年初，湘军总司令兼湖南省省长赵恒惕对第一师范的教学改革和学生运动越来越不满，遂下令撤销第一师范学校校长易培基的职务，换上他的亲信李济民，遭到第一师范师生的反对。李济民上任后，第一师范师生就以罢课表示抗议。李济民上任不久，就下令取缔学生联合会，限制学生自由。在学生自治会的领导下，袁国平与同学们一起，开展驱逐李济民的斗争，罢课持续了一个星期，直到省教育司被迫答应撤换校长，才停止罢课。

1925 年 3 月 12 日，伟大的先行者孙中山先生不幸逝世，湖南省学联准备举行追悼大会，会前学联执委在兑泽中学开会商议送挽联、研究组织纠察队维持会场秩序等事宜。会议由段消主持，在书写挽联时，全国学联执委田波扬写了上联征对：“英雄能造时势，时势能造英雄。”袁国平很快应对了下联：“读书不忘救国，救国不忘读书。”表达了矢志读书救国的远大抱负。大家听了，连声叫好。向均拿起笔，就将这副挽联写在白绫条幅上。

追悼会开始的头一天，长沙教育会坪的追悼会场就被西山会议派雇佣的一批流氓地痞占据了。当群众来致祭时，他们张牙舞爪地挡住进口。工团联合会和学生联合会断然采取措施：张汉凡指挥工作纠察队爬围墙进入；向钧、段消、柳家汉率领岳云、兑泽、甲工等校纠察队从北口冲入；袁国平、曾三率领第一师范、长郡、妙高峰等校纠察队从南口冲入。大家发出一声呐喊“打呀——”吓得那些歹徒屁滚尿流，纷纷爬后墙逃跑，跑不及的赶忙丢掉木棒、铁尺磕头求饶。

在追悼会的现场，邵阳人唐天成，名号称唐疯子，他将会场挽联逐一评论外，自己也写了一副挂在大门口，上书：合肥在直隶，子玉在岳州，遍地尽妖氛，说什么三民五宪；行者闹天宫，中山闹南粤，谁属有功勋，总算是乱七八糟。

唐天成早年曾留学日本和法国，是同盟会会员，在蔡锷部下当过参谋，参加过护国讨袁。后因蔡锷英年早逝而精神失常，闲住在长沙邵阳试馆，爱批评时政，见赵恒惕就骂。袁国平、陈新宪与唐天成见面，彼此熟悉，唐天成虽对时政不满，但对学生还是很有感情的。

袁国平觉得唐天成这副挽联不妥，便走过去对唐天成说："唐先生这副挽联对得工整，不过还有不敢苟同的地方。"

唐天成说："请赐教。"

袁国平说："'合肥在直隶，子玉在岳州，遍地尽妖氛'，这指的是段祺瑞和吴佩孚，确实尽是妖氛，写得好！但下句'说什么三民五宪'就不对了！既然是'遍地尽妖氛'，那应该实行三民五宪呀！'行者闹天宫，中山闹南粤'，都是革命行动，怎么能说'乱七八糟'？"

唐天成见言之有理，连忙说："对！对！对！"接着，唐天成竟向袁国平他们行军礼，并说："谨受教！后生可畏！后生可畏！"唐天成摆着头，扬长而去。

1925年，上海发生了五卅惨案——5月15日，日本纱厂资本家枪杀中国工人顾正红，打伤多人，引起了两万多工人的抗议罢工。5月30日，当数千名群众聚集在南京路老闸捕房外要求放人，英国巡捕竟以排枪向手无寸铁的中国人开枪，当场杀害学生4名，击伤6名，路人被击伤17名，另外还抓走40余人……中共中央号召举行全国性的反帝运动，湖南成立"青沪惨案湖南雪耻会"，长沙市的"三罢"斗争轰轰烈烈地展开，声援上海人民的斗争。袁国平在一系列的斗争中，始终站在斗争的最前列，确实做到了"读书不忘救国，救国不忘读书"。

这年夏天，袁国平从湖南省立第一师范毕业，他回到了宝庆县老家，看望母亲和哥哥、姐妹，并商量下一步的安排。

3

就在袁国平将在湖南省立第一师范毕业之际，接到老师田汉的邀请，到上海协助他创办电影剧社“南国社”。

田汉（1898—1968），湖南长沙人，中国现代的关汉卿。田汉作词、聂耳谱曲的《义勇军进行曲》起初是电影《风云儿女》(1934年10月拍成）的主题歌。谁也没有想到它会成为未来的国歌。这支歌的核心精神在当时、在以后的确是足以代表一个苦难民族的心声的。出自田汉手笔的中国国歌中有一句“中华民族到了最危险的时候”，正是当时中华民族生活境遇的写照。1949年她成为中华人民共和国的代国歌。1982年《义勇军进行曲》重新被承认，而且抹掉了“代”字，被正式定为国歌。

田汉曾应聘到湖南一师任国文教员，不久又离开一师，田汉与袁国平这一对师生在湖南一师相处了一年。田汉看到公费生录取名额十分有限，萌生对公费生的水平进行考察了解的想法。他调阅了4名公费生的考卷，袁国平的分数最高。通过深入了解得知袁国平阅读的书籍也最多，小小年纪已通读了四大名著。唐诗、宋词也读了很多，许多都能吟诵，更为难得的是，4名公费生中只有袁国平在刊物上发表过作品。虽然袁国平有了一定的文学功底，但他还是非常谦虚好学，向田汉倾诉自己在学习中遇到的问题和困难，他想通过大量阅读中国文史典籍，提高自己的文学水平，并从中学习到治国平天下的本领，他对田汉说：“我的文言文的水平还不高，通读文言文的典籍还有些吃力，需要老师面对面的指导。”

袁国平入校时，其文学、历史知识高于一般学生，自然为田汉所关注；进校后，经常参加文学现状和发展的座谈与讨论，主张弘扬五四精神，坚决反帝反封建，积极倡导新文化，受到田汉的器重；田汉看到袁国平聪颖好学，小小年纪就有了通过努力读书长大了报效祖国的远大抱负，对他最赏识的是有自知之明，能找出自己的不足之处。他说：“你说得很对，学文言文在关键的地方是需要面对面指导的。”于是倾尽全力给予指导，经常给他“开小灶”。在课余时间，袁国平还经常就古文、诗词乃至戏剧、写作知识，向田汉请教，或在一起讨论国内外局势。在田汉的悉心指导下，袁国平广泛涉猎现代文学、戏剧创作、中国古典文学和诗词，并在这些方面打下了坚实的基础。久而久之，田汉与袁国平这一对师生之间，也建立了深厚的感情。田汉在湖南一师任教一年后赴上海从事左翼文化运动，在上海创作话剧、戏剧、电影剧本。他离开一师后与袁国平一直保持着密切的联系，通过书信继续指导袁国平，还常给他寄一些书籍，并且不断指导他学习欧洲文艺复兴时期的经典作品，袁国平的文学水平又有了长足的进步。田汉也将自己创作的电影、话剧、戏剧、歌词寄给袁国平相互讨论，袁国平成为了田汉的得意门生。

袁国平对田汉的学识、为人的崇敬和田汉对袁国平的追求、聪敏才智的赏识，使他们结下深厚的师生情谊。田汉挑选袁国平协办南国社，看中的就是袁国平的追求和才华。袁国平后来成为才华横溢的儒将，恩师田汉的栽培功不可没。

20世纪二三十年代的田汉是个“独立癖”很盛的人，不满足于在中华书局上海编辑所混碗饭吃，他要“扎硬寨，打死仗”，独立门户，干一番事业。他要有自己的刊物、自己的文艺社团。他创办的《南国》半月刊于1924年1月问世，“南国”之始并未立“社”，成员只有妻子、表妹易漱瑜两个人。后来以“南国”名其社、名其学院。“南国”是艺术和爱情之国，是“Violin and Rose”的理想世界。“南国”典出唐代诗人王维的《相思》诗：“红豆生南国，春来发几枝。劝君多采撷，此物最相思。”在西方诗里，Rose是爱情的象征，但在中国，“红豆”这相思之物，却与气候温暖、春光永驻的“南国”连在一起。“南国”是美与爱的家园，是文学艺术的理想国。

汽笛一声，轮船缓缓起航了。夜幕下的依稀可辨的橘子洲头的轮廓渐渐退出了袁国平的视线，还有大哥袁醉如带着盘缠，送行到长沙的身影。袁国平十九岁，愿乘长风破万里浪，此时的他充满着孩子般的欢喜与好奇，充满着宗悫[①]式的雄心与壮志，充满着诗人的想象与神往。他站立在船头，习习江风，吹拂着他乌黑的短发；滔滔江水，击拍着船舷，也击拍着他的心。袁国平昂首挺胸，满怀激情地朗诵着岳飞写的爱国诗词《满江红》：

怒发冲冠，凭阑处，潇潇雨歇。抬望眼，仰天长啸，壮怀激烈。

三十功名尘与土，八千里路云和月。莫等闲，白了少年头，空悲切……

第二天大清早，袁国平与田汉的母亲易克勤和弟弟田洪、田沅等一起登上甲板，迎着送爽的秋风，望着浦江两岸的晓色，他不禁心潮起伏。他对于自己的前途有着空漠的，但是光明的描画。对于这旅途上的一切，具有着热烈的好奇心。袁国平到达上海后，就住在贝勒路202号田汉家中，食宿费用均由田汉负担。田汉热情指导，待之如亲兄弟。

周恩来曾经说过："田汉同志在社会上是三教九流、五湖四海无不交往。"田汉总是亲切接待爱好文学的青年和逃亡到上海来的革命者，他们大多是初到上海，举目无亲，生活无着落、食宿成问题的人，田汉总是伸出援手。客人相聚，畅谈艺术之革命应以社会运动为主，艺术运动为次。主张艺术必须走为政治、为革命服务的道路。有时相聚慨叹国事的杌陧，民生之憔悴，外侮之频临，深感救国救民匹夫有责。

田汉的母亲，袁国平称她为"田伯妈"，她真可敬可亲，对客人亲如子侄，对儿子这种博施济众的行为，不仅毫无怨气，而且含辛茹苦，竭力设法应付这窘困的场面，自奉俭约，性最乐群。宁可自己节衣缩食，也让客人吃饱，实在到了倾囊倒箧接不上的时候，就夏天当押冬天衣被，冬天当押夏天衣物，用以换钱去买米买菜。

---

① 宗悫，南北朝时人。少时，叔父问其志愿，宗悫答曰："愿乘长风破万里浪。"

郭沫若在田汉五十大寿的寿辞中曾说："肝胆照人，风声树世，威武不屈，贫贱难移。人民之所爱戴，魑魍之所畏葸。莎士比亚转生，关马郑白难比。文章传海内，桃李遍天涯，春风穆若，百世无已。"郭沫若的寥寥几笔就概括了田汉的一生。

田汉对袁国平的影响是巨大的，在袁国平看来，田汉先生不仅是一位雄辩家，而且是一位"敏捷诗千着，挥笔走龙蛇"的一代才人。

然而，就在袁国平到达上海不久，准备投身进步文化事业的时候，"齐卢战争"爆发，当时江浙军阀齐燮元、卢永祥混战，上海时局紧张，反动派经常搜捕革命者，查禁进步书刊，田汉的"南国社"因宣传进步思想，被反动当局查封。《南国》文艺半月刊宣言称："欲打破文坛的惰眠状态，鼓动一种清新芳烈的空气，"而在现实生活中却不容许它存在。

袁国平深切地意识到：中国的艺术运动，既不能盲目地附草依木，也不能超阶级地用个人在野的苦斗来完成，而必须与革命的阶级、政党相结合，将艺术活动作为革命运动的一翼，方可有力地翱翔于瞬息万变、刀光火影的时代风云之中。推翻反动政权，改造旧社会，不仅要笔杆子，还要枪杆子。军阀混战，国家危亡，社会动荡，时代呼唤着一批有理想、有抱负的青年要成为文天祥、陆秀夫式的"英雄"。

第三章 黄埔军校

1

袁国平正在一筹莫展之际，却得到一个好消息，黄埔军校第四期在上海招生了。

黄埔军校是孙中山在中国共产党的帮助下创办起来的。黄埔军校在广州长洲本岛先后办了七期，1924年至1927年大革命时期，已经毕业的有四期。

黄埔军校吸取列宁、斯大林创建红军的经验，一反过去学习日本、欧洲军事学校纯粹军事技术为主的教练方法。除一般军事教育外，并设有内容丰富的政治课程。

具体说来，在军事教育上，它与当时保定军校所教的课程，包括典、范、令及四大教程（由苏联顾问编订）等，并没有多大区别，但学习时间和内容远不如保定。学习时间为六七个月至一年，属速成性质。政治课程设有三民主义、国民革命概论、社会主义运动、社会学概论、政治学概论、中国及世界政治经济状况、中国政治问题、苏联研究、农民运动、劳工运动、青年运动、帝国主义、不平等条约、政治讨论……军事各科则学其主要部分。所以，它虽然号称以军事、政治并重为教育方针，实际上又是以政治教育为主。即重点在于提高学生的政治觉悟，使他们成为自觉的反帝反封建的革命战士。特别是这些课程，主要都由优秀的共产党员担任讲授，周恩来讲国内外形势，恽代英讲社会进化史，萧楚女主讲经济学概论，高语罕主讲政治学概论，于树德主讲政治形势。此外苏联顾问讲述红军战史、战例等等。由于对学生进行了政治教育，使之成为有觉悟的革命战士，所以黄埔军校学生虽然军事训练不多，但两次东征却战绩辉煌。

黄埔军校于1924年5月5日开始第一期新生入伍，并于6月16日正式举行开学仪式。袁国平所在的第4期新生于1925年7月至1926年1月，分七批入伍，设入伍生第一、二、三团。后陆续转入正式学生，改编为步兵军官团及步兵军官预备团共两个团。另设炮兵、工兵、政治、经理四科各为一个大队，加上军官补习班，共2654名学员。

孙中山在多年的革命中一次次遭到失败，进而认识到要取得革命成功，必须建立可靠的革命武装。在上海，袁国平看到了黄埔军校的招生简章。招生条件规定得很具体，有政治思想、学历、身体条件等要求，如“能了解中国革命须速完成之必要者，或具有接受本党主义之可能性，无抵触本党主义之思想”“旧制中学毕业及与中学相当程度之学校毕业”“营养状态良好，强健耐劳，无眼疾、痔疾、肺病、花柳病等疾害”。考试分笔试和口试。

袁国平在上海进行初试，后又赴广州进行了复试，被编入该校第四期入伍生第一团，次年 1 月底又经甄别考试及格，正式升为军官生，被编入政治大队第三队。第一次上课是填表，集体加入国民党。一堂课下来，全部是清一色的国民党员了。袁国平虽然被动地加入了国民党，但他的脑子里却充满了共产党人的理想信念，被马克思主义的真谛深深吸引。1925 年 12 月，袁国平由于表现突出，被秘密发展为中国共产党党员。

孙中山先生，先生者，老师也。老师也并不是与生俱来就先知先觉。

孙中山在军队和政权的关系问题上，也经历了一个痛苦的认识过程。你看见过孙中山的标准像吗？你看出他的眼神有什么特别之处吗？是不是觉得刚毅，又略带忧郁？这忧郁，也许就是他革命几十年，特别是 1911 年辛亥革命到 1922 年“第三次革命”，接连三次失败的痛苦积淀。

那个年代，搞政治和耍枪杆子的人对事、看人的角度不一样。搞政治的往往过于理想主义；耍枪杆子的则重在实用主义。

为保证黄埔军校第四期招生的学生政治质量，中共中央于 11 月 1 日发文通告全党，要求各级党组织选派党员、青年团员和国民党左派党员乃至进步青年报考黄埔军校。第四期增设政治科，编两个大队共约 450 名学员，相当于第一期学员总数。以熊雄为主任的政治部扩大编制到 70 多人，负责政治科教学。

袁国平与文强是同学，他们一行到达广州，既感到耳目一新，又感到无比紧张，同时又感到自己对革命的认识很不够，只是凭着一股爱国热情而已。耳目一新，新在满街红色标语牌，民气昂扬，对比北洋军阀统治区的死气沉沉，显然是两个天地。无比紧张的是，到达广州之时，正是“沙基惨案”发生不久，廖仲恺被刺血迹未干。第一次全国代表大会尚未开幕，竟出现了“西山会议派”……总的说来，帝国主义、军阀主义、封建主义三种反动势力，仍在暗地里作祟嚣张。他们面对着许多新鲜事物，迎面墙上是“拥护三大政策”（联俄、联共、扶助农工）、“民生主义就是共产主义”等标语。

入伍不到三个月，听到传达，有两件事为同学们所关心：

第一，“黄埔陆军军官学校”的校牌改为“中央军事政治学校”，传达者说，改校牌名称，是适应革命的需要，也是为准备北伐扩大军事政治教育的一种措施。

第二，第一团、三团的入伍生举行全团甄别考试，凡经过甄别考试及格的，一律升为军官生。考取军官生的，视其考试成绩，分配到步、炮、工、辎、政治五个科去受训。尔后还添一个骑兵科，共六个科种。在校的老一辈的军人，曾毕业于保定军校、云南讲武堂、日本士官学校以及海外其他军校的，都认为政治科是一件新鲜事，是革命学校的创举，当然一些保守的右派分子，则造谣生事，诬蔑政治科是“赤化科”。

袁国平、文强同时考取政治科，文强被编入政治大队第二队，袁国平和文强就成为黄埔军校首批政治科学员。他们兴高采烈地离开了陈家祠堂入伍生营地，坐着花艇到校本部去报到。不料报到后，竟被分发到离校本部将近二十华里的沙河营房学习。所谓营房，不过是一所临时性的校舍，全部用毛竹和蒲葵搭盖而成的简易棚。文强很怀疑这样的棚棚是否经得住南方霪雨季节的考验。政治大队队长是胡公冕，当晚即集合讲话，说新校舍正在抢建，不久即可搬入去住。这座临时营房，具有通风、透光、防潮等优点。我们都是来黄埔革命的，就应该生活革命化……话说得不多，将大家心头上的愁云疑雨，一扫而光。事实上，简易校舍搭盖得非常精雅适用，宿舍、自学室、饭堂、盥洗室、俱乐部，连接着大队部、大操场。袁国平就在沙河营房生活了一段时间。

在政治科学习时，左、右两派的明争暗斗就难以掩饰了。第一次国共合作，对待孙中山先生亲手制定的“三大政策”是拥护还是反对，便成为两派斗争的分野，也是斗争的焦点。左派以廖仲恺为首，他是国民党左派领袖之一，又是被学生视为慈母一般的党代表。在他的号召下，成立了“革命青年军人联合会”，左派师生居于压倒的优势力量，连冒牌的左派风云人物汪精卫，当年也不得不高喊“革命的向左来”。他写了一本小册子，名《帝国主义论》，风行一时，是很迷惑人的。

右派在蒋介石的暗中支持下，以缪斌出面，以戴季陶主义为护身符，在北方“西山会议派”遥相应和之下，与“革命青年军人联合会”成立的同时，出现了极右派“孙文主义学会”这一法西斯式的反动组织。左派学生中，是以蒋先云、周逸群、韩浚、陈赓、张先梅、李鸣珂等为骨干。右派学生中，是以贺衷寒、杨引之、潘佑强、曾扩情、胡静安等一批人为骨干，他们都是戴季陶主义者。

第 4 期学生的学习环境，看起来是处于左、右派斗争的低潮状态，实际上是暴风雨即将来临之际的情形而已。第二队共有同学 130 余人，跨党的共产党员有 20 多名，左派分子占了全队四分之二。真正右派分子不过十来个，可见他们是孤立的，是没有群众基础的。第二队跨党分子 20 多人中，有张先梅、曾希圣、万宁、袁裕（袁国平）、文强、霍立如、王襄、胡陈杰、夏尺冰、周恩寿等人。学生党员中比较著名的还有林彪、刘志丹、伍中豪、郭化若等人。

第四期政治科的教官，除了邵力子讲授过《三民主义》的课程外，其余绝大多数的政治教官，几乎都是清一色的著名共产党员。邵力子虽然是中国国民党人，又是蒋介石校长的秘书，可是这位著名记者出身的文人，曾经在中国共产党机关刊物《向导》上写过文章，而且又是一位荣誉党员，这称号据说是共产党中央赠给他的。也就是说当年的邵力子是中国国民党员中的左派，又是中国共产党的好朋友。

袁国平、文强等同学在政治科上大课时，听到过校政治部主任周恩来的多次讲演，而且几乎每次都是讲《国内外革命形势的分析》这样的题目，这是一门百听不厌的大课，学生们个个爱听，难得的是每次都有新的内容，他对国内外的形势了如指掌，阵线分明。他的讲学博而能约，条理清楚，易于笔记，也容易背诵。他主讲的课程《国民革命大好形势的分析和应有的努力》，对国内三大军阀——吴佩孚、孙传芳、张作霖代表国际帝国主义和封建势力，称雄割据，各霸一方，勾心斗角的情况，了如指掌。阐明了北伐军的任务是打倒帝国主义、打倒军阀、铲除封建势力。有一次他还亲自指挥唱起《国民革命歌》。他的讲话，经常引证法国大革命的故事，巴黎公社的革命故事，十月革命的故事，使人入迷。因此许多同学说，周老师很有演说天才。他登台讲演时，带队的长官们，肃立一旁静听，一听到底，并不来来去去地走动。连孙文主义学会中的骨干分子李安定、蔡劲军之类狂徒，对他也是折服的。

袁国平、文强在第四期从入伍生到政治科学习时，每逢革命纪念日，或举行文娱晚会，血花剧社都有精彩演出。有时在校本部大礼堂，有时在操场露天演出。各科的学生照例是集体参加。血花剧社，舞台上悬挂的红布横幅标语和红布对联都是苏联式的布置，以红色代表革命，革命是以热血和头颅换取来的。“革命之血，主义之花”，八个字的对联，将血花剧社的命名解释得清清楚楚。

血花剧社成立于1925年1月18日，是在周恩来的指导下成立的，名字来源于军校党代表廖仲恺的题词“先烈之血，主义之花”。血花剧社后来扩展为“黄埔俱乐部”，内设戏剧、音乐、美术、体育等组。剧社的骨干力量有李之龙、陈赓、蒋先云等人。一时间，写剧本、排戏、演戏、看戏，成为黄埔军校师生中颇为流行的时尚活动。没有一点基础的胡宗南也跃跃欲试，不过他没演过戏，悟性也差，有时排演几遍还是入不了戏。有一次，他演一个北洋军官，虽然只有一句台词，但他上台后一紧张就忘了词，站在台上不知如何是好。演对手戏的李之龙急中生智，急忙“啪”给了他一“枪”，他“啊”地一声倒了下去。这成了剧社里的笑料。

1926年，在广东大学（现名中山大学）开办了一个月的特别训练班。目的是为了准备北伐，培训一批战地工作干部，由国民革命军总司令部政治部主办。学生的来源，由黄埔军校第4期各科的学生中，挑选了三百多名组成。几乎是清一色的左派分子，而左派分子中绝大多数是共产党员。训练班学员同第4期毕业学生同等待遇，算是提前毕业。袁国平、文强均是这批被挑选受训的，高兴得不得了。

这个班的总负责人是邓演达，他已升为总政治部主任了，学生们仍按习惯称他为教育长。主要讲课人有邓演达、周恩来、恽代英、彭湃、陈启修、蒋作宾等几位知名人士。

邓演达以《英雄造时势、时势造英雄》为题的一篇讲演，讲得非常精辟，他说，革命的英雄是从革命风暴中锻炼出来的，是经得住革命烈火考验的。这个伟大的时代，涌现出无数的革命英雄。反转来，革命的英雄又推动了革命力量的发展，造就了大好的时势。英雄造时势，时势造英雄。你们心目中有了孙中山先生和列宁这样伟大的革命导师，就为革命的英雄树立了不朽的典型，因为每一个伟大的革命导师的精神，都无不统一到时势造英雄、英雄造时势的含义之内……

恽代英在特训班主讲的课题是《青年运动的重要性》，他生动地以广州革命根据地三种类型的青年作例子，讲得大家捧腹大笑。他说广东大学学生，文而雅又弱。岭南大学学生，香而艳又骄。黄埔学校的学生，黑而臭又壮。于是人们讥评，广东大学学生怕革命、不革命、轻视革命。岭南大学学生，厌革命、反革命、咒骂革命。唯独我们黄埔学校的学生，具有劳动人民的本色，都是受过锻炼的革命好汉，把革命当成了职业，不惜牺牲流血，是好样的……三种类型代表了革命、不革命、反革命三种本质，这是众人所知的。不过三种类型是活的可变的，而不是死的固定不变的，如果是一成不变的东西，那就无须革命工作。只要革命工作做到家，是能分化他们、感化他们，是能化敌为友的。黄埔学校初创办时，广州的许多少女，见黄埔学生捏鼻而过，不屑一顾，听说现在争着要嫁黄埔学生了，广东大学学生，越来越多地要投笔从戎黄埔军校了；岭南大学学生也不可能是一块铁板，一定也是在变化之中……诸位到了北伐军前线，或者深入敌人的后方，做青年运动工作，比在广州要不知好多少倍。希望你们永远保持劳苦大众的本色，不受腐蚀，那么，一切工作都会干得好的。

彭湃是著名的共产党员，又是著名的农运专家。农运工作是一门新课程。彭湃的普通话并不高明，但通过画龙点睛的翻译，也就全无语言的隔阂了。他以东征军为例，说明有组织的农民，可以为革命军当向导、抬担架、送饭送水，里应外合，造成声势，使敌人风声鹤唳，草木皆兵。他还讲过，搞农民运动最好要生活农民化。西装革履，油头粉面，他们是不爱理睬的。

此外，陈启修讲的是《经济学》，蒋作宾讲的是《战地行政工作》，等等。

2

无论古今中外，军队里缺少不了两种生活中的东西：一是酒，一是军歌。酒用来激发战斗时身体的血性，军歌则用来激发精神的昂扬。革命的黄埔，歌声不断。这一时期，黄埔军校学生唱的歌曲，有激发学生民族情感的，比如《黄族歌》："黄族应享黄族权，亚人应种亚洲田。青年青年，切莫同种自相残，会教欧美着先鞭。不怕死，不爱钱，大丈夫决不受人怜。洪水纵滔天，只手挽狂澜……"有队列行进中唱的歌曲，如《军人争气歌》："军人，国人要争气，咱们中国被人欺。热血要洒，发奋起，不能受制做奴隶……"

而唱得次数最多的是黄埔军校的校歌。黄埔军校有两首校歌，一是从建校到第四期学生所唱的校歌，其歌词是：

莘莘学子，亲爱精诚，
三民主义，是我革命先声。
革命英雄，国民先锋，
再接再厉，继续先烈成功。
同学同道，以学以教，

终始生死，毋忘今日本校。
以血洒花，以校为家，
卧薪尝胆，努力建设中华。

但是这首歌韵律不太流畅，唱起来词曲不搭，难以上口，因此学生们唱起来不舒服，流传也就不广。

于是军校便有了换新校歌的想法。新的校歌是由军校的少校政治教官陈祖康作词、林庆梧谱曲。新校歌的歌词是：

怒潮澎湃，党旗飞舞，这是革命的黄埔！
主义须贯彻，纪律莫放松，预备做奋斗的先锋！
打条血路，引导被压迫民众，
携着手，向前行；路不远，莫要惊。
亲爱精诚，继续永守，发扬吾校精神，发扬吾校精神。

这首校歌气势磅礴，琅琅上口，很快在校园内外传唱起来。

黄埔军校的紧张生活，对于历史研究者和后来人而言，这种遗忘往往会使历史迷失本来面目。比如说黄埔军校，作为肩负着国民革命重担的黄埔军校学生，无论校园生活是怎样的丰富多彩，欢声笑语，但最多的肯定是紧张——学业的紧张、精神的紧张。紧张的生活和精神是军校生活的主题。但学生们对这种紧张的记录，并不多见。好在我们还能通过片鳞半爪，窥得军校紧张生活的状况。

每天，早上五点钟，天还未亮，起床号音一响，学生们就必须立即起床，起床后穿衣服、鞋袜，叠被子、洗脸刷牙、站队集合、点名，都要求快。然后便是紧张的训练。在新兵训练期间，每天操课时间是十一小时，包括术科五小时，学科四小时，晚上自习二小时。开学后，术科减少一小时。

每天吃三顿饭，每顿饭限十分钟吃完。吃饭时候不能解脱军装、不能说话、不能故意使碗筷作响。从起床之后，到晚上九点半熄灯，学生们“没有片刻时间是虚度的”，“什么人也不敢偷懒，更不敢自私”，人人都在努力学习。学习时的苦痛是暂时的，未学到的痛苦是终生的。熄灯号响之后，需要立刻就寝，不得谈话，惊扰他人睡眠。当时，学生们住在临时找寻的葵棚里，几十人一个房间，聊天确实会影响他人休息。

除此之外，每个学生都要担任守卫、放哨等勤务。

学生们之所以要担任守卫和放哨等任务，是因为军校创办之初的处境比较危险。当时在广州有很多大小军阀，对军校持敌视态度。滇军第三军军长范石生就曾对蒋介石说过要解决黄埔军校的学生军。这句话让军校上自校长、下至学生都非常紧张。

从 1924 年 8 月下旬起，全岛就开始实行警戒。学生们白天上课训练，晚上便分区担任戒备。每晚，担任戒备的学生都神情紧张，严密注视江面上船只的行动。当时的规定是每人站岗四小时，换岗后回去休息。对于当值的同学，军校从紧张的经费中拿出资金，给他们安排加餐：每人发两个馒头和一块熟肉，作为夜餐。第二队学生张隐韬在日记里写道：“我第一、第二队学生下午一时派出警戒，我与三四人为步哨，位于东南岸之山上，此地随地有匪，我们位置之地，与各地步哨离得太远，真是危险得很。”①

不仅晚上要警戒，白天和假期也过得提心吊胆。早六点到晚六点派一队学生在到边警戒，外出训练必须全副武装，休假日有三分之一的学生可以去广州，但是逗留时间不能超过四小时，三分之一在本岛游散，听到警报声就要立即回校，还有三分之一在学校警戒。这种戒备，一直持续到商团事件结束。

除了学业上的紧张和精神上的紧张，黄埔军校慢慢出现了另外一

---

① 《张隐韬烈士日记连载》，《历史档案》1989 年总第 34 期。

种紧张的氛围：学生之间关系的紧张。黄埔军校是国共合作的产物，学生里有信仰三民主义的，有信仰共产主义的，就实际情况看，有的学生是贫农出身，要反对剥削反对压迫，而有些学生出身于富农和商人家庭，并不认为他们是专政的对象。慢慢地，学生之间就形成了两派。

双方之间的矛盾越积越深，关系越来越紧张，而最终导致了他们的分道扬镳。

国共之间分道扬镳的青年高唱："怒潮澎湃，党旗飞舞，这是革命的黄埔。"

这首曾响彻半个中国的校歌，既曾是黄埔人的骄傲，也是黄埔人的烦恼。为什么呢？因为当时这首歌曾在军校里引发了大论战。飘扬的"党旗"，是镰刀斧头旗，还是青天白日旗？尽管是国共合作，但有些青年心中的党旗无疑还是镰刀斧头旗。早期的黄埔，汇聚着四方英才。他们为了心中理想的旗帜，在珠江口的蒙蒙烟雨中，接受狂涛怒浪的洗礼，共同守护着心中的那份神圣。黄埔军校是国共合作的产物。故国共合作是军校健康发展的基石。随着国共合作瓦解的征程日趋明显，黄埔军校的学生也陷入了分裂。其分裂的原因有二：第一，依照国共合作的精神，很多共产党员、共青团员入校并加入了国民党，也有学生入校后先入国民党后入共产党，他们名为国民党员实为共产党员，他们有坚定的共产主义信仰，军校内出现了"党内有党"的情况。第二，校长蒋介石一直对孙中山的国共合作持怀疑态度，早在 1924 年 3 月军校筹建之时，蒋介石就曾致信廖仲恺，表示对国共合作的不信任，"决不信吾党可与之始终合作"，而历史事实告诉我们，当孙中山、廖仲恺去世后，蒋介石更是成为国共合作的破坏者和终结者。双方各为自己的理想而奋斗，也就免不了出现不愉快的事情。随着两党的逐渐貌合神离，"党旗飞舞"中，这些英才们心中的党旗变得不再一致，青天白日旗和镰刀斧头旗分别竖在了不同学生的心中，两杆旗下各自聚集了一批护旗勇士。原本维护国共合作的青年人，为着不同的主义，各自随着心中那杆旗而去，最终分道扬镳。当年在黄埔岛上同吃同睡的青年，在跌宕起伏的中国近现代历史上，走向了命运迥异的两条道路。

在黄埔军校的门口有一副铿锵作响的对联：

升官发财请走别路
贪生怕死莫入此门

此时的袁国平一身戎装，虽显得高挑瘦弱，但他的心里像一团烈火，有着燃烧不尽的热情。他知道，学习、战斗，不断学习，接连不断的战斗，那是军人经受磨砺与考验的良机。生命，就像山上的幼树一般，看起来纤细，柔弱，娇嫩，但具有坚强的韧性。经风雨的摔打，雷火的轰击，日益长大、长高，枝叶碧绿盈盈。

3

据新发现的袁国平佚文《革命文艺谈》①可以看出，1925 年秘密加入中国共产党的袁国平，树立了崇高的理想和坚定的共产主义信念，又由于他受恩师田汉倡导的革命文艺的影响，加之黄埔军校火热生活的磨炼，使他对历史、战争与文艺有独到的见解。加入中国共产党组织才半年多，在他二十岁时就写出像《革命文艺谈》这样惊世骇俗的奇文。该文刊发在《广州民国日报》文艺副刊《新时代》第 35 期 4 篇文章中的首篇。

生活就是激烈的斗争，人间就是炮火连天的战场，自从有人类历史以来，世界上无时无刻不在演着流血的惨剧。一切艺术的热情，生命的活跃，不是在这斗争流血里直接产生的，就是因斗争流血而更增高其热

① 原载 1926 年 6 月 10 日《广州民国日报》副刊《新时代》第 35 期。

情和活跃的程度。

从客观上来说,如果文艺是表现人生的,作者就是这人生战场上的观战者。外界所给与作者的刺激和印象,当作者为创作冲动而创作的时候,一定会把他们艺术化地反射出来。所以这种作品中自然有浓厚的人生战场的背景,——一切强者的呐喊,弱者的呻吟,胜者的放肆,败者的屈服,也自然而然地流露笔底,活现纸上了。

从主观上说,如果文艺是发挥自我,作者就是这人生战场上的实际参战者。文艺的作者,在生之行程上比任何战士都勇敢,悲壮的烈火,随时燃烧着他的生命的火花,使他有意识地或无意识地立在自己阶级的利益上而奋斗,而创作。所以这种作品中,一定有大勇无畏的精神,爆发反抗的革命性。

无论怎样,只要是真正伟大的文艺作品,一定含有充分的革命精神的,卢梭的《忏悔》,屈子的《离骚》,不就是对付当时社会环境的手枪炸弹么?所以我们提倡革命文艺,并不是在文艺园地里重新播种,却是使文艺园地里的枯苗复活。

在资本主义的社会中,文艺之园,是被重封密锁着的,只有资本家的姨太阔少,才能够自由自在地徜徉其中,里面的园丁,也尽是被姨太阔少所收买的拜金文丐,我们暴利文艺之花是需要普遍的温和阳光,和深情的甜蜜甘露,才会结果的。资本主义社会能够给普遍的温和阳光,和觉悟的甜蜜甘露么?不!决不!在资本主义化的现代,正如《共产党宣言》中所谈的:"人和人中间,除了明目张胆的自利,刻薄寡情的现金主义,再也找不出别的连结关系,宗教的热忱,义侠的血性,儿女的深情,早已在利害计较的冰水中淹死了。"想想在这样的社会中除了以黄金的溶液,作文艺之花的灌溉外,还有什么!唉!醉生梦死在黄金白银前的艺人呵!你们的情绪在哪里!你们的灵魂在哪里!

的确,这并不是有意刻薄我们,只看鼎鼎著名的诺贝尔奖金,不是已成了世界文坛上群狗所争之食吗?整千整万的文人,都以得诺贝尔奖金为荣,于是他们的努力,并不是为文艺,更不是为人生,却是实实在在为了黄金的灿烂呵！把黄金当成了文艺的代价，这是何等的卑污可耻！然而他们并不会感觉到这是卑污可耻的一件事，依旧穷年穷月的苦思闷想，勾心斗角地去迎合资产阶级的嗜好。他们横竖知道被资本家所赏识的就是文坛上的胜利者——像太戈尔就是一例。

不幸呵！这文艺的厄运，我们现在应认定资本主义的文艺，已经快要死灭了，提倡革命文艺，就是文艺的复活运动。天才的作家呵，你们应赶快脱离传统因袭的束缚，走到这自由的创造路上来，大胆地呐喊前进，努力打破文艺之园的重封密锁，开始文艺革命化的工作。造成不要自囚在狭的笼里，不问时代，不问环境，欺人自欺地喊着"忠实于文艺，即忠实于人生"。而在另一方面，却不知不觉地为资本家的文化代收买政策所骗，竟做了他们精神上的工银劳动者。

同时还有一个问题，就是在万恶的现代社会中，虽不被资本家所收买，也很容易消失了我们生之勇气，而走入了创作的歧途。许多颓废的作者，都抱着消极悲观的态度，浪费了他们的天才，去求酒精的陶醉，和性的满足，因此醇酒和妇人就成了他们唯一的描写对象。固然，社会的罪恶，使我们不得不在狂饮狂吻的生活里度日；把生命的奔流，图一个肉感的痛快，然而我们既不能毅然决然地自杀，就应该鼓着勇气，往腐水中去寻找幽香，坟墓中去吹嘘新生，使我们的自身和作品，融化在革命的当中。

但是文艺革命化，并不是文艺庸俗化，绝不容革命的概念，消灭了文艺的本性。所以诗歌还是诗歌，小说还是小说，戏剧还是戏剧；不要把诗歌变成了口号，小说变成了宣言，戏剧变成了化装演讲。要是这样，不但糟踏了文艺，而且也不能唤起人们的革命情绪。亲爱的读者，须知易卜生对于社会改造上的贡献，和他对于艺坛上的贡献，是有同样的伟大呵！

此文的署名是"袁裕"，文末落款"于中央军校政治三队"。

此时的袁国平年仅二十岁，入党才半年，只不过是一个黄埔军校在读学生，而他却能熟练地运用《共产党宣言》的基本观点，对资产阶级文艺进行深刻的揭露，并能站在马列主义文艺理论高度对革命文艺进行全面论述，充分展示他的聪敏才智和深厚政治理论功底。

从文中涉及的卢梭、易卜生、太（现译作“泰”）戈尔、屈原等，可见年纪轻轻的袁国平已学贯中外，融通古今。他把文艺创作者说成是“人生战场上的观战者”，同时又“是这人生战场上的实际参战者”。这一观点至今看来仍很有新意。

在文中他深刻地揭示了资本主义文艺的局限性：“文艺之园，是被重封密锁着的，只有资本家的姨太阔少，才能够自由自在的徜徉其中，里面的园丁，也尽是被姨太阔少所收买的拜金文丐。”袁国平在文中直接引用《共产党宣言》，揭露资本主义是“明目张胆的自利，刻薄寡情的现金主义”。

他对诺贝尔奖更是哧之以鼻：“只看鼎鼎著名的诺贝尔奖金，不是已成了世界文坛上群狗所争之食吗？整千整万的文人，都以得诺贝尔奖金为荣，于是他们的努力，并不是为文艺，更不是为人生，却是实实在在为了黄金的灿烂呵！把黄金当成了文艺的代价，这是何等的卑污可耻！然而他们并不会感觉到这是卑污可耻的一件事，依旧穷年穷月的苦思闷想，勾心斗角地去迎合资产阶级的嗜好。”为什么他在九十多年前对诺贝尔奖、泰戈尔有如此见解，这里涉及一段历史公案：泰戈尔访问中国。1924年四五月间，应梁启超、蔡元培等人的邀请，1913年诺贝尔文学奖获得者、印度著名诗人、文学家泰戈尔准备为期一个多月的访华，徐志摩是他访华活动的主持人和翻译。

与前几年的杜威和罗素访华相比，泰戈尔访华更带有某种文艺气息。

泰戈尔在中国的演讲自始至终阐述东方主义的立场——精神永远高于物质，爱永恒，精神永恒。不过，泰戈尔这一次来华不像前几年的杜威和罗素那样受到各界的欢迎，很多时候甚至明显感受到来自中国知识界的敌意。除了像冰心一类的文艺青年对他顶礼膜拜之外，很多中国青年因为一种政治情绪导致了对泰戈尔的反感。在他们看来，泰戈尔对于中国，就像天外来客。最起码，泰戈尔不是当下中国最需要的良方，当前中国最需要的，是政治和社会变革的方法和手段，至于其他，包括文学、宗教和哲学，显然提不起他们的兴趣；而泰戈尔的演讲又过于主观化，离政治和社会太远，更像隔靴搔痒的布道。当时一些有影响的作家和学者，如鲁迅、郭沫若、林语堂、陈独秀、闻一多、茅盾、瞿秋白等人都对泰戈尔的举动表示了嘲讽。包括袁国平也是这样的感觉。

袁国平在该文的最后，提出文艺革命化并不等于文艺庸俗化："绝不容革命的概念，消灭了文艺的本性。所以诗歌还是诗歌，小说还是小说，戏剧还是戏剧；不要把诗歌变成了口号，小说变成了宣言，戏剧变成了化装演讲。要是这样，不但糟踏了文艺，而且也不能唤起人们的革命情绪。"

文章发表在广州，其时的《广州民国日报》是1923年6月创刊的，孙仲瑛为社长兼编辑主任，该报拥护孙中山国民革命的主张，但文艺副刊刊发的多是旧派通俗文艺。1924年上半年，《广州民国日报》被国民党广州特别市党部接办，10月又被国民党中央宣传部接管，由陈秋霖主持，1925年8月后由陈孚木接任主编。其间，广州革命文化界创办《民国曙光》《学汇》《文学周刊》《自由评论》《批评与创作》《新时代》等革命性质的副刊，试图改变广州旧文艺及黄色文艺盛行的空气。袁国平的《革命文艺谈》，就是在这样的背景下，发表在《广州民国日报》的《新时代》副刊上。

阅读新发现的佚文，可以看出袁国平在红军和新四军中开展军队政治工作的业绩和文学艺术才华的展现正是起步于此。无怪乎粟裕将军曾说：袁国平是黄埔军校走出来的政治家。

第四章 北伐鏖战

1

北伐，是指广州国民政府的国民革命军北进讨伐北洋政府的战争。它始于1926年7月1日广州国民政府发表《北伐宣言》，并以蒋介石为国民革命军总司令，率部出师。国民革命军先后击败吴佩孚、孙传芳、张作霖为主力的北洋军阀，取得原属北洋军的冯玉祥、阎锡山等人的加入，最终以1928年12月29日张学良宣布改旗易帜、接受国民政府领导为结束。

进入1926年的中国局势：在南方，国民政府第二次东征，彻底摧垮了陈炯明的军阀势力，广东革命根据地得到统一，工农运动迅速发展。在北方，帝国主义支持的奉系、直系及孙传芳等军阀，不但控制京、津、湘、鄂、豫、冀、苏、浙、闽、赣等地，还准备联合起来进攻广东的革命力量。

到 1926 年 5 月，北伐的蓝图大体上已经准备就绪。这个蓝图是由苏联顾问加伦将军帮助制定的。经过谈判，唐生智和白崇禧表示拥护北伐。这样就把白崇禧的第七军从广西调了出来。以四军、七军、八军沿京广线向吴佩孚进攻。以二军、三军、六军向南昌孙传芳进攻。以一军向福建、浙江进攻。

5 月 1 日，叶挺率领独立团为北伐先遣队，从广东省肇庆、新会出发，开始了北伐。独立团路经广州时，周恩来召开了该团连以上干部会议，周恩来用“饮马长江”的豪言壮语激励大家。

面对如此局势，国民政府在中国共产党的支持和推动下，于 7 月 9 日在广州东校场举行 10 万军民参加的北伐誓师大会。国民革命军总司令蒋介石发表就职宣言，苏联顾问鲍罗廷和共产党人毛泽东、邓颖超、杨匏安以及顾孟余等人也出席了会议。

会场上的袁国平，心情异常激动。孙中山先生早就想进行的北伐，现在终于实现了。他作为北伐军中的一员，决心要为铲除军阀，夺取胜利贡献一份力量。北伐出师前，在周恩来的主持下，先后建立了北伐革命军政治部和各级政治部，共产党员的骨干大多数分配到各军负责政治工作。袁国平是在 6 月份从黄埔军校第四期政治科提前毕业的，在广东大学（今中山大学）进行了短期的战时政治训练班学习，然后就分到了国民革命军总政治部工作，担任国民革命军左翼宣传队第四队队长，随国民革命军参加北伐。说起来是训练班，每天只有一节课，主要是学两份文件，一是蒋作宾写的《吴佩孚系的北洋军阀部队调查》，一是钮永健写的《孙传芳系的北洋军阀部队调查》，材料详细说明是吴、孙两系军队的历史，两军的组织、人数、装备、特点等，还附有两军团长以上军官的姓名、年龄、出身、个性等，这些都是为了北伐而精心准备的。训练班由共产党员包惠僧担任主任，共产党员熊雄、恽代英协助，着重研究北伐战争中的政治工作任务和方法。周恩来、彭湃先后为学员们做了讲演，高深的理论融化在通俗的语言之中。周恩来曾作题为《革命军部队政工与民众运动》讲话，在这次讲话中，周恩来强调指出：“部队政工是革命军队的灵魂，是民众工作的桥梁。”从此，这句话嵌入袁国平的脑海，使他受益匪浅，并为他在后来的军队建设工作中发挥了重要作用。

顶着烈日，冒着酷暑，十三万国民革命军分为西、中、东三路，浩浩荡荡地向湖南、湖北、江西、福建、浙江出发了。

作为北伐先锋的叶挺独立团，与其他部队一起，长驱直入，两湖战场是北伐第一阶段的主战场。

汀泗桥、贺胜桥之战是很激烈的。

汀泗桥地势险要，易守难攻，是湖北的南部门户，也是北伐必经之路。在汀泗桥，吴佩孚聚集了两万大军，准备进行死守。8 月 26 日，北伐军连续冲锋十次，都在敌人的顽固抵抗下未获成功。8 月 27 日叶挺独立团奉调增援。机关枪没有子弹了，就把鞭炮装到空油箱里，噼里啪啦一阵乱响，烟雾冲天，守桥的敌军听到轰天的响声，有些就逃跑了。在友军和农民武装的配合下，经一昼夜血战，独立团许继慎营首先攻占汀泗桥。北伐军获得了最后胜利，在此役中阵亡 134 人，共俘敌军官 157 人、士兵 2296 人，并缴获大量枪支弹药。吴佩孚闻讯大怒，将败将余荫森等人就地正法，并下令有敢后退者格杀勿论。吴佩孚曾经上过美国著名杂志《时代周刊》的封面，被英美等国认为是当时最有可能统一中国的人。他调教出来的队伍，有很强的战斗力。

国民革命军打得很英勇。吴佩孚则派了大刀队督战，谁退下去要杀头。有些士兵不敢撤退，就吊死在树上。那时，天气还很热，尸体都腐烂了，臭味令人窒息。

8 月 27 日凌晨，第四军叶挺独立团在当地一个农民的带领下，从小路绕到汀泗桥东北的古塘角，然后迂回到敌人的右侧，叶挺、周士第、许继慎带领独立团二营、三营向敌人发起攻击，吴佩孚的部队很快溃败。正面攻击的独立团一营营长曹渊率兵通过铁路桥，其他各部队随后跟进，一举攻克汀泗桥。当天中午，叶挺独立团攻克咸宁城。也就是这个时候，叶挺独立团以其英勇为第四军赢得了“铁军”的称号。

汀泗桥之战胜利两天后，叶挺独立团开进到贺胜桥。贺胜桥为鄂南第二门户要冲，粤汉铁路纵贯其南北。附近地势起伏，茶树丛生。西南、东北方向各有一个湖，河流交错，当时正值雨季，低洼地区已被水淹没。

为了守住此桥，吴佩孚集中兵力 2 万多人，在险要地带设置 33 道防线，构成纵深 5 公里的防御体系。他还吸取了汀泗桥战败的教训，为防止北伐军绕到背后袭击，在每个山头构筑了环形工事。

8 月 30 日拂晓，大雾弥漫。北伐军决定趁着大雾发起攻击，担任主攻的是叶挺独立团。战斗打响后，一是因为守军顽强，二是因为大雾弥漫，独立团很快陷入了各自为营的混战。先拿下印斗山，再强攻贺胜桥。

敌方是当时中国最负盛名的指挥者和精锐部队，而己方是成立不足一年的新军。按说，即便打败了，也不丢人。

但是打仗是不可以排名次的，它不像奥运会奖牌，金牌拿不到，还能拿个银牌、铜牌。打仗没有第一第二，胜就是胜，败就是败。正应了古人的那句话：“文无第一，武无第二。”

至此，北伐军占领了湖南全省。接着又攻占汀泗桥、贺胜桥，歼灭了吴佩孚的主力，为北伐胜利奠定了基础。9 月上旬，又乘胜占领汉阳、汉口。武昌守敌遂孤悬江东。

叶挺独立团的伤亡也很大，尤其是连排干部。他们大部分是黄埔毕业的学生、共产党员。弄得部队人员补充都来不及。要兵、要干部，当时都很难解决。

北伐军攻克汀泗桥以后，得悉吴佩孚南调大批援军到达汉口，孙传芳的精锐卢香亭部到达九江、湖口，吴、孙阴谋联合进攻北伐军，妄图挽回颓势。这时蒋介石率第一军第一师王柏龄部向南昌前进，指挥在南昌以西各军迎击孙传芳的主力，给予敌人以歼灭性的打击。

北伐军急追逃敌，吴佩孚的溃败部队，麇集纸坊，未作抵抗，即退入武昌城。武昌扼湘、鄂长江要冲，为兵家必争之地，城高两丈，城郊平坦开阔，易守难攻。当时武昌的形势是：直系军阀吴佩孚，一败于平江，再败于汀泗桥，三败于贺胜桥，退守武昌，以靳云鹏为"讨贼"联军副总司令兼武汉警备总司令，负责武汉防守事宜。

9月1日，国民革命军包围武昌城。9月2日，北伐前敌指挥部决定以第四军并配属第一军第二师和第七军第七、第八旅主攻武昌城；第八军继续准备戟指汉阳、汉口；第七军第一、第二旅在鄂城、樊口遮断吴军长江交通，掩护攻城部队侧背安全；第一军第一师为总预备队，在崇阳待命。9月3日、5日，北伐军两次进攻武昌城，虽伤亡甚重，但均未获得实效，于是转而对武昌改为封锁围困。叶挺、周士第在经过地形侦察之后，决定在通湘门车站附近挖开一条坑道穿透城墙，由叶挺亲自率领官兵日夜轮流挖掘。9月5日，第八军开始向汉阳发起攻击，吴部湖北暂编第二师阵前倒戈，改编为国民革命军第十五军，刘佐龙任军长。9月6日，攻占龟山，第八军第二师攻占汉阳兵工厂，第四师占领汉阳城。9月7日，第八军第二师渡过汉水，攻占汉口。国民革命军攻占汉阳、汉口后，武昌已成孤城，但凭靠城防牢固，依然拼命死守。10月10日，北伐军再度对武昌发动进攻。叶挺独立团把炸药放入坑道将通湘门炸塌，首先率部冲进武昌城。在辛亥革命武昌起义的同一天，北伐军攻下了武昌，歼敌2万余人，生擒守城司令、第八师师长刘玉春和湖北督理兼中央第二十五师师长陈嘉谟。

在北伐战争中，袁国平曾率领的左翼宣传队第四队，随周逸群改造贺龙部队，后与韩俊创办十一军教导营，他以多种形式宣传叶挺独立团作为北伐先锋的功绩，激发了部队的士气。就是在这个时期，袁国平对叶挺有了深刻的了解，并与叶挺建立了深厚的革命友谊。

攻克武昌，叶挺独立团是攻城主力，袁国平等人开展的政治宣传工作发挥了重要作用。在10月26日《广州民国日报》刊出的《攻下武昌后第四军之政治工作》报道：

此次革命军攻下武昌后，第四军政治部对于宣传工作非常注意。“双十节”拂晓，当攻城时，该部即派所有政治工作人员，随该军攻城部队入城，竟日在城内遍贴标语，散发传单，及沿街对人民宣讲。十一、二、三日，仍继续派出政治工作人员，补做前日未竟之工作。十四日起，复将宣传员五十余名编为十五纵队，分区划段，规定宣传大纲，每日均出发向人民宣传。现时遍城中无论各街道小巷，到处多有该军各政治部之标语传单，及碰见该军宣传队之旗帜，政治宣传之讲演。实足见该军对于军民合作之般，所以到处受到人民欢迎也。

国民革命军第四军在北伐过程中因为战功卓越获得了“铁军”称号，过去曾一度将“铁军”认为是第四军叶挺独立团的称号，此称号最早见于1926年9月30日《广州民国日报》。1927年1月15日，武汉粤八百联欢社在汉阳兵工厂特别制造一面铁盾赠送给第四军，铁盾下面铸造有“铁军”二字及上款“国民革命军第四军全体同志伟鉴”，背面铸造有一首四言题辞：“烈士之血，主义之花，四军伟绩，威振迩遐。能守纪律，能毋总夸，能爱百姓，能救国家。摧锋陷阵，如铁之坚，革命担负，如铁之肩。功用若铁，人民倚焉，原寿如铁，垂亿万年。”叶挺独立团不愧为北伐军的先锋，全团2100多名将士中，参谋长周士第、营长曹渊、许继慎，连长吴兆生、卢德铭、练国梁、胡焕文等都是黄埔学生。在叶挺的带领下，他们从广东一路打到湖南、湖北。在著名的汀泗桥、贺胜桥的战斗中，独立团曹渊等191位黄埔勇士为国捐躯。1926年10月，北伐军开进武昌城，叶挺下令修建铁军烈士墓，将独立团牺牲官兵的遗体、遗骨，集中安葬在洪山北麓，墓碑上镌刻着曹渊等 191 位烈士的姓名和四句墓志铭：“诸烈士的血铸成了铁军的荣誉”“无产阶级的牺牲者”“先烈之血”“主义之花”。

2

在北伐战争中，袁国平始终保持着坚忍的精神状态和意志力量。这是铁血精神的坚忍，坚者如磐石，虽岁月交替而不变；忍者如柔练，虽困苦艰辛而不摧。坚忍者，刚柔并济，百折不回，持之以恒也。

袁国平从战时政治工作训练班到总政治部报到后，被分配至北伐军总政治部宣传大队。该大队由共产党员胡公冕任大队长，组成小组分派到各部，负责做宣传鼓动工作。袁国平在左翼宣传队，该队由总政治部宣传科科长周逸群任队长，陈恭任副队长，袁国平为第四队队长。

1926 年 8 月，袁国平随周逸群从广州进入湖南后，按照党的安排直奔驻扎在湖南常德的第九军第一师贺龙部队。周逸群和袁国平向贺龙建议：当务之急是改造部队。贺龙一心一意跟着共产党干，对周逸群和袁国平等人非常信任，当即采纳了他们的意见。周逸群率袁国平等 30 多名宣传队员随即开展工作，先从部队抽调一部分青年军官，再到地方招收一批学生，学校很快就开办起来。

这所学校定名为“国民革命军第九军第一师政治讲习所”，地址设在湖南常德西观街的古庙“玄都观”，是贺龙培养军政干部的摇篮，该讲习所不久迁至澧州城郊，后又随部队搬到湖北鄂城，先后为左翼部队培养 2000 多名基层军官，其中贺龙部队共 800 余人。1927 年 3 月，学员们在湖北鄂城正式结业，陆续分配至部队担任营长、连长或指导员，成为第一师的骨干力量。

周逸群、袁国平等人到贺龙部队后，发挥政治工作的作用，在师、团开展政治工作，配备政治干部，制定政治工作制度，通过几个月的努力，把这支队伍改变成焕然一新的革命武装。在常德的时候，第一师负责招收新兵 3000 人，周逸群、袁国平与地方共产党组织取得联系，并亲自奔赴各地发动群众，动员青年参军参战，一时间掀起了报名参军的热潮。招兵的任务很快完成，这对第一师的未来有很大影响，大大出乎贺龙的预料。贺龙十分赞赏地说：过去这个党，那个会的，我参加过不少，可就是“红脑壳”的过去没有真正接触过。这次我发现共产党真是有人才啊，政治工作太管用了！过去军阀招兵一靠钱，二靠绳子。现在我们讲革命道理，一个钱不花，农民都把年轻力壮的子弟送来了。

周逸群、袁国平等共产党人对贺龙的影响是很大的，贺龙从这批共产党员的所作所为认识了中国共产党并提出入党要求，进而坚定地站在中国共产党的一边。

在北伐战争中，贺龙、周逸群指挥部队英勇冲杀，连续作战，先后攻克了石门、公安、沙市、宜昌，直逼武昌城下。这时候，贺龙的第一师已改编为国民革命军独立第十五师，后又扩编为第二十军。贺龙领导的第二十军与叶挺领导的第十一军第二十四师，后来成为南昌起义的主力部队，贺龙本人担任南昌起义的总指挥。贺龙及其部队的这一重大变化，正是周逸群、袁国平等共产党人直接改造的结果。

北伐军进入湖南澧县时，四川发生了“万县惨案”，袁国平连夜赶写了话剧《万县血》，用血和泪的语言揭露控诉英帝国主义在四川万县制造事端，屠杀中国人民的血腥罪行，赶排演出后，激起军民对帝国主义和封建主义的强烈愤慨。

1926 年 12 月，北伐军扩编，第四军扩编为第四、第十一共两个军，袁国平奉命调至第十一军政治部工作，他与韩浚一起，负责组建第十一军教导营，韩浚任营长，袁国平任营政治指导员。他们将教导营办得有声有色，教导营中干部战士多数是共产党员。韩浚回忆说，袁国平“有很高的威信，在教导营中工作十分努力，能力很强，很善言辞，很会做学生的思想工作，对我的帮助很大”。

韩浚是黄埔军校第一期毕业生，中共党员，北伐军攻克武昌后，在武昌设立中央军事政治政治学校武汉分校。教导队在武汉招收 300 名学生，又通过中共湖南省委书记夏曦，在长沙招收 200 名学生。1927 年 1 月，教导营正式成立。

1927 年 4 月下旬，经中共中央提议，国民政府任命叶挺为平叛总指挥，教导营接受叶挺的指挥，负责保卫中共五大的召开。

此次会议是在“四一二”事变两周后举行的，白色恐怖仍笼罩着武汉。会议地点之所以选择繁华闹市中的武昌都府堤武昌高等师范第一附属小学，是因为周边有很多商场，来来往往的人很多，开会的代表早来晚归不易使人注意。

袁国平和韩浚接受任务后，即带着教导营第一队队长到会址都府堤，对会场内外的地形进行了仔细观察，研究了周密的保卫计划，并召集第一队学员作了思想动员和具体安排。把队伍分成两部分，一部分身穿军服，全副武装；另一部分身着便衣，隐秘行动。开会时代表们进出会场，守卫大门的官兵对代表们一一进行查问，不仅要求他们出示证件，而且盘问得清清楚楚，接着还有便衣人员尾随进入会场，直到确认是代表后才罢休。教导营的保卫工作做得天衣无缝，保证了中共在武汉举行的第五次全国代表大会的顺利召开。

4 月 27 日至 5 月 10 日举行，出席会议的代表 80 多人，代表党员 57963 人（当时工人党员占全体党员半数以上）。开幕式是在今武昌第一小学举行，后在汉口黄陂会馆举行。大会选出 29 名中央委员和 11 名候补中央委员，组成中央委员会，新的中央委员会仍选举陈独秀为总书记，选举陈独秀、张国焘、蔡和森组成中央政治局常务委员会。会议批评了陈独秀的右倾错误，强调要争取领导权，但没有提出切实可行的具体措施。毛泽东被选为中央候补执行委员，并在大会上讲话。但会议不让发毛泽东的《湖南农民运动考察报告》，材料组的董先觉偷偷地给了韩浚一份，韩浚连忙藏在衣袋里带出。袁国平与韩浚回到住所静静地看完，他们均认为这个报告写得很好，收回去很可惜的。

3

这是一个充满急风暴雨、烈火狂飙的春天。

在北伐军取得节节胜利的过程中，以蒋介石为首的国民党右派逐步转向反动。1927年，蒋介石在上海发动四一二反革命政变，5月21日许克祥在长沙发动马日事变，驻扎在鄂西地区的国民革命军独立第14师师长夏斗寅叛变革命，屠杀共产党员和革命群众，并通电联蒋反共。5月17日，夏斗寅在宜昌叛变。他带领驻扎在武汉附近的一个团，向国民党左派政府所在地进攻，并勾结四川军阀杨森，图谋推翻武汉政府。对此，叶挺根据中共中央和国民政府的命令，率部奋起反击，袁国平也随军前往参加平叛战斗。

武汉，包括武昌、汉口、汉阳三镇。奔腾的长江在武汉段是由西南向东北流向，如果从长江上游向下游，武汉三镇是像是分布在一个大写的"人"字上。"人"字左边一撇的外侧是汉口，右边一撇的外侧是武昌，"人"字下面的夹角处是汉阳。因右侧是长江主航道，所以这一撇在地图上显得特别的厚重，而左侧的一撇则显得十分的秀气。左边一侧的汉水，又称汉江，全长1500公里，是长江的最大支流，古时曾叫沔水，与长江、黄河、淮河一道并称"江河淮汉"。

烈火见真金，疾风知劲草。立志成为"大写的人"的袁国平，此时他已把生死置之度外，出发前的1927年5月15日，他给湖南邵东的母亲刘冬秀寄去一张照片，并在背面上写了一封短信：

亲爱的母亲：

一九二七年五月顷，反革命谋袭武汉，形势岌岌，革命志士莫不愤恨填膺，舍身赴敌。斯时，余在第十一军政治部服务，亦奉命出发鄂西，抗御强寇。此行也，愿拼热血头颅，战死沙场，以搏一快。他日，儿若成仁取义，以此照为死别纪念。

万一凯旋生还，异日与阿母重逢，再睹此像，再谈此语，其快乐更当何如耶！

儿醉涵于武昌左旗整装待发之际

在信中，袁国平将“战死沙场”“凯旋生还”均视为人生一大快事，显示出他的革命到底的精神境界和誓死如归的英雄气概。

在这次平叛的斗争中，叶挺率领部队向敌人发起全线攻击，在纸坊车站、贺胜桥等地，战斗都很激烈。袁国平和韩浚率领两营兵力，在向导的带领下，迂回到夏斗寅部右后方，这时许继慎率第七十二团已在正面与夏斗寅部遭遇，对其展开猛烈进攻。袁国平和韩浚指挥的两个营，很快攻入夏斗寅部，对正面之敌构成很大威胁，夏斗寅部腹背受敌，又不知虚实，眼见有被包围的危险，阵脚大乱。叶挺抓住战机，当即命令许继慎的第七十二团出击追歼，袁国平和韩浚也奉命派预备队一起追击，夏斗寅部惊慌败退。

初战得胜，激励着教导营的学生们个个龙腾虎跃。袁国平、韩浚率教导营追至贺胜桥时，夏斗寅部已在桥头占领阵地，阻击顽抗，许继慎命令72团发起猛攻。由于夏斗寅部火力猛烈，屡攻屡挫。韩浚见状，立即派人侦察到徒涉点，教导营一部分学生奋不顾身冒着猛烈的炮火徒步涉水而过，抢占了一个小高地，集中火力，猛击夏斗寅部侧背。

袁国平见此情景，组织学生们高呼“活捉夏斗寅”的口号，夏斗寅部闻之胆寒。第七十二团乘势猛扑，突破夏斗寅部阵地。袁国平、韩浚率部追至贺胜桥以南数公里，天黑即停止前进。

夏斗寅摸不清武汉国民政府到底派了多少兵力，遭此迎头痛击，被迫放弃了进攻武汉的企图，把部队撤往江西。

贺胜桥一战，双方伤亡都很大，袁国平、韩浚巡视战场时，见到贺胜桥下尸籍如枕。

袁国平、韩浚率教导营在贺胜桥驻守了两天，后接到叶挺的命令，遂率教导营进驻蒲圻，在这五天中，他们一刻也没有闲着，率领大部分学生进行野外演习，并派一部分学生和新近调来的武汉军事政治学校女生队的 6 名学生，进行革命宣传。这 6 名女生有谢冰莹、刘光慧、段振亚、王继珍、曹泽之等，曾经轰动一时的谢冰莹的《从军日记》就是记载她在这一时期一个女兵的日日夜夜。

1927 年 5 月 22 日前后，韩浚与袁国平接到叶挺的命令：率部火速开往嘉鱼渡，占领丰口并担任守备任务，以防杨森部进攻。韩浚、袁国平带领教导营星夜兼程赶到嘉鱼，发现杨森部已经占领丰口。教导营没有重武器，无炮兵掩护，若白天强渡抢占桥头阵地，显然会遭受重大伤亡，韩浚、袁国平商量后，决定利用夜幕掩护渡江。晚上渡江时，严令部队不许说话，不许打手电，不许有火光，不得暴露目标。

由于教导营动作迅速，韩浚、袁国平指挥的部队渡江时，杨森部没有察觉。韩浚、袁国平抓住战机，突然发动攻击，杨森的部队惊慌失措，有的弃枪逃跑，有的将行军锅灶也撂下不管。韩浚、袁国平率部追击了一阵，就转回丰口，设防驻守。

此次进攻丰口，教导营无一伤亡，毙敌 10 余人，缴获一部分武器，袁国平、韩浚在丰口防守一个多星期，杨森部未敢进攻，向西撤退。教导营接受叶挺的指示，开回武昌继续训练。此次，夏斗寅和杨森勾结进攻武汉的阴谋，最终以失败而告终。①

① 董恒峰、袁振威：《北伐战争中的袁国平》，《百年潮》2016 年增刊第 1 期。

第五章
南昌起义

1

风云突变，烟雨莽苍。

击溃夏斗寅叛乱之后，武汉并不平静。国民革命方兴未艾，北伐战争进至中途，国民党内部革命与反革命阵线日益分野，国共合作大革命的前途岌岌可危。6月中旬，汪精卫将北伐军从河南撤回武汉，在加紧反共活动的同时，做出所谓“东征讨蒋”部署，任命唐生智为第一方面军总指挥，统辖第八、第三十五、第三十六军，张发奎为第二方面军总指挥，统辖第四、第十一、第二十军，沿长江两岸东进讨蒋。由于唐生智统辖的部队回湖南“清乡”，因此，从6月下旬至7月上旬，只有张发奎统辖的部队陆续从武汉向江西集中，而受中共领导和影响的部队多在第二方面军，其中有叶挺领导的第十一军第24师，驻在南浔路马回岭车站的第四军第25师，贺龙领导的第二十军。

1927年7月15日，汪精卫在武汉公开叛变革命，大批共产党人和革命群众惨遭血腥的屠杀，大江南北血流成河。轰轰烈烈的大革命失败了。四一二、七一五反革命事变的血的教训，使中国共产党认识到，在半封建半殖民地的中国，必须进行革命的武装斗争。

袁国平随第十一军奉命东征讨蒋，到达江西九江。此时，蒋介石已经诱降张发奎、朱培德，并阴谋在庐山诱捕叶挺、贺龙，剥夺共产党人手中掌握的部分兵权。

7月25日，在江西九江市区南部的甘棠湖，叶剑英、叶挺、贺龙、廖乾吾、高语罕坐在一条小划子上，以在一起游玩为名开了一个小会，他们分析了情况，最后决定：叶挺、贺龙不去庐山开会；不执行张发奎要求叶、贺所部集中德安的命令；部队立即向南昌开进。这次甘棠湖聚会，就是党史上著名的“小划子会议”。

此时中共决定在南昌发动武装起义，起义计划对参加起义的各部队、各将领的任务作了严密部署：贺龙、刘伯承第二十军攻占朱培德的第一方面军总指挥部，并负责解决敌第九军第79团和第80团；叶挺指挥第24师解决敌第六军第35团和第三军的第23团、第24团；聂荣臻向驻马岭的第25师周士第等传达前敌委员会决定，并领导该部起义；朱德利用过去担任南昌公安局长和第三军军官教导团团长的身份，加强在敌军中的工作，了解南昌敌军的动态。起义军为了与敌军区别开来，规定：颈系红领带，膀扎白毛巾为识别标志，马灯和手电筒上边贴上红十字为联络标记，起义的口令是：“山河统一。”

接到党组织的通知后，袁国平随第十一军乘火车从九江直奔南昌。

江西南昌位于鄱阳湖西南，赣江下游，是有着2000多年历史的文化名城。汉朝时称“豫章”，唐朝时称“洪州”。唐太宗的弟弟滕王李元婴任洪州督都时，在赣江和抚河汇合处修建了一座滕王阁，诗人王勃写了一篇《滕王阁序》，有“南昌故郡”“襟三江而带五湖，控蛮荆而引吴越”“落霞与孤鹜齐飞，秋水共长天一色”之句，名楼华章流传千古，滕王阁与黄鹤楼、岳阳楼并称为江南三大名楼，洪都也成了南昌的别称。

滕王阁上乱云飞渡，洪都古城风雨如晦。

此时的南昌大有“山雨欲来风满楼”之势。这段时间袁国平按照党组织的安排，离开十一军政治部，秘密赶往南昌。他心中在默默地咏唱：“走上前去，曙光在前，同志们奋斗！用我们的刺刀和枪炮开自己的路……”

在南昌，袁国平找到了先期到达的叶挺，对于袁国平的到来，叶挺非常高兴，将他留在二十四师政治部，指导宣传部门开展宣传教育工作。接着他立即开始同宣传科的同志研究制定对外宣传和部队教育的计划安排。

7 月 30 日，叶挺召集二十四师营以上军官和师部机关人员会议，袁国平参加了会议。下午二时许，南昌城里的天气闷热得难熬，40 多位青年军官——有团长、政治指导员、参谋长、营长及师部的若干人，一个个穿着被汗水湿透了的军装，骑着汗溜溜的军马，急急忙忙地到达会议地点。他们脸上都很严肃，但谁也掩饰不住兴奋的神色。会场是临时布置的，远处有卫兵站岗警戒，闲人一个也不许进来，看来会议很机密。

在会上，叶挺指出，宁汉合作，已成定局；汪蒋联盟的反革命阴谋已经表面化了，革命遭到严重的危机。他宣布，中央决定实行革命起义来挽救目前的危局，粉碎反革命分子的联合阴谋，以武装起义来回击反革命的进攻！与会同志摩拳擦掌，精神振奋，终于可以向敌人讨还血债，争取革命的光明前途了。

这是一个激动人心的时刻：中国共产党领导掌握和影响的国民革

命军 2 万余人，在江西南昌发动了武装起义，起义部队在中共前敌委员会书记周恩来和贺龙、叶挺、朱德、刘伯承等领导下，经过激烈战斗占领了南昌城。这次起义打响了中国人民武装反抗国民党反动派的第一枪，从此，开始了中国共产党独立领导革命武装斗争的新时期。

原计划是在凌晨四时起义，后由于泄密，提前到凌晨二时起义。

“砰！ 砰！ 砰！”只听见南昌城头响起了贺龙对空连放的三声枪响，这是起义的信号。全城各个角落立即响起了枪声。战士们把一面红旗升到南昌江西大旅社的楼顶上。南昌，一部由共产党人导演的大戏正在紧锣密鼓地上演之中。

枪声砰砰，炮声隆隆，火光闪闪。

南昌起义经过四个多小时的战斗，起义军占领南昌市，歼敌 3000 余人，缴枪 5000 余支（挺），子弹 70 万发，大炮数门。南昌起义在中国共产党和人民军队的发展史上具有伟大的历史意义，它似春雷，预先革命的严冬即将过去，春天就要来临；它是旗帜，在革命失败的形势下给共产党人和革命人民指明了武装斗争的方向。到了 1933 年 6 月 30 日，中共中央革命军事委员会命令：决定每年“八一”为中国工农红军建军纪念日，称“这一暴动是反帝反封建的土地革命的开始，是英勇的工农红军的来源”。

南昌起义胜利时，袁国平和第二十四师政工人员一起，宣传起义胜利的意义。南昌起义军整编时，袁国平任第十一军二十五师七十四团一营三连连长兼指导员。三十年后，朱德为纪念这一光辉的节日，以喜悦的心情写道：

南昌首义诞新军，喜庆工农始有兵。
革命大旗撑在手，终归胜利属人民。

早在 6 月初湖南邵阳县也实行白色恐怖，向喧、邓异、戴天被杀害。东乡太一镇雷逸安、石纯、刘惊涛、邬建农等八位烈士也被尹先党杀害了。袁国平的哥哥袁醉如拟外出暂避锋芒，因与母亲商量，决定到武汉找胞弟袁国平。6月中旬到达武昌左旗找到袁国平。袁国平听到家乡革命者遇害情况后异常愤怒，痛斥蒋介石罪恶滔天，并说："共产党是杀不尽的，我们只有继续革命才能保证自己生存，革命一定会胜利的。"紧要关头，袁国平将来部队探亲的哥哥袁醉如安置到十一军政治学兵连暂住，约一星期后，即奉命开赴九江、南昌一起参加了南昌起义。袁醉如被安排在第十师二十八团四连任司务长。

袁醉如回忆说："7月31日下午六时，裕弟走来告诉我，今晚不要外出，恐有特殊任务。说毕匆匆而去。不久于以振连长开会回来召集班长、排长和我开会，说明当晚行动计划，命令士兵不准外出，一律早睡，不要脱衣服，听哨音集合行动。要我到营部领红布数丈，分发全连官兵每人一条红布。夜十二时发出哨音全连紧急集合，命我留守并准备弹药输送和一切后勤事宜。接着枪声四起，炮声、机枪声时有所闻。未到天明，顺利完成震惊中外的八一南昌起义。"于以振，江苏金坛县人，中共党员，是袁国平黄埔第四期同班同学，南昌起义前他与袁国平胞兄袁醉如同时被安排在蔡廷锴的十师二十八团二营四连，袁醉如任司务长他任连长，起义后蔡廷锴叛变他们同时被缴械，又一起寻找党组织。在江西抚州找到起义总指挥部和革命委员会，受到周恩来的接见和慰问，每人获二十元的慰劳费。其后他们又奉命一同由抚州向南城、宜黄方向前进。到达石城后与袁国平不期而遇。袁醉如即到袁国平任连长兼指导员的二十五师七十四团一营三连任司务长。他们从此分开，分别都参加了会昌战役和三河坝战役。兵败三河坝以后，于以振参加了彭湃领导的海陆丰斗争。其后在上海从事地下工作被捕，在狱中敌人用高官厚禄诱降，他严词痛斥；严刑逼供，他坚贞不屈。后转押南京受审，被判刑十四年。在狱中他创建了狱中党支部并任支部书记，坚持与敌斗争。后因叛徒出卖，狱中党组织遭到彻底破坏。他遭受毒刑，于1936年4月11日被敌人杀害于狱中，年仅三十二岁。现葬于雨花台烈士陵园。中共中央组织部称他为“一位不可多得的布尔什维克战士”。

2

8月的南昌是沸腾的，8月的南昌也充满了危机。针对敌强我弱的形势，以周恩来为书记的中共前敌委员会和参谋团决定起义部队和革命委员会迅速撤离南昌，进取广东，重建革命根据地。按照既定部署，起义军没有休息整顿，又匆忙地从南昌撤离了。

8月的赣南笼罩着酷暑。太阳刚冒出来，地上就好像着了火。一些似云非云、似雾非雾的灰尘低低地悬浮在空中，在远处闪烁着金属般的热光。起义军的前卫部队在山道上行军，不久就陷入了夏日热浪的威胁。

朱德、袁国平等人是能够把革命的前途看清楚的。1927年的中国革命，好比1905年的俄国革命。俄国1905年革命失败以后，是黑暗的，但黑暗是暂时的。到了1917年，革命终于成功了。中国革命现在失败了，也是黑暗的，但黑暗也是暂时的。中国革命也会有个“1917年”的，只要能保存实力，革命就有办法。

南昌起义部队于8月3日开始撤离南昌向广东进发，先头部队在贺龙指挥的二十军在壬田打了一个漂亮仗。接着，准备组织会昌战役。

会昌战役是从8月24日早上开始的，战斗至中午，由于原来殿后的周士第师夜间行军走错了路没有及时赶到，敌众我寡，且敌人凭借居高临下的地利，战局显得对起义军不利。下午一点过后，周士第部赶到战场，不顾连夜长途行军的疲劳和饥渴，立即投入战斗。七十三团和七十四团从不同的侧面支援二十四师猛攻敌人的主阵地岚山岭。面对严重的敌情，袁国平沉着镇定，根据自已在北伐时期平叛夏斗寅、阻击杨森攻占丰口的经验，并以叶挺独立团攻打贺胜桥的榜样激励战士。战士们一鼓作气向前进攻，集中优势兵力压制敌人的火力点，敌人开始动摇并向后撤退。袁国平率领部队冲上岚山山顶，敌人狼奔豕突，顾不上放枪，纷纷向山下溃逃。袁国平带领战士们像猛虎下山，追击逃兵。正当涉水过河之时，有的战士停下来想喝一口水再追，袁国平高喊：

“追呀！大家快追呀！一喝水敌人就跑了。消灭了敌人大家再喝水。”

战士们互相催促：“快走！快走！不然敌人跑了！”

国民党军南路总指挥钱大钧站在会昌城头见败局已定，连忙向城外的筠门岭方向逃跑，起义军一直追击到筠门岭，吃掉了敌人的尾巴。当战斗结束之后，起义军押着俘虏，背着满满当当的枪支弹药，兴高采烈地回到会昌城。胜利的喜悦使大家忘记了疲劳，忘记了饥渴。袁国平提醒战士们：可以去喝个够了。战士们这才哄堂大笑起来，想起自己一天一夜滴水未进，真是不可思议啊！

会昌战役结束后，起义军经福建进入广东。袁醉如回忆说，前方的战斗非常激烈，一路上伤员护理转运、械弹输送等后勤工作难度很大，转回江西瑞金休整数日，即向古城汀州前进，到了汀州才把伤员送交地下党傅连暲所在的汀州教会医院接受治疗。经上杭向三河坝集中，先头部队已到潮州、揭阳。

9 月初，南昌起义军在三河坝兵分两路。主力由周恩来、贺龙、叶挺、刘伯承等率领直奔潮汕，夺取海陆丰一带，争取获得一个港口接受可能来自共产国际或者苏联的军火援助；朱德率领部分兵力留守当地，阻敌抄袭起义军主力后路，然后南下与主力会合。这就是著名的“三河坝分兵”。

当时，起义军分兵驻守潮州、揭阳、三河坝 3 个孤立地点。9 月下旬，起义军进占汕头，国民党军陆续赶来，起义军主力分别在揭阳、潮州、三河坝地区同国民党军激战，袁国平随朱德第十一军二十五师在三河坝抗击国民党军。国民党军四面进攻，起义军相继失利。二十五师在三河坝与数倍之敌作战，激战三昼夜，弹尽粮绝，溃不成军。

10 月 3 日，前敌委员会在广东普宁县流沙镇召开会议，这是轰轰烈烈的南昌起义的最后一次会议。会议由周恩来主持。他当时正在发高烧，用担架抬到会场。周恩来传达中共中央指示精神，宣布今后要打红旗，分田地，继续战斗，鉴于当时形势，决定武装人员突围去海陆丰，非武装人员愿留就留，不愿留的由农会干部护送，分批从海上撤退。会后，起义军部队 1000 余人，由董朗、颜昌颐率领突围到海陆丰地区，开展革命斗争；在三河坝地区的第二十五师余部，由朱德、陈毅率领，进到赣粤边地区作战。贺龙则表示："野鸡有个山头，白鹤有个滩头，一支红军没有根据地怎么行呢？我心不甘，我要干到底。就让我回到湘西，我要卷土重来。"

袁国平奉命赴东江地区，从信丰、南雄一路潜行，日夜兼程，大脑中只有一个简单的信念："只有到海陆丰，找到农军才有办法。"

一路上，给养完全断绝，他们只能在地里找红苕、野菜充饥。在路上逐渐又有一些被打散的起义部队人员走到了一起。人多了，大家也更增添了信心。

走到夜里，没有投宿处，他们只好在海滩上东一堆西一堆坐下来。时令已近寒露，海风吹来，更是寒气逼人，年轻的军人们挤在一起相拥取暖，但仍然手足僵冷，有人实在忍受不了，竟把沙子刨起来堆到身上，这哪里能够解决问题？

袁国平身上虽冷，心头却如烈焰翻腾。在汹涌的海潮声中，他思前想后，痛苦万分，想不到一场轰轰烈烈的大革命，竟会败得一塌糊涂。但失败和挫折让他更加勇敢、坚强，令他坚定信念，砥砺前行。

在江西信丰县袁国平正好碰到哥哥袁醉如，不禁喜出望外，兄弟俩同庆重生，袁国平对哥哥说："部队已经溃散，由朱德军长收容，我要到广州去另有任务。母亲寡居，妹妹年幼，你妻弱儿小，他们无依无靠，你迅速回家照料，使我放心！"

袁醉如见弟弟袁国平言词恳切，决定先行回家，到达湖南邵东老家已是 11 月下旬。母亲见大儿袁醉如生还回家，非常喜悦，询问袁国平的情况。不久，袁国平从汕头寄给母亲一信，报告情况，不能如实讲来，只能用隐语：“承友人之邀，来汕头执粉笔生涯。不知哥哥回到家中否？”

袁醉如接信后复信，告之已平安到家，母亲及家人均好，在外希望自己保重，时局多艰，一切望小心从事。袁国平接到信后又复一信：“吾兄嘱我一切小心，自当谨慎为之。目前时局混乱，广州不久将有大变动，现到处都在白色恐怖之下，断头横身，亦革命者之家常便饭，请兄勿以为虑也。”袁醉如在自传中说：“裕弟自投身革命后，置性命于度外，只要对革命对人民有利，是不惜牺牲一切的。我经常想到，没有这样千千万万的革命志士和烈士，革命是不会胜利的。”

袁国平历经艰险到达汕头，在当地农会干部和渔民的帮助下，乘着小船渡海转移至香港，按照党组织告知的联系地点，找到了中共广东省在香港的秘密联络点，见到了广东省委常委、原黄埔军校政治总教官恽代英。袁国平向恽代英汇报了南昌起义军部队的情况，请求省委尽快安排他新的工作。恽代英要他暂时休息几天，等待执行新的任务。

袁国平认为，人生是一条河，免不了风起浪涌，自己要能在航行中劈波斩浪，就得心中有盏航标灯，在急流中以至黯夜不碰撞礁石；人生是一片霞，为人间抛洒万道光彩，给人以明媚和温暖；人生是一棵树，在风雨中成长，为人间遮一片绿荫，即使为雷电击倒，失去生机，倒在地下也要肥一方沃土；人生是一幅图画，一首史诗，只要对革命对人民有利，不惜牺牲一切、奋斗到底，为人间留下美好和快乐……

起义，硝烟，炮火，把人们的信念锤炼得更加坚定；豪情，英气，诗意，编织成瑰丽色的花环系在心中。畏惧与伤感，对英雄者来说是陌生的。一个真正的革命者，不仅要经得起胜利的考验，能做胜利时的英雄，也要经得起失败的考验，能做失败时的英雄！而对于工作，他都将以炽热的感情和百倍的信心去拥抱它。

不久，在香港的恽代英找袁国平谈话，告诉他：南昌起义军入粤途中，中共广东省委根据中央的指示，准备抓住粤桂战争爆发、广州城内兵力薄弱的有利时机，发动工农起义。恽代英即派袁国平到广东找省委书记张太雷接受任务。袁国平非常兴奋，火速由香港赶往广州。壮志未酬的袁国平，像在暴风雨中展翅的海鸥，渴望着，随时准备着腾空而起，再来一次搏击！

第六章 广州暴动

1

广州，简称穗，别称羊城，是华南最大的城市，也是广东省政治、经济、文化、交通的中心。自秦汉以来，广州就是我国南方的一个重要的对外贸易港口。广州还是一个具有英勇斗争历史的光荣城市。1841年5月，当英国侵略军在广州市郊三元里奸杀抢掠时，广州近郊的从化、花县、增城等地群众奋起反抗，在牛栏冈狠狠地打击了侵略军，20世纪初叶，随着广州经济的发展，反帝反封建的斗争更加激烈。广州是一个开风气之先的城市，“南风北渐”，说的就是这个意思。

广州起义在当时称广州暴动。广州起义前，袁国平来到广州找到广东省委书记、起义总指挥张太雷，张太雷要袁国平以广东省委联络员的身份，利用与黄埔军校老同学的关系，秘密接待来自各地的革命青年，参加武装起义的联络和组织工作。

三十年后的1958年，陈同生在《珠江风暴》一书中回忆：“到了广州，第一个接待我的是袁裕（即袁国平）同志。他年纪与我相仿，秀眉下一对光泽的眼睛，使人感到十分亲切。接谈之后，他那卓越的见解和生动的言辞，令我相信，他是一个很有宣传鼓动能力的领导同志。他告诉我，南昌起义军并没有完全失败，朱德同志带一部到湖南，颜昌颐、董朗同志带一部到东江继续坚持斗争。他还告诉我，党在策划秋收暴动，准备夺取广州，建立工农兵苏维埃政权。这一切都有力地激励着我，鼓舞着我，使我深深感到，革命的烈火是扑不灭的，斗争还在继续着。”

临分手时，袁国平对陈同生说：“你住在小旅馆里很不妥，既不好看文件，又容易被敌人注意，你是四川人，我看还是搬到四川会馆去住比较好，那里是党的秘密联络点之一，既安全又可省下房租。”陈同生正睡不惯广东旅馆的竹床和陶器硬枕头，再加上臭虫咬得凶，便立即同意了。

在起义的准备阶段，袁国平负责联络并参加党的会议。12月4日，袁国平以省委联络员的身份参加了张太雷等在广州东郊黄花岗召开的秘密会议。教导团参加会议的还有叶镛、唐维、陆更夫等约200名积极分子。会上，大家一致主张暴动。他们回团后，便积极做好秘密的组织工作。

广州起义的日期原定于12月13日，后来由于叛徒的出卖，起义指挥部便决定将起义日期提前。

1927年12月11日凌晨二时许，天空只有几颗疏星在眨眼。第四军教导团没有吹号，也没有吹哨，各连都起了床，全副武装，静悄悄地集合，分发每人佩戴的红布条领带，检查携带的枪支弹药，传达了当晚的口令：普通口令“暴动”，特别口令“夺取政权”。三时三十分，广东省委书记张太雷负责发动了起义，起义部队与工人赤卫队一起行动，袁国平随第四军教导团第一营攻打市公安局。

广州起义开始，教导团打响了起义的第一枪。

公安局是国民党设在市中心的主要据点，这里不仅有高墙和铁门，还有保安队把守。袁国平和第一营营长叶镛、第一连连长陆更夫组织攻击，事先埋伏着的敢死队先是“轰”地一声将大门炸开。

就在这时，公安局一辆铁甲车慌忙开到前面，向大门外疯狂扫射，起义军敢死队的进攻被阻。乘车赶到的叶镛率一个连立即炸毁铁甲车，周文雍指挥工人赤卫队第一联队组织正面进攻，袁国平指挥战士从各个方向翻墙而入，消灭敌人的火力点。经过不到一个小时的激战，敌人吓得有的弃枪逃跑，有的举枪投降。我军仅伤亡10余人，就结束了战斗，俘虏近千人，公安局长朱晖见势不妙，爬墙逃跑。起义军打开牢门，救出被关押的共产党员和革命群众800余人，还缴获枪支3000多支，武装了赤卫队员。

张太雷、恽代英、叶挺、叶剑英等人组成的起义指挥机关就移到攻占后的市公安局。当天，广州苏维埃政府宣告成立，张太雷代理苏维埃政府主席，恽代英任秘书长。起义军指挥部设在公安局内，叶挺任总指挥，叶剑英任副总指挥。

第二天，敌人五六个师在帝国主义炮舰的配合下向广州进攻，中午时分攻克广州城北制高点观音山（今越秀山），叶挺、叶剑英组织教导团和工人赤卫队增援，夺回了观音山阵地。恰在这时，张太雷在返回总指挥部途中遭国民党军袭击，壮烈牺牲。组织核心人物的缺失，对起义事业打击很大。敌人很快从四面八方对起义军构成了包围态势。

黄昏时分，叶挺决定撤出广州，并分头向起义部队下达撤退命令。袁国平来到叶挺办公室，只见叶挺正在给各部队打电话，下达撤退命令。此时，恽代英匆忙走进来，连忙示意袁国平坐下，对袁国平说："广州可能守不住。为了保存革命力量，尽量减少损失，你们赶快转移到东江去，与彭湃领导的海陆丰苏维埃联合。颜昌颐领导的红二师也在那里。到了那里，力量就大了，可以继续革命。"袁国平正准备离开，叶挺拿着电话，对袁国平高声地说："向花县撤退！"

在观音山阵地的部队已接到通知："指挥部已经下达命令撤退了，快到黄花岗去集合！"徐向前和几名战友一同奔向了黄花岗。

几十年后，在"文化大革命"期间，徐向前和叶剑英住在北京西山还谈起过这段历史。叶剑英说，那天他也没有接到撤退的通知，晚上到总指挥部去，不见人影，才知道情况有了变化。

袁国平刚要离开指挥部时，一些敌军已冲了过来，情况十分危急，袁国平拿着一支手枪参加战斗。朝鲜籍班长、机枪手李彬招呼战友王昌明："老王，给我拿子弹来！"王昌明仓促受命，未加考虑就提着一箱子子弹，送到李彬面前，李彬埋怨说："我的天呀！你为什么给我步枪子弹？赶快回去，拿有带子的。"王昌明迅速完成了任务，但忘了面前还有敌人。忽闻后面有人轻声喊道："敌人冲上来了，老王，快卧下，不要暴露目标呀！"王昌明回头一看，正是袁国平在提醒自己，只见袁国平卧在右后方处，近视眼镜前，瞄着一支德式小左轮手枪，王昌明讥笑说："像你这样一支小枪，也能打击敌人吗？""老王，别废话，当心子弹！"他的话刚落音，"吱"的一声，一颗子弹从王昌明的耳边一擦而过。这时李彬的机枪响起，敌人倒下一片，袁国平也在点射敌人，一枪一个。

战斗结束后，袁国平对王昌明说："你以后上火线须得小心谨慎，切勿粗心胆大。今天这一下，你几乎断送了性命，这可说是个明确而又具体的教训，须要牢牢记住。"

王昌明点头称"是"，他对袁国平眉宇间充满阶级友爱的话语，十分感激，终生难忘。

袁国平在 12 月 14 日拂晓赶到黄花岗，没有找到部队。于是他身披一件黄色军用大衣，右手提着一把俄式刺刀，策马拼命追赶部队，往花县方向。

广州起义坚持了三天，终因敌我力量悬殊而失败，起义的主要领导人张太雷在战场上牺牲。工人赤卫队总指挥周文雍和中共两广区委女委员陈铁军，被俘后英勇就义，在刑场上举行了婚礼。部队撤出城后，敌人大搜捕、大屠杀，见到与广州口音不对的人就抓、就杀，三天之内杀了7000多人，共产党和工人赤卫队的力量几乎被搞垮。

广州起义虽然失败了，但它的光辉业绩永载史册，具有重要的历史意义。它与南昌起义、秋收起义一起，使中国革命进入土地革命战争和创立红军的新时期。起义失败的原因，除敌众我寡、缺乏经验等客观因素外，主要是我们党在指导思想上以夺取大城市为中心，机械地照搬套用俄国十月革命的经验。另外，起义的组织工作不够理想，缺乏通盘规划，指挥也不够统一，敌人迈进门来，才仓促决定撤退，不是有秩序地退却。因而付出的代价是惨重的。失败，斗争；再失败，再斗争。我们的党正是在不断地从失败、挫折中总结经验教训，才走上了毛泽东开创的农村包围城市的正确道路。

2

花县，是太平天国农民革命领袖洪秀全的故乡。12月15日，面对建制混乱，部队濒临溃散的危急时刻，袁国平挺身而出，与叶镛、唐维商量并提出建议："部队撤来此处人员已不少了。局势十分紧急，不容在此久留。来此集中的是整个广州起义撤出的部队和工作纠察队，这是一支很重要的革命力量，不赶快整编，无法指挥和战斗。"他们都表示同意。

12月16日，在花县县立小学里起义军召开了会议。会上讨论了部队的整编和今后的行动问题。从广州撤出来的队伍共1440余人，共产党员占10%至20%。队伍的番号，经讨论确定组建"红四师"。这里之所以定"红四师"的番号，是因为已经有了朱德领导的"红一师”，颜昌颐、董朗领导的“红二师”，而海南的琼崖支队被称“红三师”。

经过民主推选，叶镛任师长，唐维任师党委书记，王侃予任党代表，袁国平任参谋长。师下编第十、十一和第十二团。徐向前任第十团党代表。

12月17日，红四师举行成立大会，主席台前高悬一面绣有镰刀斧头和步枪图案的红旗，这是红四师的军旗。叶镛在军旗前庄严宣布工农红军第四师正式成立。红军的军旗应该是怎样的？大家开始不知怎么处理，意见反映到师部，师长叶镛知道袁国平知识面广，请他先说说，袁国平的想法是：我们的政府是工农兵苏维埃政府，我们的红四师是共产党领导下的军队，是为工人、农民利益而战斗的军队，我们的军旗应该有代表工人的斧头、代表农民的镰刀和代表战士的枪。这个意见很快得到师部领导的一致同意，郑梅仙等女战士很快根据袁国平的意见一针一线绣出一面军旗。

12月18日晚，红四师三次派人到韶关打听朱德动向的人员都没有消息，又估计国民党军可能来袭，遂放弃与朱德部队会合的计划，准备到海陆丰地区去找彭湃。

彭湃，广东海丰人，出身于富豪家庭，早年毕业于日本早稻田大学，当过海丰县教育局长，他很早就加入中国共产党，从事农民运动，带头革了自己地主家庭的命，把土地分给农民，在海丰领导成立了广东省的第一个农民协会，海丰也成为我党第一个苏维埃政权的诞生地。彭湃是我党早期著名的农民运动领袖，海陆丰地区的贫苦农民，十分感谢和拥戴他，称他为“彭菩萨”。

红四师很快抵达海丰县城，受到东江特委和当地群众的热情欢迎和慰问。从1924年至1927年，彭湃先生在这一带发动过3次农民起义，影响很大。第三次起义是1927年10月底，数千农民在董朗、颜昌颐领导的红二师（共1000余人，也是南昌起义的南下部队）的配合下，一举攻占了海丰、陆丰两个县城，正式成立了苏维埃政府，实行土地革命。

当红四师抵达海丰县城时，袁国平、徐向前等见到各村的墙壁上写着许多打土豪、分田地的标语，处处红旗招展，颇有革命气势。在县城的墙壁上，几乎都用红土刷过，全城一片红，真是“赤化”了的天下。群众听说红四师是从广州下来的红军，十分热情，家家让房子，烧水做饭，像亲人久别重逢一样。

1928 年 1 月 5 日为欢迎红四师，东江特委在县城广场上召开 1 万多人的群众大会，中共临时中央政治局委员、东江特委书记彭湃发表了热情洋溢的讲话。他的讲话极具鼓动性，他说：广州起义失败了不算什么，革命难免遭受挫折，失败了再干，革命一定会胜利。共产党领导穷人闹革命，要坚决消灭地主军阀，保护穷人利益。

彭湃的讲话博得了现场一阵阵的热烈掌声。

由于红四师的到来，红色根据地出现了新局面、新气象。红四师到达广东紫金县黄花村，当地农会干部和地下党组织成员像欢迎亲人一样，既兴高采烈，也涕泪涟涟。他们向红四师诉说国民党反动派对地下党和广大革命群众的种种残害和镇压，特别是谈到紫金县县长邱国忠如狼似虎地欺压百姓，残害共产党人和革命者，并多次向广东军阀张发奎请求援助，要他派兵围剿紫金一带的革命势力。

袁国平得知这一情报后，立即向师长叶镛建议，将计就计，智取紫金县城，活捉邱国忠。

紫金县，是罗浮山脉东侧的一个小县。人口不多，城市不大，骑上马一鞭子就跑遍全城。可是小城却出名。当年国民革命军东征，周恩来到过紫金城；彭湃在东江发动农民闹革命，到过紫金县。1923 年春天，紫金县就开始办农会。1927 年四一二政变后，共产党人在紫金领导了著名的“四二六”暴动，攻下紫金城，活捉伪县长。从那时起，国民党广东的军政界，都把紫金县城看成一个不可轻视的地区。

第二天，袁国平先派人到紫金县城向邱国忠报告，说由广州派来的援军很快就要到达紫金县城。红四师官兵吃过饭稍事休整，乔装打扮，袁国平化装成敌人的团长，冒充张发奎的部下，带领一个加强连前去伏妖降魔。袁国平将部队布置在紫金县城的几个要害部位后，并带领几个卫兵昂首挺胸，大模大样地朝紫金县衙门走去，他用假证件闯过了县府衙门的岗哨，直入县长办公室。邱国忠见自己的顶头上司派来援军鼎力相助，高兴极了，心想：这就好了，还是张发奎长官好，终于派来援兵助阵进剿，非把紫金一带的“赤匪”斩尽杀绝不可。正当邱国忠判断援军即将到来之时，急忙率领紫金县民团团长、教育局长、商会会长以及其他大小官员到西门外迎接。邱国忠看到先头部队的黄排长自己认识，喜出望外。黄排长说要全体人员县衙门集合。正当邱国忠自以为美梦成真、得意扬扬之时，袁国平按照预定计划，咳嗽一声，随行士兵立即动手将邱国忠等大小官员一起摁倒在地，五花大绑起来。邱国忠尚未醒悟过来，莫名其妙地连声说：“兄弟，误会，误会，我们都是一家人，别开玩笑了！”袁国平摘下敌军的军帽，严肃地说：“邱国忠，谁是你的兄弟，放老实点，我们是红军。”邱国忠一听“红军”二字，吓得魂不附体，像条打晕了的癞皮狗，瘫软在地，连大气也不敢出。

就这样，红四师不费一枪一弹，缴获县警队武器 30 余件，逮捕县警队队长江坤。这一天，监狱官赖惠伦正在外面打麻将，听到有部队进城，立即返回监狱，被红四师逮个正着，监狱内 40 多名共产党员和革命群众被当场解救。红军占领了东江地区的第一座县城。

1928 年元旦晚上，袁国平接到地方党组织的情报，说张发奎所属的李汉魂师到了蓝塘，有可能要来紫金县城，经袁国平向叶镛提议，部队第二次主动撤出紫金县城。这时，紫金县所属的国民党龙窝区长不知道县城情况变化，仍给县长邱国忠发来告急电，说红军围攻龙窝区署，请县长派兵来救。围攻龙窝区署的部队是红二师第五团、紫金县赤卫队。红四师决定再次将计就计，一面答复国民党龙窝区署，佯称县长明天将带兵赴龙窝解围，一面安排部队智取龙窝。

1 月 2 日，当国民党龙窝区长黄育群、民团团董黄泗合等接到“县长将带兵赴龙窝解围”的复电后，以为县长带领救援部队到来，定能转危为安，遂列队欢迎。红四师将邱国忠架在马上，披上件黑大氅，捆住了双手，红四师侦察排随后，邱国忠远远地喊话：“大家快走啊，不要上当啊！”

黄育群等人听到邱国忠的呼喊，拔腿往小山坳里逃窜。红四师顺利进入龙窝区，地主民团不战而溃。在这里红四师与红二师胜利会师，并公审枪决了邱国忠。

不费一枪一弹地智取紫金城，闪烁着袁国平文武全才的智慧之光。

3

1928年1月7日彭湃立即主持召开红四师到海丰后的第一次党员大会，选出袁国平、白歆、龙子仁、唐维、唐嵩、刘校阁、王若水等7人为师委委员，袁国平为师党委书记兼师党代表，叶镛仍为师长，徐向前任参谋长，陆更夫任师政治部主任。

接着红二师和红四师又胜利会师。从此，红二师和红四师在东江特委的领导下，并肩战斗，揭开了东江游击战争的新篇章。

红四师经过改组后，官兵精神面貌为之一振，袁国平很重视军队的政治工作，师部成立了党代表办公厅，这是政治部与党委会的办公机关，直接领导一个报社，油印出版《红军生活》，另外还办了一个通俗的文艺刊物《造反》。这是红军初创时期最早的文艺刊物之一。

《红军生活》编辑部里，一位河南的女同志危拱之正在与陈翰君（陈同生）谈话，谈到秋瑾利用自己创办的《中国女报》为阵地，发表了多篇宣传妇女解放的文章，此时袁国平走进来，笑问：你们是在谈鉴湖女侠吗？

危拱之说：是呀。秋瑾是个了不起的人物，她为了争取民族独立不惜牺牲个人生命。可是她不知道：脱离群众的个人奋斗，是永远不会成功的；单单暗杀几个显要人物，也不能推翻整个旧制度的。

袁国平开导地说：秋瑾是我们中华民族伟大的民族英雄。你对历史人物要求太苛刻了。别忘了，那时马克思主义还没有介绍到中国来呢！秋瑾的英雄气概和革命精神正是我们民族的希望。她的那首《满江红》有一个名句："身不得，男儿列；心却比，男儿烈。"说得多好，她也是我们男儿学习的榜样！她还有一首《对酒》诗，表达了秋瑾的豪迈性格和视死如归的态度，并对自己的正义事业充满胜利的信心："不惜千金买宝刀，貂裘换酒也堪豪。一腔热血勤珍重，洒去犹能化碧涛。"

袁国平任红四师党代表期间，认真吸取了南昌起义和广州暴动的经验和教训，十分重视军队的政治思想工作，认真解决部队存在的自由主义、地方主义、游击习气、军阀作风和革命目的不明确等问题。他召开师党委会，决定在连队建立中共支部，以便发挥中共党员的模范带头作用和党支部的战斗堡垒作用①。袁国平既娴韬略，又长政治，写作尤称能手，除日夜与叶镛、徐向前筹划军事、指挥作战外，又领导师政治部开展政治工作，先后主编《红旗》《红军》《布尔塞维克》等刊物。这些刊物既有思想性、政治性，又有通俗性、生动性，受到劳动人民、全体农兵的珍爱，起到了较好的宣传与教育效果。

1928 年 3 月，彭湃亲自指挥红四师攻打广东惠来城，7 月战斗打响，先扫清外围武装，两个团的国民党军收缩兵力固守城墙坚固的惠来城。

惠来城久攻不下。袁国平了解到敌军中许多士兵来自潮汕、东江一带农村，对农会和红军有一定的认识，于是，他指导部队开展政治宣传，用厚纸皮卷成土话筒，喊起口号："我们是穷人，要分田地呀！""穷人不打穷人，你们放下武器吧！""红军是工农的子弟兵！"……

口号声此起彼伏，震撼人心！

① 见《中共党史人物传》(第 57 卷)2017 年版第 127 页。

当时，最令人叫绝的还是袁国平等人发明了“风筝战”。红军战士将传单绑在风筝上，在绑传单的绳子上挂上一支点燃的香火，等点燃的香火把绳子烧断时，成捆的传单就散开飘落下来。开始，惠来城里的敌人感到非常奇怪：两军对垒，历来只有枪来炮往、刺刀见红的生死搏斗，哪有放风筝闹着玩的？正当他们摸不着头脑时，突然从风筝上飘落下来花花绿绿的传单，这些传单霎时间像秋风吹落叶一样落在城墙、屋顶、阵地和他们周围。守城的国民党士兵赶紧上前去抢，捡起来后躲到旁边去看。传单上都是鼓动人心、威慑敌胆的话语，许多敌军士兵战斗意志被削弱以至崩溃。彭湃、袁国平趁势组织部队发起进攻，解放了惠来城。

使用“放风筝”配合军事进攻的案例是袁国平的首创，这让国民党军队大跌眼镜，被俘虏的国民党军官说：打仗不仅有真枪实弹，还有风筝传单，真是奇招、新招！

在党的土地革命战争初期，海陆丰建立了苏维埃政权。这是一个很好的革命根据地，这里的群众基础非常好。但是由于没有一条正确的军事、政治路线，最终不免在白色恐怖中流于失败。

1928 年 5 月 5 日，彭湃在潮阳园山墟附近召开潮阳、普宁、惠来三县联席会议，讨论暴动计划，会议决定成立红五师，任命袁国平为师长。红五师辖第十三、十四、十五团，以普宁第六团编为第十三团，以潮阳第三独立团编为第十四团，以红四师留在潮、普、惠地区的 300 余名干部战士编为第十五团。红五师虽号称一个师，但兵员不足，武器也少。

由于敌众我寡，红四师被围困在深山里，师长叶镛患了严重疟疾，后在作战中被俘，不久即被杀害。为保存革命力量，广东省委于 7 月 7 日指示红五师和各县工农红军、赤卫队分散到农村去。在东江地区，袁国平一直与彭湃在一起，度过了为时一年艰苦卓绝的斗争岁月。

黄克诚在 1981 年时曾这样评价说：“张太雷、苏兆征、叶挺、叶剑英同志领导的广州暴动失败后，由袁国平、叶镛、陆更夫等同志把剩下的部队带到海陆丰去了。这是一支很硬的部队，保存了党的组织，有很多共产党员，大部分是有知识、有文化的学生，政治素质、军事技术都很好，比毛泽东和朱德同志的那两支队伍基础都好。”

九十年前，我们党的力量非常薄弱，既无政权、又无武装，甚至连立锥之地都没有。在这种极端困难的情况下，袁国平和许多革命先烈面对强敌、面对失败的风险、面对流血牺牲，毅然决然地参加了南昌起义，完全将自己的生死置之度外。他们胸怀伟大的革命理想，英勇奋战。南昌起义胜利后，起义军转战于三河坝又告失败，之后袁国平奉命参加广州起义，起义失败后他又挺身而出，与其他同志一起对濒临溃散的部队进行整编创建了红四师，他任党代表。其后他与叶镛、徐向前等率部在海陆丰与彭湃的农民运动相结合继续战斗。他在彭湃开创第一个中国县级苏维埃政权的基础上，与彭湃并肩战斗，为建立海陆丰根据地、为海陆丰斗争的胜利英勇战斗，直到一败涂地。

袁国平面对这一次次的失败，一次次的挫折，不仅没有彷徨，没有退缩，而是革命意志更坚强、革命决心更坚定，从未动摇过他革命必胜的信念。1928 年 11 月袁国平和彭湃身居潮州临海的一个山洞，一起追忆海陆丰斗争的幕幕場景，交流讨论每一个重大斗争的前前后后，他们为战友们的流血牺牲而痛心，为革命付出的惨重代价而惋惜。然而他们没有悲观、没有畏惧，反而对革命的前途更加充滿信心。因为，虽然海陆丰斗争因为缺少正确思想路线指导而失败，然而却为今后我党取得胜利积累了经验。这些经验和教训对于我们年轻的党，对于初创的红军都极为宝贵。袁国平和彭湃的手紧紧地握在一起。他们不约而同地说：向中央汇报，送去我们的经验和教训。十年后的 1939 年 10 月 24 日他给海陆丰时期的战友翰君（即陈同生）的信中说：“海陆丰红军失败史永远成为过去。我们要的是胜利，我们一定能胜利。”

1928 年 11 月的一天，袁国平与彭湃一起离开东江地区，从汕头潮南一山洞（现称英雄洞）启程，经香港转赴上海。一到上海，这里特务密布，军警横行，四处笼罩着白色恐怖，彭湃和袁国平随时都有被捕的危险。此时他们住在上海大西路（今延安中路）百禄路一带，彭湃化名王子安，袁国平由原来的袁裕正式改名袁国平，一直愿“以殉道者的精神为革命、为国家、为民族服务”，志在民族生存、国家和平、人民幸福。他们向党中央汇报了海陆丰根据地的情况，彭湃被留在中央工作，袁国平则被派回湖南开辟湘中一带地下斗争。

1928年底，袁国平秘密回到故乡宝庆（今邵阳），见到阔别已久的母亲与哥哥，全家欣喜万分！可是当时正处在白色恐怖笼罩之中，不像上次回家时，可以身着戎装，英姿焕发，大有“衣锦荣归”的心情；此次回家，虽处逆境却毫不动摇，绝不退缩，依然对革命前途充满信心，充满着革命的乐观主义。亲人相聚同样亲切温馨。因为他和家人都知道，革命本来就不会是一帆风顺的。

袁醉如回忆说：“一天，忽然接到裕弟从上海寄回家书，说其现在上海，想回家看看母亲。我考虑他可能是有任务回来的。在当时白色恐怖下，为了保证他的安全，我与母亲商量决定亲自到上海去接他，因托毛宝田代借500元，作为旅费及裕弟其他费用。我到上海后住在邵阳人王玉生开的兴太旅社，写信约他会面。次日早晨他如约前来谈好，停留两日，即乘船返湘。每到一地我都要找一个安全可靠的地方居住。平安地到了邵阳，我把他安置在东乡的一个远房兄弟家中，并把母亲送到乡下，与他同住一个时期。

“裕弟告诉我，邵阳点石庵的两路口有一个泥工名叫李文成的，他是党的交通员，希望能够找到他。我通过各种渠道并亲自详细访问，知道那里确实有一个泥工名叫李文成。马日事变后地下党组织被破坏，他也出外逃难了。裕弟得知这个情况，从乡下写信给我说：‘文成不在久住无益，急欲返沪，希兄为我准备一切。’我与母亲商量，还是送他返沪为妥。他在家一共住了二十多天。我送他到汉口，他坚决不要我再送了，我为他买了去沪的船票，只得依依惜别，我回到家里已经是隆冬腊月了。”

在故乡与母亲团聚的二十多天里，袁国平写了许多感怀的诗作，可惜至今多遗失了。据袁醉如回忆起的一首诗里有两句曰：

贤哲高明均逊位，魑魅魍魉尽登台。

诗句概括地阐明了国民党反动派统治下吏治腐败、群魔乱舞的黑暗。

为了安全起见，袁国平暂住到乡下花桥坳袁敬斋家的老宅院左侧楼上，每日三餐，由家人送茶送饭，唯恐人知，遭遇不测。在朝夕相处的日子里，在袁政德看来，袁国平有一种异乎常人的气魄，他个子高而瘦，但结实健康，穿一件长袍补了又补，平时沉默寡言，但言必中肯，与其接近，不禁油然起敬。有一次，袁国平给我们出了一道作文题——《我的人生观》。那时，我们的政治水平低，没有意识到他是在启发我们的思想，希望在前进的道路上，树立正确的革命人生观，迄今思之，犹感内疚。没几天，恰逢他的一个远房弟弟袁筹结婚，请袁国平写一对联祝喜，袁国平挥笔写下一联：

新青年、新夫妇、日新月新，共辟新的时代；
爱社会、爱国家、你爱我爱，广播爱之福音。

这副喜联以新语言写出了新思想，别出心裁，焕然一新，对袁筹后来树立抗日卫国的坚定信心，是有很大影响的。

临别赴上海时，袁国平还写了一首《涉足》五言诗：

有机乘机起，无机暂时伏。
君问何处去，申江且涉足。

这首诗着墨不多，却写尽了袁国平对敌斗争的策略和不屈不挠的精神。

袁国平曾说：“我置身革命是以牺牲一切为代价的。”这个“一切”就包括了他的家庭为支持他革命而做出的巨大牺牲。特别是他的母亲刘冬秀——一个刚毅、善良、勤劳的中国女性，她拖着一双小脚，含辛茹苦带大了袁国平兄弟姐妹四人，又省吃俭用为袁国平抚养儿女。因袁国平革命，牵联全家。刘冬秀身处白色恐怖，无所畏惧，举家外逃，躲过国民党的一次次追杀，没有一丝动摇。日本鬼子占领邵阳时，她失去了与中共党组织的联系，还曾一度带着袁国平的儿子袁振威讨饭度日。她不仅毫无怨言，勒紧全家人的腰带支援儿子革命，而且还让大儿子袁醉如尽其所能，为弟弟的革命工作创造条件。她没有文化，不知道那么多大道理，但她相信儿子是对的，应该为老百姓谋幸福。袁国平的胞兄袁醉如不仅冒着生命危险协助弟弟做了大量的工作，甚至直接投身革命。北伐战争后期他到部队探亲，被袁国平留下，参加了南昌起义；其后的会昌战役和三河坝战役的战场留有他的足迹。袁国平的岳父邱紫霞被捕入狱，他的岳母在国民党的追杀逃亡中病逝，他的妻兄邱炳参加了平江起义、湘鄂赣斗争，后随红三军团征战光荣牺牲，成为烈士。邱家五服内，被国民党杀害的亲属有10多人。袁国平的大女儿十三岁给人做了童养媳，二女儿不到两岁因病无钱治疗而夭折。

第七章 两打长沙

1

北伐鏖战、南昌起义、广州暴动，两年多的浴血奋战，出生入死，历尽艰险，袁国平就像不知疲倦的机器，一刻不停地运转。在艰苦卓绝的斗争中，袁国平积累了成功的经验和失败的教训，后来，他也时常回忆起这一段战斗历程："处此风涛险恶时代，只有斗争才能生存，于个人、于党、于阶级、于民族均同此感。"要"学习过去斗争之经验教训"，"让海陆丰红军失败史永远成为过去，我们要的胜利，我们一定能胜利！"

湖南平江地处湘鄂赣三省要冲，古时称罗子国，后汉分置汉昌县，三国时改名吴昌，唐五代时才叫平江，清属湖南岳州府，民国初归湖南湘江道。自古以来，这里“民风强悍、揭竿而起者众”。历代统治者多在此屯以重兵，以防民变。马日事变后，平江农民奋起反抗，声势浩大，曾先后两次“扑城”，使那些地主老财们吓破了胆，纷纷上书省长鲁涤平，请其派重兵“弹压”。

1928 年 7 月，彭德怀在这里领导了平江起义，并于 10 月成立湘鄂赣边区特委，王首道为特委书记，滕代远任红五军党代表兼军党委书记，李宗白任组织部长。

转眼间，又是一年春草绿，依然十里杏花红。湘鄂赣大山中，响起了第一声春雷。1929 年的春天到了，一场春雨过后，草木发表。遥望东方天际，但见一轮红日，放射出万道金光，使山山岭岭，染上一层金色。春天到了，万物更新。

1929 年 3 月，袁国平以湖南省委巡视员身份被中共中央派往湘鄂赣特委，后留任常委兼宣传部长，不久又代理特委书记。湘鄂赣边的革命在特委的正确领导下搞得非常红火。

这期间，袁国平也收获了爱情。

在那个急风暴雨、刀光剑影的时代，哪有过多的时间谈情说爱呢？斗争环境、革命工作决定了他们的恋爱是在特定的条件下进行的，他们的爱情是建立在对革命忠诚而相互高度信任的基础上的。这种珍贵的感情使他们同生死共患难，坚贞不渝。

1929 年 5 月，中共湘鄂赣特委常委兼宣传部长袁国平来到平江县横洞巡视工作，遇到正在这里坚持斗争的邱一涵。两个相爱之人一世守望的旷世情缘从此开启。

恋爱时节，袁国平感到内心淌过一股热流。放眼望去，院里那葱茏的树，那艳丽的花，那蹁跹的蝶舞都是他心中最美的诗，最好的画，最浓的酒，最动听的音乐……

在袁国平看来，邱一涵白净的瓜子脸上，小巧的鼻子，一双黑白分明的眼睛，亮晶晶地满含着纯真、温柔和能揣测的勇敢。纤巧的嘴角含着天真的微笑，透着一种柔婉和亲和。一对浅浅的酒窝，有如深山里灿烂绽放的一朵山花。有一篇后人的文章上“演义”地再现了他们初次见面的场景：

她身穿着蓝色粗布衣裳，脚蹬一双苎麻草鞋，腰挎一支驳壳枪，飒爽英姿，寓柔于刚，顿时令袁国平心中怦然一动：看起来多么像随和的邻家小妹努力地工作、上进，又兼有同事、好友的亲切。

温暖，温情，温馨，邱一涵这才仰头看过去，正好四双相对：袁国平有神的大眼睛，戴着一副眼镜，目光谦抑而潜沉，魁梧的身材气宇轩昂，却不脱幽默和儒雅。初次见面，邱一涵即为一表人才、多才多艺的袁国平所折服，心中有爱，肢体语言必然有所流露，此时的她不免带着几份山里妹的腼腆。红着脸给他递上一杯热气腾腾的烟茶，袁国平微笑着边喝茶边问她：“你身上挎的驳壳枪，挺漂亮，是从哪里来的？”

她说：“打仗夺来的！”

他问：“谁夺的？”

她说：“军事机密，不可以泄露！”

袁国平听后哈哈大笑：“我早就知道，是你从清乡军那里缴获的。”

邱一涵反问道：“既然知道，为什么还要问我？”

“考考你呗，看你翘不翘尾巴！”

……

经过一段时间的相互了解，双方情况已经清楚。袁国平了解到：邱一涵，1907 年出生于湖南平江县芦洞乡丁家源的一个革命家庭，其父兄都是平江县的早期共产党员。父亲邱紫遐曾任江西省苏维埃政府财政部长；哥哥邱炳（又名邱贡珍）曾任湘赣省委教育部长，是著名烈士。他们都为革命做出了贡献。邱一涵从心底里爱慕袁国平的才华睿智和英雄气质，袁国平则喜欢邱一涵的为人纯真和处事执着。共同的理念和信念，把两颗年轻的心紧紧地拴在了一起。

就在这一年，在丁家源的邱家老宅，袁国平与邱一涵喜结连理。开始了他们一生的恩爱厮守。

流淌的小河可以做证：他俩未能在小河边散步，贴心话儿却如溪水潺潺长流不息；圆圆的月亮可以做证：夜深人静时，他俩在如豆的油灯下工作，头碰着头，心挨着心，倦着的月儿缓缓从东天滑向西天……

战争年代的血雨腥风，何来风花雪月？ 袁国平把整个时间和精力投身到工作中去，有的则是磅礴如风、灿烂若花、纯洁似雪、清新像月。

袁国平与石青（夏尺冰）秘密来到湖南浏阳县，受命组织新的湘鄂赣特委。 当时，湘鄂赣苏区尚处在形成初期，大部分地区还有国民党统治之下，经济萧条，物价飞涨，民不聊生，怨声载道。 为了启发工农群众的阶级觉悟，号召人民起来革命，袁国平适时提出了宣传鼓动口号。 他明确提出："鼓动口号必须鲜明、切实和针对群众的要求，并须使与党的宣传口号联系起来。""谷米减价""反苛捐杂税""改良工农兵生活"等与广大人民群众生活息息相关的经济斗争口号，很快为广大群众所接受，引起强烈的共鸣。 在 1930 年年初发动群众开展年关的斗争中，农民们纷纷响应，迅速形成了大规模的群众运动。 赤卫队也四处活动，严厉惩处豪绅地主。 当斗争发展到一定程度时，并进行分配。 不久，又组织了边区 30 多万人参加的"三一八"大示威和红五月暴动，沉重打击了反动势力。

在平江县东乡八区黄金沿召开的湘鄂赣边特委扩大会议上，袁国平以湖南省委巡视员的身份传达了中共六大会议文件，将湘鄂赣边特委改称湘鄂赣边境特委，选举产生了特委委员和候补委员，由王首道、李宗白、袁国平、张启龙、黄公略、邓湘君等 6 人任特委常委，王首道任特委书记，组成了新领导机构，领导平江、浏阳、修水、铜鼓、武宁、通城、通山、岳阳、万载、袁州、新昌等县工作。

在平江县芦头召开的湘鄂赣边境特委扩大会议，会议就当时关系边境工作成败的几个关键问题做出了正确决策，袁国平所提出的以贫农为基础，联合中农、中立富农、反对地主的党在农村的工作路线，是中共农村阶级路线最早也是比较完整的概括。会议选举了湘鄂赣边境特委第二届执行委员会委员，袁国平再次当选为特委常委兼宣传部长。

在万载县陈坑召开的湘鄂赣特委第二届第二次执委会议后，特委书记王首道去湖南省委和党中央汇报工作，袁国平代理其职务，开始主持全面工作。他在这次会议上就边区苏维埃政权建设、扩大边境赤卫队武装、发动群众性斗争、建立中心工作区域、加强党组织建设等各项工作做出具体的部署，为边区革命斗争的深入开展打下了重要基础。

正当袁国平全力整顿平江县委的时候，中共红四军前委联席于1930年2月7日至9日在江西吉安陂头召开赣西特委和红五、红六军军委联席会议，史称“二七会议”或“陂头会议”。袁国平虽然没有参加会议，但仍然被推举为共同前委委员。会议决定将红四军前委扩大为四、五、六军共同前委，统一指挥赣闽粤的斗争。共同前委由毛泽东、郭贞、曾山、王怀、方志敏、朱德、潘心源、黄公略、刘士奇、彭德怀、谭震林、陈毅、邓子恢、张鼎丞、袁国平、李文林、滕代远等17人组成，毛泽东为书记。会议确定了党的三项任务：深入土地革命，建立革命政权，扩大工农武装。

会后，袁国平按照陂头会议的精神，不失时机地领导边区各级党组织带领广大军民相继开展了年关斗争、“三一八”武装示威大游行、红五月暴动等系列群众运动，其中“三一八”武装示威大游行的参加者有平江、浏阳、修水、万载等地的革命群众近40万人，镇压了一批反革命分子，提高了群众斗争的勇气，进一步打开了湘鄂赣根据地大发展的局面；而“红五月暴动”参加的人数达80万，革命暴动遍及边区各县，并配合红军主力夺取了平江和浏阳县城，极大地震撼了三省的反动政权。

袁国平与邱一涵既是一对恩爱相伴的夫妻，又是并肩战斗的战友。花开数朵，分别讲述。先说在攻占长沙期间，邱一涵冒着酷暑协助袁国平处理日常事务，通宵达旦地校对文稿；此时邱一涵帮助袁国平办理的最大一件事就是协助创办《红军日报》。时值盛夏，长沙像个大火炉，袁国平白天忙碌，晚上则在蚊虫袭扰下伏案写作、审稿，汗流浃背。邱一涵总是不声不响地守在丈夫身旁，摇着蒲扇为他驱蚊解暑。或是打来一盆凉水，沁凉毛巾递给丈夫擦汗祛热。邱一涵还熬绿豆稀饭，又加上白糖。忙到半夜的袁国平正饥肠辘辘，一碗白糖绿豆粥神奇地出现在他的面前。袁国平高兴地端起粥碗，喝得好不痛快……

还有一种甜蜜，是亲人间的相见。这天晚上，袁国平与邱一涵来到长沙邵阳会馆，与逃难到此的亲人见面。自去年在平江县丁家源邱家老宅结婚后，邱一涵还是第一次见到婆婆与家人。在这样的非常时期，以这样的方式见面，其乐融融，大家的喜悦之情自不待说。只是军务紧急，“合家欢”仅仅持续了两个多钟头，袁国平与邱一涵便匆匆地与家人告别，赶回大吉祥旅社驻地的办公地点，继续工作了。

是啊，革命工作就是这样常聚常分，生离死别又像日常家事一样。

后来在袁国平任新四军政治部主任时的皖南，邱一涵一直随行，为了革命的需要也常常聚少离多。在一起工作期间，袁国平常常挑灯夜战忙写稿，在他的办公桌上永远满铺着一张张迅速增高的稿纸。每每此时，邱一涵则端坐在一旁，她受伤致残、永远肿胀着的右手无法为丈夫誊清文稿，就用左手工整地誊写。多年的相濡以沫，使她对丈夫的行文结构、立意取舍、遣词风格、造句习惯了然于心。一张张手稿在她的手下迅速翻过，取而代之的是文字端正，卷面清爽的正稿。实在累了、乏了，她就甩甩手、伸伸腰，继续笔耕不停。只要丈夫手中的笔不停下，她的誊抄也就如流水而不停歇。

一天晚上，袁国平为新四军《抗敌报》起草一篇社论。夜已深沉，两人都有点累了，抬头直腰，舒缓一下身体。倏然间，桌上铜镜映着两人身影。袁国平看到粲然一笑，随即写下“镜中鸳鸯”，邱一涵不假思索，立即在旁边写下“比翼双飞”。两人相视一笑，疲劳一下子都给驱散了。

天地间，云破月、花弄影。青弋江依稀晚潮声声，满江水面渔火点点。

这是多么美妙的恋人的心声，像小鱼听到小溪的呼唤，像雄雁听见雌雁的娇鸣。

诗兴勃发的袁国平很快写下了新作，受赠人正是与他一路走来的妻子邱一涵——

不是甜的蜜，不是香的花。
好比茅台酒，淳芳与日加。

邱一涵参加革命后，改名一涵，而袁国平字醉涵，正是天作之合！寥寥二十字，以几近白话的词句，形象而生动道出了他俩醇如美酒、与日俱增的爱情。佳诗如玉醴，细细品来，令人陶醉！

在新四军军部云岭，袁国平与邱一涵、朱镜我与赵霞君、薛暮桥与罗琼，曾被军部评为三对模范夫妻。

2

1930年6月，按照中央决定，红五军与红八军组成红三军团，彭德怀任军团总指挥，滕代远任政治委员，袁国平任政治部主任。全军团约7000多人。此时以李立三为代表的“左”倾冒险主义统治的中央，要求红三军团占领湖北大冶，攻占武汉，饮马长江。红三军团党委经过研究，决定不执行这一完全脱离实际的冒险指示，采取另一可行的妥协方案，佯攻武汉实取长沙，即不攻占强敌占领的武汉，改为攻打敌军势力相对较弱的湖南省会城市长沙。这样既可迷惑敌人，也可向中央交代。

为了迷惑敌人，红三军团散布传言要攻打武汉，以迅雷不及掩耳之势一举攻占了湖北咸宁、蒲圻、嘉渔、通城等县，后又乘胜攻占了湖南岳州（今岳阳），造成三面围攻武汉的假象。然后却调转头来日夜兼程，神速地将部队撤回湖南平江，马不停蹄地直奔长沙。

7 月 23 日拂晓，红军主力在离瓮江 5 里处从两翼向敌夹击，先钳住“七寸”，然后攻取金井之敌，将其击溃。24 日再攻春华山，歼敌大部。25 日，彭德怀令红八军迂回敌后，断其后路，将敌逼至一狭窄地段，从首尾两端发起猛攻，歼敌一个团，俘其团长。次日，红军攻取金井，打开了长沙之门户。后一鼓作气，攻向长沙城。彭德怀率红五军突破一层又一层防御阵地，占领朗黎，向敌主阵地七里港、乌梅岭冲击。何长工率红八军迂回敌侧后，组织了一支敢死队，由第三纵队司令员侯中英指挥，乘百余艘小船突过浏阳河，猛攻敌侧背。红军一边开火，一边发动政治攻势，向敌喊话，守敌招架不住，一部投降，一部溃逃入城。红军也乘机换上敌军的服装，随溃兵拥入城内，彭德怀见城内枪声骤起，知有内应，遂指挥部队猛打，终于摧毁城东敌阵，于凌晨占领长沙全城。

彭德怀率兵 8000 人，何键率兵 30000 人。30000 人败于 8000 人，被彭德怀俘去 4000 多人，枪 3000 多支，轻重机枪 28 挺，迫击炮 20 多门，山炮 2 门，还丢掉了省会长沙。从未如此狼狈的何键几乎精神崩溃，猫在船舱里见到岸上有胸系红兜的进香人，也以为是彭德怀的部下，连连惊呼红军追上来了，随从再三劝解也不能稍安。

一打长沙，彭德怀、滕代远、袁国平不仅创造了红军史上以少胜多、以弱胜强的光辉战例，而且创造了十年土地革命战争中，红军攻下唯一的省会城市。毛泽东 1936 年在陕北对斯诺说，此役“对全国革命运动所产生的反响是非常大的”。

红三军团占领长沙后，总部设在浏阳门正街德国侨民韩理生公馆，政治部设在吉祥巷大吉祥旅社。

28日，滕代远、袁国平、何长工等人指挥红八军将士捣毁了国民党政府、法院等反动机关，镇压了近百名反动分子，打开监狱救出被关押的共产党员和革命群众。不仅如此，袁国平还从长沙被国民党关押的数千名“政治犯”中选拔了一批干部，就是从被解救出来的原从事地下工作的共产党员、共青团员中物色。结果，挑选出国民党准备杀害的马木兵、胡保全、向仲华、许建国等一批党、团员充实到军团各级，其中，向仲华出狱后，立即参加创办《红军日报》，接着任红八军军部秘书，在红军中成长很快，1955年被授予中将军衔，担任过解放军装甲兵政委、解放军副总参谋长、广州军区政委等职；许建国，在红三军团长期负责保卫工作，新中国建立后任天津、上海市副市长兼公安局局长等职。两人均成为党和军队的高级干部。袁国平还收编了各地的绿林武装和一批俘虏。

也就在这一天，袁国平与政治部的同志到皇仓街38号接管了《国民日报》社，做好出版《红军日报》的前期工作。政治部干事邱一涵到印刷厂，将工人召集起来，向他们宣传红军政策，动员他们做好印刷《红军日报》的准备。

为充分发挥《红军日报》的舆论导向作用，袁国平连夜起草《为反对军阀混战告民众书》《告小商人及知识分子书》等三篇稿件。他在文章中疾呼：“本军是为无产阶级谋利益的，坚决地站在一切劳动群众的最前线上与反革命肉搏。劳苦群众们，起来，勇敢地起来，在鲜红的镰刀斧头旗帜之下，团结自己的力量……我们要联合起来武装暴动，努力为反帝国主义瓜分中国而战，为消灭增加群众痛苦的军阀战争而战，为消灭造成军阀战争的国民党而战，为铲除军阀制度消灭封建势力而战，为解除自身痛苦建立工农兵自己的政权而战，我们只有这样以阶级战争反对军阀战争呵！”

“劳苦青年们，你们不要虚过了宝贵的光阴，空耗了有用的精神，放弃了驱逐帝国主义，铲除封建余孽，建立苏维埃政府的三大任务，这是共产党给你们的指示，劳苦群众向你们的要求。”

第二天一早，袁国平将三篇文章送到报社，并与报社排印车间师傅商量第一期《红军日报》的排版和印刷。他对印刷工作下达命令：“必须在中午十二点前，将报纸印出来，送到老百姓手中去。”安排妥当后，他又着手准备湖南省苏维埃政府成立大会的演讲稿。

大约十一点钟的时候，报纸出来了。袁国平手捧着散发油墨芳香的报纸，有一种“十月怀胎，一朝分娩”的欣慰。

这第一期《红军日报》是对开铅印大报，第一版《共产党十大纲领》和《土地政纲》；第二版是社会、专电、国内新闻版，刊载社论《克复长沙以后目前我们应注意的是甚么？》和国内新闻。第三版是国际新闻、本省新闻、地方新闻、红军特讯与本埠新闻版。第四版是广告与文艺版。袁国平连夜赶写的《告劳苦青年书》等三篇稿件，分别刊载在第二版和第四版的醒目位置。

由于红三军团在前期作战中伤亡较大，通过扩红补充兵源成为当务之急的头等大事，也是当时红军政治工作的中心内容。为了抓好这项工作，袁国平除了组织“扩红队”深入长沙城大街小巷进行宣传动员外，还专门为《红军日报》撰写社论《扩大红军》，他写道：“红军在国内战争中负有伟大的任务，他是统治阶级的掘墓人，工农革命的先锋队，推进革命高潮，完成全国暴动的重要动力。因此，凡是了解革命前途的工农兵士劳苦群众，应集中一切力量帮助红军的扩大。只有红军扩大了，才能战胜反革命派临死的挣扎，消灭一切革命障碍，巩固苏维埃政治的基础，使劳苦群众获得真正的彻底解放。”“我们更欢迎各处被豪绅地主国民党军阀，逼着上山落草去当绿林豪杰的武装弟兄们，认清自己的朋友和敌人，洗去自私自利的观念，消灭唯我独尊的英雄思想，一齐来参加红军，接受无产阶级的领导，坚决地执行土地革命。”为此，他引用湖南民谣说：一根竹竿容易弯，三缕麻纱扯脱难；猛虎困在平阳地，无水就会困沙滩；不怕力小的孤单，众人合伙金不换。他极力呼吁“一切要饭吃、要土地、要自由的工农兵士群众，应该百尺竿头更进一步地团结起来，武装起来，冲破一切家庭观念、保守思想和地方主义，毫不反顾地到红军中来参加光荣的革命国内战争”。由于宣传广泛，在短短的几天时间内，就扩充红军7000多人，使红三军团的人数增加了一倍。这7000多名扩充的红军中，就有开国中将，后来升为上将的中央军委副主席张震。工农群众兴高采烈地支援红军，使整个长沙都沸腾起来了，诚如当时《红军日报》所说：“工农群众热烈异常，全城气象豁然开朗，如严肃纳闷之寒冬，急转燕语莺歌之新境。”

在攻占长沙的11天里，《红军日报》共出版发行了6期，达6万多字，每期发行6000多份。先后刊登了《告工农书》《告劳苦青年书》《告贫苦妇女书》《告敌方士兵书》等文告。为确保《红军日报》的质量，袁国平亲自审阅稿件，并撰写了《怎样巩固湖南苏维埃政权》等多篇重要社论和文稿，使《红军日报》成为宣传群众、组织群众、打击敌人的重要喉舌。袁国平采用多种形式积极宣传中国共产党的政治主张和各项政策，宣传红军英勇善战的革命精神和灵活机动的战略战术，在迅速稳定社会秩序和安定人心方面发挥了十分重要的作用，据当时国统区报纸报道：“各商店门首，皆悬欢迎两字红旗。”这种占领宣传阵地的惊人速度，曾使当时的《大公报》也为之惊叹。他们报道说，红军戎马倥偬，“犹知注重报纸宣传，不稍疏懈，吾人对之，宁无愧色乎?!”

7月29日下午，一缕阳光从云层里钻出来，仿佛给即将召开的工农大会增添了一抹亮色。省教育会坪里聚集了一队队人群，长沙市总工会筹备处、长沙市各地农民协会等，他们打着各自的旗帜，列着方队。会场上已挤满了10余万群众和红军指战员及赤卫队员。主席台上方，一块“热烈欢迎红军”的会标格外醒目，大会由红八军军长何长工主持，何长工作报告，工农代表致欢迎辞，最后是袁国平向大会作演讲。他的演讲深深地吸引了全体与会者：

亲爱的工农们，士兵们，革命的同志们，今天我简单地说一说苏维埃政府的意义。苏维埃政府是工农民主政府，是为无产阶级谋利益的苏维埃政府，是群众的政府，断不是争地盘饱私囊的狗国民政府。苏维埃政府是真正民主的政府，苏维埃政府是以工农专政的政府，断不是私人包办的政府。我们既然知道苏维埃政府的意义，应当努力地去干，全国大暴动起来，肃清一切反革命和统治阶级，组织苏维埃政府，扩大红军，巩固我们的势力。以求得到彻底的解决，使一切被压迫的民众抬起头来。

在演讲中，袁国平强调苏维埃政府是人民自己的政府，抓住这个核心，他的演讲赢得了民心。袁国平的话音刚落，全场响起雷鸣般的掌声。也不知是谁带的头，原本盘腿而坐的群众和红军战士，一个个都站起来，振臂高呼口号：

“苏维埃政府万岁！”

“全国工农兵解放万岁！”

“工农们团结起来，消灭一切国民匪党！”

那声音振聋发聩，地动山摇，那是广大劳苦大众在呐喊。它久久地在会场上空回荡。

《红军日报》报道说，这次大会“确为长沙空前未有之胜举，演说时演者痛快淋漓，听者心领神会，鼓掌之声，远近犹闻”。

红军占领长沙城，国民党反动派不甘心失败，“湖南王”何键在仓皇出逃长沙时，留下一些反革命分子和叛徒、特务。他们秘密潜伏下来，从事破坏活动，造谣惑众，严重扰乱了社会秩序。如何巩固政权，保护好胜利果实，成了红三军团指挥者们必须面对的问题。

7月30日上午，湖南省苏维埃政权成立，李立三任主席，他未到位，由王首道代理，杨幼麟任副主席，彭德怀、李宗白、袁国平等13人当选为执行委员。苏维埃政府宣布了苏维埃政纲，颁布了《暂行劳动法》和《暂行土地法》，并成立肃反司令部，处决了出卖郭亮烈士的叛徒苏先骏。

这一天，袁国平在为《红军日报》撰写的社论《怎样巩固湖南苏维埃政权》中写道：

当前湖南工农兵士劳苦群众的唯一责任，就是以铁血的精神，为巩固湖南苏维埃政权而奋斗。

怎样巩固湖南苏维埃政权呢？

第一，我们应坚决的以专政的手段，镇压我们的敌人，根本消灭一切反革命的活动。

第二，彻底实现苏维埃政纲，很快地解决土地问题，实行八小时工作制，改善士兵生活待遇，获取我千万的工农群众热烈的参加苏维埃工作，自动地愿为苏维埃政权奋斗到底，牺牲到底。

第三，猛烈的扩大红军，号召城市失业工人，乡村贫农，一致热烈地参加红军，以发展红军的组织。

第四，必须坚决采取进攻的精神，与敌人作继续的不断的奋斗。

这是一篇工作指导性极强的社论，它沉重地打击了敌人的嚣张气焰，鼓舞了红军的斗志，提高了工农群众的斗争勇气和信心。

7月30日下午，彭德怀带着卫兵来到大吉祥旅社，他一进门就扯着嗓子高喊：“袁主任，袁国平主任，有一件非常重要的事情要你出马去做。”

“老彭，么子事把你急成咯个样子？”袁国平听到彭德怀的喊话，急忙迎上前去问。

“我这么多人马要吃要穿，现在手头紧。想请你出马，发挥你的口才，去说服商会那些掌柜的支持支持。”

袁国平从未接触过筹饷的工作，红军初创时期，军饷主要是靠打土豪和人民群众的无私支援。接到任务后，袁国平派人拿着帖子，到长沙市商会，将会长左益斋“请”到了军团政治部。

左会长常年与商贾打交道，非常世故，这时红军政治部请他，他一时也“丈二和尚——摸不着头脑”，进得门来，只是一味地点头。

见袁国平热情接待他，并征求意见，他圆滑得很，对红军赞扬了一番，末了，他说：“我代表全城商会同仁拥护红军，支持红军进城。”

见火候已到，袁国平直截了当地提出红军筹饷的事。听到这事，左会长满脸堆笑，一口应承下来。

第二天上午，袁国平带着政治部的同志来到长沙市商会，左会长装出一副无可奈何的可怜相：“白军逃走时大肆抢劫，市面又没有恢复正常，要筹饷很难。”

说到这里，他斜乜了袁国平一眼，见袁国平炯炯有神的目光，正透过近视眼镜瞪着自己，忙改口说：“为了表示对红军的拥戴，我个人捐献 3000 大洋，略表薄意。”

袁国平知道左会长在耍滑头，向他严肃地交代红军政策，晓以革命的大义：“保护中小商人的利益，是红军的政策。拥护、支援红军，是广大商人的义务。如果只在口头上拥护红军，实际上没有行动，那只不过是一句空话。个别商人为什么向白军交钱那么尽心尽力，而支援红军却推推诿诿呢？”同时，限他两天之内，将长沙各商号在年内向军阀何键缴纳饷银的清册造具出来，并注明是否愿意向红军缴纳饷银。左益斋知道这个利害关系，在真菩萨面前烧不得假香，只得硬着头皮应允下来。

两天以后，袁国平如数完成了 40 多万块银元军饷的筹措任务。

彭德怀看到那一箱箱码得整整齐齐的银元，高兴得合不拢嘴，他对袁国平说：“哎呀！老伙计，你搞了这么多银元，何键又‘送’我那么多枪炮子弹，我又没得汽车，你叫我怎么弄回去嘛！”

袁国平见彭德怀太高兴了，也半开玩笑半认真地说：“何键不是还‘送’了我们几万匹布吗？我们就用这些布将银元和枪炮子弹捆起来，叫赤卫队员和战士们一担担地挑回去。”

这次筹饷解决了红三军团和根据地经费上的燃眉之急，为红军和根据地日后的发展奠定了基础。①

袁国平不仅文笔锋利，还具有极富感染力的口才。他的理论水平、文字功底和演讲技巧，是为大家一致公认的“理论家”，他作报告幽默、生动，妙趣横生，深入浅出，是一位出色的演说家。

袁国平创办红军铅印大报《红军日报》，在人民军队新闻史上写下了浓墨重彩的一页，在红军报刊史上具有划时代的意义。

红三军团进入长沙，纪律严明，秋毫无犯，给长沙民众留下良好的印象。更令人叫绝的是，为了做好驻长沙的外交人员、传教士和外国侨民的工作，袁国平还特意指派精通法语和英语的红八军代军长何长工，在长沙圣经学校召开了一次有300多名外国人参加的会议，向他们宣布共产党和红军的政策：只要他们遵守法令，红军会保护其生命财产。此举轰动中外。当时，英国的路透社曾报道：有人说红军是无组织、没文化的一群粗暴的队伍，其实大谬不然，实际上红军是一支有文化、纪律严明的军队。

红三军团确是一支功勋卓著的英雄部队，这支英雄部队从初创时期就以能打硬仗、打恶仗而闻名全军上下，逐渐锤炼出所向披靡、无坚不摧、百折不挠的硬骨头作风。

“泰山崩于前而色不变，麋鹿兴于左而目不瞬”，前半句可形容彭德怀，后半句可形容袁国平。彭、袁配合，相得益彰，成为红三军团制胜的法宝。红三军团的老同志回忆说：我们的部队之所以有力量能打硬仗，因为有两个了不起的人物，一是杰出的军事家彭德怀，二是出色的政治家袁国平。中华人民共和国成立后，何长工在回忆时说：“袁国平和彭德怀同志从1930年至1936年一直在一起工作，关系非常好。彭德怀同志军事上多谋善断，是杰出的军事家。袁国平同志会做政治工作，是彭德怀的得力助手，是杰出的政治家、鼓动家。他们

① 申喜平：《古城长沙作证》，见《袁国平纪念文集》，中共党史出版社2014年版，第577页。

都是雷厉风行、以身作则的。他们对自己对干部都要求极严。所以红三军团在几次反‘围剿’中，在艰苦的长征中，都是中央红军的主力。”

没有迈不开的步，没有蹚不过的沟。办法总是有的，收获总是大的，就看你下多大的决心和力量去做事。

红三军团攻陷湖南省会长沙，扩大了中国共产党的政治影响，鼓舞了红军的士气，打击了反动派的凶焰，“对全国革命运动所产生的反响是非常大的”。而对国民党来说，丢了省会，何键“退湘西待罪”。据守武汉的何应钦也感“唇亡齿寒”，一面调集兵力加强武汉防务，一面组织策划反攻长沙、围歼红军。

8 月 6 日，何键在帝国主义列强 10 余艘兵舰、数万之众的掩护下强渡湘江，从南北两面夹击据守长沙的红军，距政治部驻地仅 2.5 公里。袁国平与政治部全体人员仍坚持在大吉祥旅社里忙碌着。彭德怀见状果断下令撤离长沙城，他亲率两个连阻击由南向北进攻之敌，同时令红八军第一纵队政委彭雪枫率部集中一个师的主力突击由北向南之敌。下午四时，彭德怀率领断后的红五军一师，终于将政治部人员全部接了出来。

红三军团各部与工农群众相继退出长沙，向浏阳一带转移。

在红三军团占领长沙期间，令袁国平、邱一涵惋惜和遗憾的一件事，是他们接待杨开慧时，未能成功说服她安全转移。

此时的袁国平，因连续工作，休息时间很少，极度疲劳，再加之演讲和说话太多，喉咙嘶哑。但袁国平一见到杨开慧，第一句话就问：“杨开慧同志，你现住在何处？”当杨开慧说住在板仓娘家时，袁国平接着说：“我前年到邵阳老家与当地地下党接头，呆的时间虽然不长，都没有住在家里。”袁国平向杨开慧介绍坐在一旁的袁醉如：“这是我的胞兄，我走后不久，邵阳县团防局就搞‘一户有匪、五户共罚’，相互保证家属中没有共产党，逼得我母亲和哥哥无法在家安身，只能举家逃到长沙避难。袁国平说：“令尊杨老先生是著名的学者，你与毛委员的夫妻关系又尽人皆知，敌人肯定不会放过你的，你在长沙很危险，应该尽快转移到安全的地方。”

杨开慧谢绝了袁国平的好意：“组织上没有让我离开长沙，我的岗位就在这里，况且润之也没有带信要我去。”袁国平想了想说：“你把孩子暂时放在娘家应该没有问题，但你本人一定要避一避，千万不可大意！有什么困难可以随时来找我。”

邱一涵也劝杨开慧尽早离开长沙。杨开慧告辞后，袁国平仍不放心，原打算抽空向地方党组织反映，请地方党安排好这件事，但因时间紧迫，战事紧张，袁国平想通过地方党安排杨开慧安全转移的心愿未能实现。红三军团撤离长沙后，杨开慧不幸于10月被国民党当局逮捕，在狱中受尽折磨，11月在长沙英勇就义。袁国平、邱一涵闻讯后，痛心疾首，深感惋惜。

3

8月，红三军团在湖南平江长寿街附近整训，红一军团已到江西万载。平江长寿街到万载县城不过80公里，彭德怀得知消息后喜出望外，忙派袁国平“前往联络、报告情况和请示”，并带去了红三军团前委关于红一、红三军团合编归朱、毛统一指挥的建议。见到袁国平，朱德、毛泽东非常高兴。他们商定：红三军团向浏阳永和市之敌进攻，红一军团向浏阳文家市之敌进攻。袁国平临走前，毛泽东还让袁国平带回一封信。袁国平返回后，彭德怀立即按照约定信的要求，率部向永和市开进。

朱德、毛泽东决定两个军团在湖南浏阳县永和市会师，并根据红三军团前委的建议，成立红一方面军。其时，红一军团在浏阳县文家市又打了一个漂亮仗，歼灭戴斗垣一个旅；红三军团阻击了浏阳县永和市敌人的进攻。

会师的消息是鼓舞人心的，与红一、红三军团分手一年多，指战员都盼望能早日相聚。

8 月 23 日，毛泽东、朱德率红一军团抵达湖南浏阳县永和市，与彭德怀率领的红三军团会师。两支红军主力合而为一，人数达 3 万之众。

接着，红一、三军团前敌委员会召开联席会议，决定按红三军团前敌委员会的建议，将两军团合编为第一方面军，并成立总前委，由毛泽东任总前委书记兼方面军总政治委员，朱德为方面军总司令。彭德怀、滕代远分别任方面军副总司令和副政治委员。从此，红一方面军成为第二次国内革命战争时期的一支强大的革命武装力量。红一、三军团是红一方面军的主力军团，向来被称为车之两轮、鸟之双翼。

红一、红三军团的胜利会师，合并为红一方面军，不仅实现了红军由以游击战为主向运动战为主的战略转变，开创了土地革命战争的新局面，并且为确立毛泽东在红军中的核心领导地位，奠定了基础。袁国平在这个重大的历史事件中功不可没。

袁国平在这个重大的历史事件中做出了贡献。正是在毛、朱、周的周围，在他们的领导下，袁国平也被永恒地定格在历史的星空：忠诚的共产主义战士，杰出的无产阶级革命家，中国工农红军和新四军的高级指挥员，卓越的政治工作领导者。

曙色微露，明霞刚醒，启明星如孤灯高悬，遥遥地，正以自己的微光点亮东方，点亮世界。

不久以后，党中央在江西瑞金建立了苏区革命根据地。瑞金位于江西省东南部，赣江东源贡水上游，唐时代称瑞金监，五代南唐改设县。相传建制时掘地得金，故名“瑞金”。境内林木蓊郁，物产丰富，加之四周群山连绵，也算是一个战略要地。彭德怀、袁国平初到此地便产生了兴趣，觉得加以开辟可作为依托。几天之后，毛泽东、朱德率红四军从长汀回师赣南，抵达瑞金，两支红军主力终于再次会师。在中国革命史上，瑞金是我党创建的第一个工农革命政府的红都。

一群山雀在密林里飞来飞去，一杆红旗在林丛中时隐时现。透过密林和雾岚，可以看见朱毛红军踏上了新征程。

城里绸布店的红绸子派上了用场，已改编为红军的部队基本上淹没在红色的海洋里。以工农兵为基础的红军健儿对“红军”的理解就是里外透红：红旗、红袖标、红缨、红马和红荷包，许多枪械上都系上了红飘带。万山绿野中，一支红色的队伍像一艘红色的帆船队，点缀着山峦的娇艳和秀美，展示着这支新型军队的生命和旺盛之气。

红一方面军成立后，制定的第一个作战计划依旧是攻打长沙城。早期的共产党中央领导人受苏联革命模式的影响，始终坚持“首先占领几个中心城市”，从而使红军把革命的目标又对准了湖南的省会长沙。湖南地处中国中部，江河纵横，土地肥沃，山岳险峻，南北通达，一旦为革命武装所占据，对于整个中国革命确有“中心开花”的效果。同时，湖南自古民风剽悍，是农民暴动频发之地，红一方面军中大多数官兵是湖南人，打回老家去也符合中国人传统的思维习惯。

8 月 28 日，红一方面军根据中央意图，决定再次攻打长沙。红一方面军在浏阳下达向长沙近郊推进的命令。红军分三路向长沙进发。次日，各路红军立即对长沙形成包围态势。

国民党“湖南王”何键上次丢了长沙，丢了大脸。此次遂十分小心，调集重兵夺回长沙后，铁了心不能再丢长沙。他命令所部死守长沙。于是，不仅是战壕纵横，碉堡林立，有些地段还架起铁丝网，甚至电网。有的在水里都打上了木桩，拴满了电网，一通电，水全带上电，人一沾水，当即会被电死。他给官兵的作战原则是只守城，不出击。主打的红三军团诱敌不成两次强攻又都不成。不知谁想到战国时期齐国田单破燕兵的“火牛冲阵”，让尾巴绑着火把的牛勇往直前的狂奔，冲开敌军的防线，为红军突击队开道。于是红军当即买来了许多水牛、黄牛，在牛尾巴上绑上浸过煤油的棉花团，把牛赶到突击队出发地域，然后点火。结果是“火牛”并不按人们想象的勇往直前冲向敌之阵地，而是四处狂奔，有的乱了套，有的甚至反方向冲过来，把突击队给冲散了。古人用“火牛阵”行之有效，红军用“火牛阵”怎么就成了笑话？原来，人们有所不知。“火牛阵”的运用，并不是简单地在牛尾巴绑上火把，点火就成了，而是事先要用木杠或竹杠将若干条牛绑架成一体，使它们只能往前，不能左右转向，更不能反向奔跑。看来，古战术的运用，不能只知其一，不知其二。

9月2日，红军发起总攻。此次攻打长沙，明知不可为而强为之，必须执行中央的命令，没有什么火力准备，红军战士举着步枪、大刀，以血肉之躯向电网、机枪工事、大炮阵地冲去，成批成批地倒在长沙城下，长沙城却毫发无损。

9月3日，何键派兵分三路向红军出击，一路进至湘江畔，遭红一军猛击，死伤逾千，被俘者达2000余人；中路和左翼也被红八军击溃。自此，何键紧闭城门再也不出城了。

9月10日，红一方面军总部再次下达总攻击令，因无重炮，屡攻不下。当晚，大雨如瓢泼，彭德怀指挥红三军团向二合牌、杨家山一带敌人阵地连连发起猛攻，皆未得手。

长沙城久攻不下，时间已达月余。中央在李立三路线主导下，仍不愿放弃攻打大城市的意图。

9月13日，总前委在株洲开会，总结围攻长沙的经验教训，决定回师江西宜春地区，在湘江、赣江之间机动作战，并以红一军团攻取吉安，红三军团布置于袁水以北，威胁南昌，阻击援敌，在湘赣边界反复作战，相机歼灭敌军。

这次撤围长沙之举，是反对立三“左”倾冒险主义领导迈出的第一步。对第二次攻打长沙，毛泽东总体上也持肯定态度，他在以红一军团前委书记名义给中央的报告中指出：“围困长沙十六天，大战数昼夜，战线延长三十余里。9月3日将敌之出击部队完全击溃，从此缩入战沟，不敢出来一步。到9月10日我军第二次总攻不得手，9月12日始决议向萍醴撤退。把敌军三十个团以上的威风完全打落，使之不敢正眼看我红军，同时给全国以颇大影响，则是这一次战争的胜利。”

第八章
五反“围剿”

1

1930年春，红军和苏维埃运动已在江西、福建、湖南、湖北、河南、安徽、广东、广西乃至浙江、江苏、四川等10余省近20个地区兴起，大大小小的红军达20多支，共6万余人，另有数万的后备军游击队、赤卫队。而且整个形势仍在迅猛发展。

同时，蒋介石正在紧锣密鼓地筹划着与冯玉祥、阎锡山、李宗仁各派系的大战。国民党内部大乱，中国天下大乱。

中国革命的高潮，已颇有“山

雨欲来风满楼”之势。对此，连向来比较清醒、持重的毛泽东，也很是乐观，他在《星星之火，可以燎原》一文中，对革命高潮快要到来的情景，有一个很形象、很文学的描绘：“它是站在海岸遥望海中已经看得见桅杆尖头了的一只航船，它是立于高山之巅远看东方已见光芒四射喷薄欲出的一轮朝日，它是躁动于母腹中的快要成熟了的一个婴儿。”

1930 年 9 月，撤围长沙的第二天，毛泽东在株洲召开总前委会议，讨论红一方面军下一步的行动方向。会后，毛泽东、朱德率红一军团进占醴陵、攸县，而彭德怀、滕代远则率红三军团进驻安源、萍乡，进行短期休整，袁国平从地方挑选胡耀邦、杨勇等优秀共产党员到红三军团任职。胡耀邦先在第五师十三团，长征时任红三军团直属总收容队队长。

10 月，中央重新将全国苏区划为湘鄂赣边和赣西南、湘鄂边、鄂东北、闽鄂赣、广西等 6 个大区，并拟定以湘鄂赣边和赣西南两区为中央苏区，“决定在中央苏区立即设立中央局，目的在指导整个苏维埃区域之党的组织，同时，在苏区成立中央军事委员会以统一各苏区的军事指挥”。同时成立中华苏维埃中央革命军事委员会，负责指挥红军作战，项英任主席，朱德任副主席兼红一方面军总司令，毛泽东任副主席兼总政治部主任和红一方面军总政治委员，彭德怀、袁国平、黄公略等为委员。

中国的发展自古以来就极不平衡。一般说，东部比较发达，西部相对落后。发达地区的政治、经济、军事力量必然较强，统治基础比较强固；落后地区则必然相对较弱。而人类社会的生存法则是“弱在贫处生”。古往今来，古今中外，凡弱小民族，弱势群体，无不生存于相对贫穷落后地区。这同自然界的“水往低处流”一样，都是不以人的意志为转移的。

这种法则，又决定了政治争夺中的弱军或败军，只能也只有退入落后的西部，以求生存发展。这也就是此后的中央红军、红四方面军的战略转移，概往西部走的缘故。

在落后的西部，又以四川为发达地区。这里物产丰富，人口密度大，自古以来享有“天府之国”的美誉，向来是弱军或败军谋求生存发展的理想之地。三国时代，诸葛亮就向刘备献入川之策，于是有了蜀国的崛起，与曹操之魏国，孙权之吴国，形成三足鼎立的局面。太平天国时期翼王石达开，也曾退入四川，以求东山再起。

红军和根据地的发展，特别是李立三“左”倾错误时期红军攻打中心城市的冒险行动，使蒋介石国民党感到极大的震惊。1930 年 10 月，历时近半年的蒋、冯、桂之间的中原大战结束，蒋介石立即调集重兵，向各革命根据地的红军发动大规模的“围剿”。从此，红军的斗争开始进入大规模反“围剿”战争的新阶段。

1930 年 10 月 25 日，红一方面军总前委和江西省行动委员会在江西新余县罗坊举行联席会议，会议由毛泽东主持，参加会议的有朱德、彭德怀、林彪、罗荣桓、滕代远、袁国平、黄公略、罗炳辉、陈正人、曾山、周以栗等人，会议分析了当前的政治形势。总结了两次攻打长沙和夺取吉安的经验教训，根据国民党军队即将开始的对根据地“围剿”的实际情况，着重研究了战略方针。

1931 年 1 月 15 日在江西小布地区成立中共苏区中央局，周恩来任书记，因周恩来在上海未到职，由项英代理书记。同时成立中华苏维埃中央革命军事委员会，负责指挥红军作战，项英任主席，朱德、毛泽东任副主席，彭德怀、袁国平、黄公略等为委员。中共红一方面军总前委随之撤销。

从 1930 年秋至 1931 年秋，中央根据地和红一方面军在毛泽东、朱德的指挥下，进行了三次胜利的反“围剿”战争。

1931 年，注定是中国历史上最为刻骨铭心的年份。这一年，中国共产党苏区的红军战士用上了新的识字课本，上面写：“工农革命，打土豪，分田地，天不怕，地不怕。”毛泽东在写《兴国调查》时显然心情不错，他认为苏区的百姓已在享受革命的成果：分了田，分了山，分了地主的谷子，大家都吃上了价格便宜的米，年轻人不用非得有钱才能讨上老婆了，因为苏区主张婚姻自由且严格禁止买卖婚姻。这一年的上海，人口已经超过300万，成为继纽约、巴黎和柏林之后世界第五大城市，全球最时髦的商品都可以在这座扼守着长江入海口的大都市里找到。只是，入夏以来，全国性的洪灾给这个国家的欢乐蒙上了阴影，长江中下游和淮河流域洪水泛滥，40多万人死亡，超过5000万人无家可归，连被外国人称为“东方芝加哥”的武汉也在洪水里浸泡了100多天。这一年，在中国的北方，城市规模列全国第四的沈阳人口约为70万，其中日本人多达20万，他们不叫“侨民”而叫“移民”。在关东军的保护下，这些“移民”全然把沈阳视为一座日本城市，沈阳商埠的地名一律以“町”命名，日本兵、俄国人、朝鲜人，从关内来的内地人以及这些日本“移民”使这座城市混乱而热闹。

1931年，没有多少中国人意识到国家已经大难临头。这一年发生了日军侵华的“九一八”事变。

而国民党反动派却在对中央革命根据地进行反革命的军事“围剿”。1930年10月开始，蒋介石纠集了10万兵力，以国民党江西省政府主席鲁涤平、师长张辉瓒为前线总指挥，分兵八路，采取“长驱直入，分进合击”的战术，由北向南，从江西吉安到福建建宁一线，形成一个半圆形包围圈，对中央革命根据地发动了第一次“围剿”。

当时红军约4万人，集中在宁都县的黄陂、小布地区。12月上旬，红一方面军总前委在黄陂召开扩大会议，毛泽东主讲，朱德、彭德怀、滕代远、袁国平等参加。会议重点研究了反“围剿”作战方案。12月25日，在宁都小布村召开万人誓师大会。在木板搭起的主席台两侧，一副大字对联显得鲜艳夺目，一边是：敌进我退，敌驻我扰，敌疲我打，敌退我追，游击战里操胜算；另一边是：大步进退，诱敌深入，集中兵力，各个击破，运动战中歼敌人。毛泽东、朱德在会上都作了动员讲话，这些讲话鼓舞了军民反“围剿”斗争的必胜信心，赢得了一阵阵热烈的掌声和欢呼声。

谈到这个大会对联，有一段故事：有人曾问朱德的战法，他们叫“打圈圈”，即打得赢就打，打不赢就跑，跑不了就散；你驻下我就打，你累了我就扰。

毛泽东听说后就说：“对！我们下一步就是‘打圈圈’，圈一块算一块，圈一坨算一坨，我们要圈出一个苏维埃。”

担任大会司仪的袁国平宣布最后一项议程文明戏演出开始！袁国平所说的“文明戏”，指的是有别于充满封建糟粕的“花鼓戏”。此次演出的小话剧《活捉敌师长》，反映了苏区军民诱敌深入，伏击获胜，敌师长就擒。

第一次反“围剿”斗争，毛泽东根据当时敌强我弱、力量对比悬殊的情况，采取了“撤开两手，诱敌深入”的作战方针，将敌主力张辉瓒师诱到龙冈一带。12月30日，红军集中优势兵力，一举全歼敌9000余人，并活捉敌前线总指挥张辉瓒。初战告捷，红军追歼逃敌谭道源部半个师。五天打了两仗，共歼敌1万多人，缴枪1.3万多支。于是，其余敌人畏惧打击纷纷撤退。红军胜利地粉碎了蒋介石第一次反革命“围剿”，从而巩固和扩大了革命根据地。说来也巧，此时距《活捉敌师长》的演出只过了五天。战士们高兴地说：“咱们的文明戏真是演神了！以后这个节目便更名为《活捉张辉瓒》。”

诗性正浓的毛泽东曾挥毫填词一首：

渔家傲·反第一次大“围剿”

一九三一年春

万木霜天红烂漫，
天兵怒气冲霄汉。
雾满龙冈千嶂暗，
齐声唤，
前头捉了张辉瓒。

二十万军重入赣，
风烟滚滚来天半。
唤起工农千百万，
同心干，
不周山下红旗乱。

毛泽东词的上半阕，就描写这次反“围剿”的情况，下半阕是写准备第二次“围剿”的情形。《渔家傲》双调 62 个字，句句押同一仄韵，是难度较大的词牌之一。但它适合于写景抒情。宋代范仲淹在任陕西经略兼延川知州时，曾留下《渔家傲·秋思》，被视为宋词中《渔家傲》的经典之作，那“羌管悠悠霜满地，人不寐，将军白发征夫泪”，被推崇为“苍凉悲壮，慷慨生哀”的佳句。

毛泽东精选此牌，托景抒怀，依词谱将龙冈、张辉瓒巧妙嵌入词中，落笔“雾满龙冈千嶂暗，齐声唤，前头捉了张辉瓒”，化“苍凉悲壮”为群情激昂，反“慷慨生哀”为胜利喜悦，真乃红军战争情景交融的绝唱。

2

1931 年 4 月，蒋介石又纠集了 20 万兵力，以何应钦为总司令，采取“稳扎稳打，步步为营”的战术，分兵四路向中央革命根据地发动了第二次反革命“围剿”，连营 700 里，节节推进至富田、广昌、建宁一线。这时中央红军只有 3 万多人。在毛泽东、朱德指挥下，红军采取了“集中兵力，先打弱敌，并在运动中各个歼灭敌人”的作战方针。4 月下旬，彭德怀和袁国平率红三军团集结于东固山区。这里崇山峻岭，地势险要，是歼敌的好战场。但是东固毕竟只有 1 万多居民，3 万多红军突然到此安营扎寨，吃饭成了问题。粮食紧张，吃菜不好解决，没办法，彭德怀、袁国平只好让部队上山找没有长成竹笋的野竹尖，到水田里摸螺蛳、捉泥鳅。可时间长了，有些战士就沉不住气，发牢骚说与其等着挨饿，不如找敌人拼个你死我活。袁国平派出政治部工作人员分头到部队做说服教育工作，解释一定要让敌人来找我，而我们不能去找敌的道理。为缓和供需矛盾，彭德怀和袁国平还把部队的经费开支压缩到最低限度，一日三餐改为一日两餐。从5月16日开始，彭德怀、袁国平指挥红三军团，与红一军团并肩作战，在根据地人民的支持下，红军从东固、富田一带向东横扫，一直打到福建建宁。十五天中急行军700里路，从江西南部打到福建西部，五战五捷，歼敌三万余人，缴枪2万余支，痛快淋漓地粉碎了蒋介石的第二次反革命"围剿"。

战后，袁国平根据临时总前委的决定，以建宁、泰宁、将乐为工作区域，以顺昌、邵武、光泽为筹款区域，发动群众，建立政权，发展党组织，整训游击队，还筹款60万元。只用了一个多月的时间，以建宁、泰宁、黎川为中心的革命根据地初具规模。难怪有人向国民党军第一师师长陈济棠的报告称：中国工农红军和第一方面军第三军团政治部袁国平率众数千驻扎筠门岭，大制棉衣，军容甚威。……该处自愿投充红军之工农群众日有千数百人，豪绅地主逃走一空。

1931年夏，毛泽东写下了《渔家傲·反第二次大"围剿"》的壮丽诗篇：

白云山头云欲立，
白云山下呼声急，
枯木朽株齐努力。
枪林逼，
飞将军自重霄入。

七百里驱十五日，
赣水苍茫闽山碧，

横扫千军如卷席。

有人泣，

为营步步嗟何及！

蒋介石不甘心失败，另出主意，想在动武之前先唱一台“文戏”。

江西黎川的6月已很有一些夏日的气象，城南潘家大窨子屋却阴凉如秋。红三军团指挥部就设在这里。

6月的一天，哨兵带来了两个不速之客，听说是红三军的军长黄公略的大哥黄梅庄来了。袁国平仔细打量一番黄梅庄，只见他中等个头，身着西装，看上去像个文人。他是黄公略同父异母的兄弟。再看那个随从，瘦高个儿，身着长袍，手里拎着一个小皮箱。

袁国平不久前从报纸得知，蒋介石委任黄公略的堂叔黄汉湘为湘鄂赣三省“剿匪”总指挥部视察专员，专事策反黄公略等红军将领，并放出风声说“黄、彭已有意投诚”。黄梅庄的到来与黄汉湘的招抚有没有关系呢？安排好两人的住处，袁国平立即与彭德怀、滕代远、邓萍商讨对策，决定由彭德怀出面，先探得虚实。

“梅庄兄，是来看公略的吧！”彭德怀很热情地寒暄、接待。

“公略离家多时，家母思念心切，让我来看看他。”黄梅庄说得在情在理。

“公略有军务在身，不日即回，你先住下。”彭德怀令人准备酒饭为他们接风。

酒桌上，彭德怀说：“我喝半盅，你的酒量如海，饮一盅。”

黄梅庄说：“我喝两盅，你一盅。”

彭德怀是能饮的，但为了探听虚实他是有所保留的，“竹叶青”饮了两三盅，还吐了一些。黄梅庄满满地喝了五六盅之后，说：“你们连续取得胜利，势力发展得真快！”

彭德怀佯作几分醉意说：“不快，公略军才3万人，我也不过5万人。”

黄梅庄听彭德怀说出兵力的军情，很高兴，说：“再喝一盅。”

彭德怀喝了半盅，说：“好！ 汉湘先生高升，公略与我同贺。 梅庄兄冒暑前来，必有贵干，祝你成功。 我和公略相知甚深，情同骨肉；患难与共，素称莫逆。 如有好处，幸勿瞒我。”

黄梅庄连说：“不敢！ 不敢！”他酒量虽大，此时也已半醉。

彭德怀漫不经心地说：“我们一共才几万人，能编个什么呢？”

黄梅庄吐露了实情：“你是总司令！ 总司令！ 公略去仍当军长，荣华富贵就享用不尽了！”

彭德怀询问：“这是你的想象吧，怎么能保证呢？”

黄梅庄看已到火候：“不是，蒋委员长、汉湘叔，均有信给公略。”此时，他酒已到八九成，说话颠三倒四，连说：“高兴，高兴，再来一杯。”说着，他把小皮箱底层剖开，从夹层里拿出蒋介石、黄汉湘给黄公略的信。 蒋介石的信大意是，校长不才，使你误入歧途，望你迅速归来等语；黄汉湘的信上说，蒋公美德，切莫辜负，叔也愿为你说项等等。

黄梅庄得意加醉意，看他酒性发作，彭德怀心中有数，却打着哈哈，令人扶黄梅庄进客房休息。

彭德怀从客房里出来，滕代远、袁国平、邓萍正在外面等候，彭德怀气愤地说：“黄梅庄果然是个说客，这个大流氓！”他把刚才的事说了一遍。 考虑到此事事关重大，请示毛泽东、朱德，考虑到是黄公略的哥哥，也征求黄公略对其兄的处理意见。 尽管，骨肉之情难以割断，但黄公略还是大义灭亲，请求将黄梅庄处以极刑，誓与黄梅庄“一刀两断”。

彭德怀提审黄梅庄：“你甘心替蒋介石、黄汉湘当奴才，来分裂我们红军，我今天就要杀你的头！”

黄梅庄倒也见过世面，沉下脸说：“两军对阵，尚不斩来使，你为何要杀我？”

“你明来探亲，暗为策反，与汉奸无异，该杀！”彭德怀说完，就令人将黄梅庄砍了，并让同来的年轻特务捧着其头回去报信。

蒋介石偷鸡不着蚀了一把米，一怒之下将黄汉湘的办事机构一撤了之。

仅隔一个月，即1931年7月，他自任“围剿”总司令，以何应钦为前线总司令，聘用英、日、德军军事顾问，调集30万兵力，分兵三路，采用“长躯直入”“分进合击”的战术，向我中央根据地发动第三次“围剿”。这时，红军主力还在福建建宁，而且苦战之后尚未得到休整和补充，兵力只有3万人左右，根据这一情况红军采取了“避敌主力，打其虚弱”的作战方针。毛泽东和朱德一起，指挥红军绕道千里，回师到赣南兴国集中。8月7日，红军自兴国向东突进，跃到敌军背后，全歼上官云相师，接着乘胜东进，8日消灭郝梦龄师，又以急行军到黄陂，11日歼灭毛炳文师两个团。五天之内三战三捷，歼敌两个师又两个团，缴枪逾万。敌军急调头东进，对红军猛扑。红军以“声东击西”的战术，穿越敌军间隙，回师兴国。当敌军发觉再度调头向西时，红军已休整了半个月。这时敌饥疲沮丧，无能为力，只得撤退。红军又乘胜追击，歼敌一个师又一个旅。此次红军用了三个月，歼敌3万余人，缴枪2万多支，蒋介石亲自指挥的第三次“围剿”也以失败而告终。

在与国民党军周旋的两个多月里，袁国平参与指挥了莲塘、良村、黄陂、高兴圩、方石岭等几次战斗，均取得胜利。红七军编入红三军团之后，袁国平陪同彭德怀专程看望红七军官兵，时任红七军班长的姜茂生回忆：“黄昏前，我们红七军三个团全部集中在森林里，听袁国平同志作战前动员和战斗部署。当晚我们偃旗息鼓，衔枚疾走，一口气赶了140多里路。当我们赶到莲塘时，前卫部队已与敌人展开激烈战斗。”

第三次反“围剿”的胜利与根据地人民群众的密切配合和积极支援是分不开的。他们以实际行动组织赤卫队、交通队、纠察队、运输队，掩护红军主力转移和集中，并对敌人实行坚壁清野，使原来气势汹汹、长驱直入的敌军在根据地内吃尽了苦头，饥疲交困，正如敌军将领所说："肥的拖瘦，瘦的拖死""国军处处黑暗，红军处处明亮。"[①]蒋介石哀叹："我们 10 个人不能当一个人用，我们 30 万兵，打不过他们 3 万兵。"[②]

有感于第三次反"围剿"的胜利，在袁国平的主持下创作了一首诗，以"中国工农红军第一方面军第三军团总政治部"名义印发，定名为《三期革命战争胜利歌》，全书共约 5000 字，是一首长达 10 段 218 句的七言诗歌，歌词是：

三期战争获全胜，胜利原因要记清，
第一莫忘共产党，共产党主张样样灵。
第二红军团结紧，十人团结胜千人。
第三群众力量大，群众拥护一定胜。
学此经验和教训，不愁百战不百胜。
……

这首歌歌词通俗易懂，韵律和谐顺畅，颇受部队和苏区人民的欢迎。

第三次反"围剿"战争胜利后，赣南、闽西两个革命根据地联成一片，形成拥有 21 座县城、面积 5 万平方公里、居民达 250 万人的中央革命根据地。

1931 年 11 月 7 日至 20 日，在瑞金召开了第一次中华苏维埃共和国工农兵代表大会，成立了中华苏维埃共和国临时中央政府。袁国平参加了这次大会的准备工作和大会全程，并在 9 日的大会主席团第一

---

① 毛泽东：《中国革命战争的战略问题》，《毛泽东选集》，人民出版社 1952 年 7 月第 1 版，第 1 卷第 192 页。

② 《中国人民革命战争地图选》，地图出版社 1981 年版，第 11 页。

次会议上被选为提案审查委员会委员，与项英、朱德、曾山等负责审查代表的提案。这次会议讨论通过了政纲、宪法、劳动法、土地法、红军问题、经济政策和少数民族问题等决议和法令。

3

1932年6月，蒋介石在疯狂镇压抗日民主运动的同时，重新纠集63万兵力，对革命根据地发动了第四次反革命“围剿”。这时，红一方面军兵力约7万人。苏区中央局连电前线，要求主动出击，攻占城市。

敌人第四次“围剿”，首先集中进攻鄂豫皖、湘鄂赣根据地，以鄂豫皖根据地为重点。由于红军英勇作战和广大群众的支援，都曾给敌人以沉重打击。但在鄂豫皖根据地内，担任红四方面军领导职务的张国焘，错误地认为国民党军队已是“偏师”，不做继续反“围剿”的准备，结果在敌军重新集结再次进攻时，仓促应战，伤亡很大。与此同时，由于受王明“左”倾冒险主义的影响，红二军团遭到了很大损失，不得不离开洪湖根据地转移到湘鄂川黔边区。

1933年2月至3月，蒋介石采用“分进合击”的打法，集中全力对中央根据地发动了猖狂进攻。这时，“左”倾错误已统治中央领导机关，毛泽东受到排挤。周恩来、朱德等在前线指挥作战，他们在实践中认识到中央和苏区中央累电催促红军猛攻敌人重兵设防的南丰和南城的命令是错误的。周恩来、朱德灵活地运用了前三次反“围剿”中的经验，采用大兵团伏击战法，集中优势兵力，在黄陂、东陂战役中歼灭敌人近3个师，俘敌师长2人，缴枪万余支，取得了第四次反“围剿”的胜利。第四次反“围剿”的胜利，使中央革命根据地和闽浙赣连成一片，中央红军发展到10万人，全国红军这时已达到30万人。

这是1933年的中国，正是一个极其混乱恍惚的国度。

这一年，上海的《东方杂志》征集不同阶层的中国人的梦想。中央监察委员柳亚子的梦想是：全世界成为一个大联邦，在这个联邦内没有金钱，没有铁血，没有家庭，没有监狱，也没有宗教，各尽所能，各取所需，一切平等，一切自由。《中学生》杂志编辑叶圣陶的梦想是：人人有饭吃，人人有工作，凡所吃的饭不是什么人的膏血，凡所做的工作绝不为充塞一两个人的大肚皮。而开明书店编译所所长夏丏尊说：我梦见中国捐税种繁多，连撒屁都有捐；我梦见中国四万万人都叉麻雀，最旺盛的时候，有麻雀一万桌；我梦见中国人用的是外国货，本国工厂烟筒里不放烟。①

那是一个烽火连绵的年代，战局瞬息万变，中央苏区的人员及其职务也变化得相当快，今天这儿这个职务，明天那儿那个职务，除了打仗的因素，还有内部斗争的因素。身处这样环境和条件下的袁国平，自然不能例外。袁国平由于战时政治工作卓有成效，接连升任红三军团副政委兼政治部主任、红一方面军政治部副主任和代主任、红军总政治部副主任，并当选为中华苏维埃共和国第二届中央执行委员会委员。

1933 年 1 月 1 日，红军总政治委员周恩来、总政治部主任王稼祥向中共苏区中央局提议，袁国平可任总政治部副主任。在第四次反"围剿"斗争前夕，袁国平与王稼祥于 2 月 18 日一起签发了《总政治部关于〈红色中华〉通讯问题的指示》。要求报道"前线红军英勇的斗争、红军所到的白区中工农群众遭受国民党政府军阀及地主资本家压迫摧残的痛苦和他们斗争的情况以及白军士兵的痛苦与革命化的情形"。袁国平十分注重办好红军总部的机关报《红星》报，自己带头写稿，如 5 月 12 日发表了题为《扩大民族革命战争完全粉碎敌人的四次"围剿"》，从分析蒋介石与日本订立出卖华北的条约入手，一针见血地指出："日本帝国主义很快地占领了热河全省，接着占领了万里长

① 陈晓卿、李继锋、朱乐贤：《一个时代的侧影：中国 1931—1945》，广西师范大学出版社 2005 年版，第 57—76 页。

城沿线各要隘。一方面进攻察哈尔，企图组织第二个满洲国——蒙古国，一方面节节向我国内推进。”几个月来，工农红军“仅仅在江西的战线上，已消灭白军 30 多个团”，使蒋介石认为这是“有生以来未有之隐痛”。最后号召，要“以最大的努力来扩大红军，加强红军，创造一百万铁的红军而斗争”。

袁国平在担任红军总政治部副主任期间，还曾主持红军总政治部兼第一方面军政治部工作约两个月（1933 年 4 月下旬至 6 月下旬），1933 年 4 月 27 日上午，红军总政治部在江西省乐安县谷冈村召开全军青年工作会议，庆祝第四次反“围剿”胜利，周恩来、王稼祥出席，正当会议进行之际，6 架国民党军飞机突然对会场狂轰滥炸，王稼祥腹部被弹片击中，很快王稼祥送往瑞金后方医院治疗。5 月 4 日，也就是王稼祥负伤第 7 天，袁国平就以红一方面军政治部代主任的名义给所属部队发布《关于纪念“五卅”运动的工作指示》。五卅运动是中国共产党领导中国人民反对帝国主义的革命运动，苏区中央局和红军总政治部要求纪念五卅运动有其特殊的背景。此时日军已占领山海关，侵犯热河，而蒋介石却采取不抵抗政策，打算与日本签订卖国协定。纪念五卅运动，可以揭露蒋介石“攘外必先安内”的反动本质，激发苏区军民的斗志。5 月 18 日，袁国平以红一方面军政治部名义下达了关于地方工作的通知，强调要大力做好群众工作。部队按照袁国平的指示，一面做群众工作，一面扩大红军，仅在 5 月份就扩大红军 1.8 万余人。6 月 11 日，朱德、周恩来、袁国平、叶剑英联名签发训令：“最近在扩大红军的战线上获得了惊人的空前的胜利，激起了苏区广大工农群众踊跃加入红军的极高的热忱，成千成万的群众如潮水般的自动报名来当红军，整团整师的赤卫军、少先队全体通过加入红军。”6 月 13 日，周恩来、袁国平在宜黄城附近共同签发了关于争取新战士工作的指示，该指示直接发至永丰、公略、乐安县委并转各级党部。这一系列指示，对确保红军兵员的数量和质量起到了重要作用，有利于红军迎接新的战斗。

蒋介石在第四次“围剿”失败后，进行了半年多时间的准备，于1933年9月又调集100万兵力，200架飞机，自任总司令，向根据地发动了空前规模的第五次反革命“围剿”。他以50万兵力，分兵四路，重点进攻中央革命根据地。这次敌人在政治上施行保甲制度和连坐法，经济上实行严密封锁，军事上采取持久战，采用了碉堡推进、步步为营的“堡垒主义”的作战方法，仅在中央根据地周围就修筑了近3000座碉堡，企图从四面包围、压缩、蚕食根据地，并对根据地实行严密的经济封锁，以达到逐渐消耗红军的有生力量，最后寻找红军主力决战，一举歼灭红军的反革命目的。

在第四、第五次反“围剿”斗争中的袁国平，一方面组织部队向守军发起强大的政治攻势，另一方面也在反思，赣州之役，城未打开，却有3000名红军将士血染疆场。红三军团成立以来从未打过这样的窝囊仗。

1934年4月中旬，国民党军队集中优势兵力进攻中央根据地的北大门广昌。博古、李德决定调集红军主力修筑工事坚守广昌，与敌人正面硬拼。

4月27日，国民党军队集中10个师的兵力，开始会攻广昌。不到半天，便把李德所谓坚固的永久性工事轰平了，守备在工事里面的一营红军战士，全部壮烈牺牲。

经过18天血战，广昌失守。

这场战役，中央红军毙伤俘敌共2626人，自身却伤亡5093人，约占参战总人数的四分之一。

这是红军历史上最典型的阵地战、消耗战，给以后红军的反“围剿”带来了极为有害的影响。

正所谓大浪淘沙，暴雨之后泥沙俱下，只有坚信革命必胜的红一方面军将士，犹如中流砥柱，在风流中搏击。

第九章
东征福建

1

时间的流逝容易冲淡人的记忆，甚至将它带走，但有的记忆却可以“留住”时间，让其还原过去的某些情景。袁国平在反“围剿”斗争中组建东方军两次入闽作战，与彭德怀一起，连克连城、沙县等地的英雄事迹，在福建人民的心中，成就了一段能“留住”时间的记忆。

王明“左”倾冒险主义统治下的中共中央，提出“分离作战”的方针，将中央红军和部分地方武装分成两部分：一部分在抚河、赣江之间牵制和防备国民党军，一部分先入闽作战，再回师北上，两部分会攻抚河和南昌。

随着形势的发展，1933 年 7 月，以红三军团为主包括福建的红十九师组成东方军，以彭德怀为司令员、滕代远为政治委员、袁国平为政治部主任，入闽作战，打击福建的国民党军队和侵入闽西的粤军，巩固闽西根据地。

在延平芹山，红三军团用一个团的兵力消灭了号称十九路军中最有战斗力、从未打过败仗的三六六团，创造了人民军队历史上以一个团的兵力在运动战中歼敌一个团的新纪录。据该团被俘的士兵说：“你们真厉害！我们这个团是堂堂有名的铁军，在上海曾和日本鬼子拼过刺刀，把他们消灭了，缴了大量战利品。这次做梦也想不到被你们消灭在这里。”

东方军指战员士气高昂，而受命在福建“剿共”的国民党第十九路军将领蔡廷锴、蒋光鼐本来与蒋介石的矛盾就很尖锐，在与红军作战多次受挫中认识到，继续进行“剿共”的内战没有出路，他们决心走抗日反蒋的道路。他们派出陈公培前往延平方向寻找红军谈判，彭德怀感到事情重大，特电告瑞金方面，周恩来考虑到袁国平与陈公培同为黄埔军校校友，迅即回复：陈公培确有其人，系中共脱党者，提供情况可信，拟派袁国平前往，与陈公培商谈。9 月 23 日，彭德怀、袁国平红三团总部所在地王台与陈公培举行了会谈，彭德怀、袁国平一方面肯定了十九路军的抗日反蒋行动，同时批评了十九路军到福建“剿共”的错误，指出这是蒋介石妄图使十九路军和红军两败俱伤，以取渔人之利的阴谋。建议十九路军再派代表到瑞金直接与中共中央谈判。经过这次谈判，红军与第十九路军在闽西前线进入休战状态。11 月 20 日，爆发了著名的福建事变，第十九路军终于走上了联共反蒋的道路。

福建山区，山高路险，长途跋涉，异常艰苦。东方军在入闽作战期间，在袁国平的领导下，部队的政治工作开展得有声有色，极大地激发了指战员的士气和斗志。袁国平注意抓好连队的政治工作，开展宣传鼓动，还要求战士每天都要学文化，一天最少学会一个字。在行军转战过程中，战士们的背包后面经常贴上字，边行军边学习。1933年10月23日《红星》报发表了《把模范的奖旗赠给东方军》的社论，赞扬袁国平主持下的东方军政治部“在争取赤化和扩大红军方面，东方军完成了政治工作最光荣的一页，是中央苏区红军的光荣模范”，号召将东方军的政治工作经验推广到整个红军中去。临时中央政府主席毛泽东、副主席项英等致电东方军领导人和全体指战员说：“英勇的你们，在东方战线上把顽强的敌十九路军打得落花流水。这一胜利，表现我工农红军已更加壮健，更加无敌，给正在布置第五次‘围剿’的帝国主义、国民党以极大威胁，也就是粉碎敌人第五次‘围剿’的一个开始胜利，我们听到非常欣慰。”毛泽东则称赞“袁国平是我们红军的宣传鼓动家”。周恩来在红一方面军正式干部会议上，高度评价东方军“开创了我们中央红军的新记录”。在此前，中革军委通令，朱德、周恩来、彭德怀等红军高级将领因“有特殊功绩”，被授予一等红星奖章，滕代远、袁国平、张云逸、陈毅、何长工、肖克等被授予二等红星奖章。

1934年2月，袁国平率东方军代表从沙县县城出发，于2月7日赶至瑞金，出席红军第一次全国政治工作会议。红三军团的战时政治工作经验，在这次大会上受到格外的重视，会议号召全军“要将一、三军团的经验拿回去”。王稼祥致会议开幕辞并作了主报告《目前形势与政治工作的任务》，红一方面军政治部主任李卓然作了战时政治工作的报告，报告中特别讲到红三军团政治工作激发出来的部队战斗力，“在东方战线上，我红三军团一日夜连续行军180里，还打了两仗。”2月10日下午，袁国平在大会上就红三军团的战时政治工作发表意见。他认为，由于红军处在残酷的不间断的国内战争环境中，一切政治工作均应配合作战计划，适应战争情况，为保障每一战役的全部胜利而斗争。他指出，战时政治工作的指导，给下级一般指示外，还应依据各个部队所处不同环境与不同任务，分别给予个别的具体指示，使防御者能达到坚固的防守目的，攻击者能实施坚持的进攻，追击者能发挥猛烈追击的精神。他特别强调，在最危险的方面与最困难的时机，更需要政治工作有最大努力，当给养缺乏，行军疲劳，尤其是战争失利时，政治人员应以最高度的紧张精神，在部队中进行充分的宣传鼓动，克服可能发生的不满情绪与惊惶现象，以保障部队情绪的巩固与提高。这时政治人员亲临危急的方面，与特别注意于工作薄弱的部门，是非常必要的。战时政治工作的指导，应有高度预见性，预先指示下级以政治工作的任务和方法。如果等待情况已经变化了再给下级以指示，是常常会失却时效，而没有任何价值的。给下级的指示和工作计划，应带有充分的弹性，以发展下级工作的自动性。他认为，战时作战工作与政治工作的密切联系是实现战争胜利的重要原因之一。因此司令部与政治部协助各部普遍了解战斗任务，以充分的政治工作，保障首长决心的实现。司令部人员应具有健全的政治头脑，一切作战工作均应充分获得政治工作的协同与保障，在这里健全司令部中的政治生活，教育政治人员懂得现代战略战术，这是密切作战工作与政治工作联系的基本条件。

袁国平关于战时政治工作的见解和主张，十分精辟，思考得深入、细致，反映他是有很高的马克思主义水平，纯熟地运用辩证法的精髓，具体问题具体分析，区别不同的情况决定工作的方针，无不体现出政治工作是红军生命线的深刻理解和对身经百战的实践经验的经典总结。

在红三军团的干部战士曾自豪地说，在红三军团里，有两个人讲话特别吸引人，一个是袁国平，一个是何长工。他们作报告，声音洪亮，讲解通俗易懂，深入浅出，比喻举例生动，讲话风趣，听者鸦雀无声。而当批评各种错误倾向时，袁国平又能做到说理性强，讲得非常有艺术，使人心服口服。

在中央苏区革命根据地里，袁国平仍坚持为军报撰稿，1931 年 8

月1日《红星》报发表的致通讯员的信中记载,《红星》报发展了500名通讯员,骨干100多人。这些通讯员中,既有党政机关和红军各部队中的各级领导干部,也有在连队基层工作的干部战士。许多通讯员一边在战场上同敌人浴血奋战,一边为报纸撰稿,这些来自火线上的消息,许多文章既生动又富有真实性。罗荣桓、袁国平、罗瑞卿、肖华、张爱萍、舒同等是当时写稿最多的红军领导干部。

此次东征福建连城大捷。袁国平用通讯形式记录了《夺取连城的经过》,此文发表于1933年8月19日《红星》报上。

我军攻下泉上线,即以连城为目的向南行动,这时政治工作的中心,应是继续深入"八一"的政治动员,为争取消灭七十八师的胜利而斗争,我们曾依据中革军委与方面军关于"八一"的电示发了一个训令,具体指出我们纪念"八一"的任务是:消灭蒋光鼐、蔡廷锴主力夺取连城新泉,争取福建苏区扩大与联成一片。……

我们召开东方军的全部指战员开了一个热烈的誓师大会,全体武装到会,刺刀一齐上来,会场中刀光剑影,炫耀夺目,歌声笑声兴至淋漓,又为十九师与三十四师等部队参加,会场中的空气,比头陂的会议还要热烈。……

朋口战争,是这次东方军最主要的战斗。……在这次战争中指战员表现得非常英勇,如□师□团□连有一个副班长,一个人晚上摸到敌人工事边打了四十多个手榴弹。……□师□团有一个连长带三花不下火线,负伤指挥部队冲锋,另有一个排长牺牲了,马上有一个青年团员挺身出来说,排长牺牲了不要紧,我来代理排长,大家跟着我冲上前去,很快地就冲塌了敌人。……我们不到五个钟头完全消灭了朋口与增援朋口的四团多敌人,取得了完全的胜利。……

自东方军成立以来,我们以28天的时间,完成了中革军委给我们一个月的任务,克服了一切困难,打败了最顽强的十九路军军阀,共俘虏3000多人,缴获步枪2600支,子弹40万发,无线电3台,夺取了泰宁、归化、清流、连城、新泉，开辟并恢复了500多平方公里的新苏区。

2

由于中共临时中央王明执行“关门主义”的错误方针，没有在军事上给予第十九路军的反蒋斗争以直接有力的配合，1934年1月，第十九路军被蒋介石的军队击败。为了打击敌人的嚣张气焰，彭德怀发出“向东突击动作”的命令，东方军第二次入闽作战，主要是进攻沙县、将乐、顺昌、南平地区，开辟闽中、闽北新根据地，威逼福州。这次入闽作战之中攻占沙县县城是东方军文武双管齐下的一个缩影。

福建沙县是闽中的重镇，在军事上是开展东线战局的战略要点。彭德怀、袁国平两次到过沙县：第一次是在1933年，这年的7月1日，红三军团奉中革军委的命令，率领东方军在江西广昌、石城向福建挺进，并于8月下旬，一度解放沙县的夏茂、涌溪、管前、洽湖等乡镇。第二次是在1934年1月，按照中革军委的电令，彭德怀率领的工农红军第三军团再度挥师福建，进攻盘踞沙县的“土皇帝”国民党军新编第五十二师卢兴邦部。1月12日，红军包围了沙县城关。当时城内有卢兴邦和地主武装的两个团固守，城墙既高又厚。守敌从高耸的箭楼里发出的火力相当猛烈，攻城的红军严重受阻。彭德怀见状，决定改用挖坑道的办法炸开城墙。经过战士们的一番努力，坑道挖毕并装上土硝和硫磺等配制的炸药，22日凌晨，彭德怀命令攻城。但炸点偏离原定目标，城墙没有被炸开，攻城受挫。此时他亲临前沿阵地，仔细观察地形后拟定了新的坑道路线，并向工兵连的指战员作了动员：“沙县是国民党吹得很凶的军事堡垒，我们能不能攻下，就看你们工兵连能不能把城墙炸开。”工兵连果然不负彭德怀的厚望，只用了3天时间就将坑道挖到了城门下，并装上7000斤黑色炸药。

袁国平深知，攻城战是进行火线上对敌兵宣传的最好时机作战。在攻城准备中，他加紧进行争取沙县城郊附近赤化活动，发动农民起来参加土地革命。同时，组织了各单位的火线上的喊话队，每天晚上

9 点到 11 点，沿城前哨上都在不断地与城上白军士兵喊话、谈笑、唱歌。第三日晚，在西门城上几个湖南籍的白军士兵里开始得到意外的反响，他们询问红军苏区的情形，他们欢迎红军官兵唱革命歌曲。接着他们提出了许多问题询问红军，如问："你们是与十九路军联合的吗？""你们与十九路军有什么区别？"对他们的要求和询问，东方军都给予圆满的答复。后来，东门、北门，同样得到了回响，守城的士兵很同情地告诉东方军城上的兵力，并要求红军送宣传品进城。这些战地政治工作的开展，大大动摇了守城敌人的军心。

25 日清晨，红三军团再次向沙县发起进攻，部队首先在西门城墙炸开了一道二十几米宽的缺口，然后冲进城内，红军官兵个个神勇，他们奋战 3 个多小时，就将苏维埃红旗插遍全城，全歼守城的敌人，并缴获了大量战利品，国民党的沙县县长也乖乖地当了俘虏。这是红三军团自第五次反"围剿"以来取得的第二个胜仗，共毙伤敌人 700 余人，俘虏 1300 余人。红三军团还利用缴获的无线电台和密码，以卢兴邦的名义向蒋介石发报请予火速增援。从 26 日至 27 日，蒋介石派飞机连续空投了大量的弹药、布匹、钞票等，均为红军所获。这些物资，对于缓解中央苏区物资供应困难起到了重要作用。

红三军团攻克沙县后，司令部就设在兴国寺，军团长彭德怀、政治部主任袁国平也都住在那里。军团的领导打算在寺里犒赏立下首功的工兵连部队指战员，至于请他们吃什么，军团长彭德怀早已成竹在胸，对司务长说："这次我们打沙县，花了半个多月时间，相当不容易，听说沙县小吃很有名，我想用它来款待为攻城做出很大贡献的几位功臣，你去张罗一下。"

司务长请到当地最出名的厨师张长安来操办，精心地拟出庆功宴沙县小吃的菜单，共 12 道。其中有洪武豆腐，夏茂牛粉肠，沙阳扁肉，郑湖腊鸭，淮山炖排骨，南霞泥鳅粉干，夏茂甜烧卖。这餐庆功宴，虽然吃的都是一些很普通的农家菜，但大家吃得很高兴，还喝掉了两大坛夏茂冬酒。彭德怀对此相当满意，他竖起大拇指说，沙县的小吃真是名不虚传!

袁国平连夜写了战地新闻《夺取沙县的战斗》一文，发表于1934年1月28日出版的《火线上的一年》。

夺取沙县，是红三军团自第五次反“围剿”以来取得的第二个胜仗。然而，这仅是一个局部的胜利，并不能扭转第五次反“围剿”的被动局面。

3

1934年3月24日，驻泰宁国民党军为完成黎（川）泰（宁）封锁线，派第八十九师二六五旅的3个团兵力，向太阳嶂进攻，彭德怀和杨尚昆决定伏击敌人于新桥、太阳嶂地区。这次阻击战异常激烈，防守太阳嶂的红四师第十二团二营五连和师部侦察队，在第二营营长陈昌泰和代理营长邓克明等指挥下，顽强抗击进犯之敌，在友邻部队支援下，接连击退国民党军4个团的轮番进攻，胜利地完成了太阳嶂阻击任务。

翌日，红三军团召开祝捷大会，军团政委杨尚昆将一面写着“铁的红五连”的锦旗授予战功卓著的第四师第十二团第二营第五连。袁国平很快写出了《太阳嶂战斗的胜利》一文，发表于1934年4月8日的《红星》报上。

袁国平说:“我固守太阳嶂阵地的守备队，为我十二团百战百胜的模范第五连和第六连。他们以两连兵力迎拒十数倍于我的优势敌人，激战终日，越战越勇，营长、连长、指导员及代营长、代连长、代指导员继续伤亡两次，仍无退缩动摇，坚忍卓绝地与敌人血战到底。敌旅长亲率大部队督战，并不惜以敌兵死尸及垂死重伤敌兵堆成进攻工事，拼死命地向我猛攻。但是终被我英勇的五六连，以顽强抗战与神勇的反冲锋，打得落花流水的溃败下去，毙敌团长1人，俘敌副团长1人以及官兵百余人，缴获步枪200多支，轻重机枪20多挺，子弹10万发，以及其他军用品无算，敌人死伤共400余人。”

这一伟大的胜利，应该是中国工农红军以少胜众战史上最光荣的一页。

袁国平将这场战斗胜利的经验归结为，首先是党的领导与政治工作，把指战员的战斗热忱沸腾到了最高点，每一指战员都下了为苏维埃政权流最后一滴血的牺牲决心。干部在枪林弹雨中沉着指挥，负伤不下火线，继续指挥战斗，伤重的则躺在地下，忍着痛鼓励部下作战。

袁国平在全文最后总结时说："太阳嶂战斗的胜利及其经验，应该拿来教育每一个红色指战员，每一个红色指战员均应该学习他们为苏维埃政权不顾任何牺牲的苦斗血战精神，学习他们勇敢、沉着、顽强、机动，以一当百的战斗作风。"

在中央红军五次反"围剿"期间，袁国平系统地总结了红军政治工作经验，他关于"铁的红军""政治工作是革命军队的生命线"和"政治工作必须依靠党的领导""在连队建立党支部"的观点和实践，特别是他在全军第一次政治工作会议上的讲话，以及前后一系列的重要论著，为红军政治工作建设做出了贡献，显示了他在政治上、思想上、理论上的成熟。

第十章 红军长征

1

1934年秋，中央苏区的天空上翻涌着团团乌云，重重地压着森林古木，层层峰峦。断断续续的雨敲打在枝叶上，树叶在雨水的拍击下轻轻颤动。

此间，袁国平胸中也似堵塞着浓浓的乌云，心头发沉，发冷。正当袁国平全力以赴参加第五次反“围剿”的时候，9月下旬忽然接到中革军委文件：蒋介石将指挥北路军、东路军向中央苏区的红都瑞金发起总攻。同时，《红色中华》发表由张闻天署名的社论《一切为了保卫苏维埃》。第五次反“围剿”以来，中央一直强调“御敌于国门之外”，而这篇社论却强调在强敌面前“暂时放弃某些苏维埃城市”，“保存红军的有生力量”，是为了“实现党的总的进攻路线，争取苏维埃的完全胜利”。此时的袁国平隐约感到情况有了新变化。

红军离别中央苏区：这是一个永远也不能忘怀的场面，这是一个刻骨铭心的告别场面：

深秋星夜大地凉，月圆月缺苍穹暗；
于都河畔火把明，风萧萧兮江水寒；
红军远去别苏区，何时再能把家还；
男女老少来相送，热泪沾衣叙情长。

这个场景顿时构成一幅巨大的画卷，这是中华民族历史上少有的悲壮离别曲。

红旗猎猎，战马嘶鸣，整齐的队伍在河对面的草坪上。源源不断的人流，从四面八方汇拢来。他们扶老携幼，来到于都河畔。乡亲们有的把煮熟的鸡蛋塞到红军手里，有的把一把把炒熟的豆子放到红军的口袋里。有的拉住红军战士的手问：“什么时候回来？”有的止不住“呜呜”地哭了起来。

红军歌谣说：群众和红军，树叶连树身；群众和红军，本是一条根；群众和红军，肠子连着心；群众和红军，同心杀白军！

出征前的思念与渴盼，对群众的担忧与焦愁，混杂在一起在袁国平周身翻涌着。在这血与火、生与死的如梦如幻的现实中，他凝视着自然界的景物，思索迎接未来的激战：啊，敌人那碉堡战术没用场了，将成为被历史波涛冲刷并淘汰的战争贝壳了。

1934 年 10 月 17 日，在秋雾弥漫中，军号响了，红三军团，迈出了战略转移的第一步。袁国平一行穿过一条大路，踏上了宽阔的于都河桥。

桥下的水徐徐地流淌着，红军的队伍从桥上缓缓地通过，前不见头，后不见尾，两旁站了不少的群众。

群众找红军话别，红军向群众辞行，说不尽的绵绵细语，道不完的骨肉之情。殷殷的祝福与希望，都融于那声声互相勉励、互相叮咛之中。

夕阳西沉，群山转暗，队伍越过一条长长的土路，转过弯来，向着西南——他们面临的第一道封锁线挺进。

向前，向前，迎着蒙蒙的暮霭，听着那越来越小的水声，渐渐地，那声音被急行军的脚步声代替了。就这样，他们离开了于都河畔的乡亲，当时也不叫长征，只说是转移、反攻，谁也没有想到，这竟是红军战斗、行军一年的两万五千里长征的开始！

长征是前无古人的人间奇迹，是惊天动地的壮丽史诗。

夜行军：黑夜行军，一路行军，一路火光。

那是什么样的照明“器材”呀！有的把圆圆的干竹破成几片，合在一起一节一节地捆起来点燃，这样既不怕风吹，又很耐燃，一个班一把，简简单单，就照亮了整个行程。如果是打土豪搞到一两桶洋油，他们就用较大的竹筒，在上面打个洞，然后里面灌上洋油，一个班有一个就够了。还有一种松明灯，这是山区老乡常用的。团部通信班、营部、连部都有两三个马灯，过山隘、桥梁，就把马灯集中起来给部队照明。

总之，五花八门，战士们能找到什么就用什么制成照明器材，越简便越好，有照明器材，走起来就快多了。这样的夜行军，气氛迥然不同，从下往上看，火把、灯光，蜿蜒曲折，似上云霄；往下看，盘盘弯弯，仿佛是缠住大山的一条火龙，不停地游动着。一会儿，某一段火光隐没了，那是他们走进了密密的树林里。一会儿，那火光又从暗处钻了出来，这是他们走出密林的情景……

走着走着，他们这条火龙有时候突然不翼而飞。

“往后传，把火熄灭，不准打电筒，不准大声讲话！”

这是离敌人近了。

这时，指战员在行进中虽然失去了照明，但敌情犹如兴奋剂，使他们一扫疲惫，前进的步伐迈得更快了。

长征时的红三军团军团长彭德怀、政治委员杨尚昆、参谋长邓萍，袁国平是政治部主任。管辖着：第四师，下辖十团、十一团、十二团，师长洪超、政治委员黄克诚；第五师，下辖十三团、十四团、十五团。师长李天佑、政治委员钟赤兵；第六师，下辖十六团、十七团、十八团。师长曹里怀、政治委员徐策。

长征开始时，中央红军以红一、九军团为左纵队，红三、八军团为右纵队，军委纵队居中，红五军团殿后掩护，开始了突围行动。

袁国平所在红三军团为右翼前锋，由第四师任前卫。红军突破了敌人的第一道封锁线，渡过章水，继续西进。即向湖南、广东边境前进。

通过第一道封锁线本不应发生大的战斗，中革军委曾利用粤军陈济棠与蒋介石的矛盾，与陈济棠达成“可以互相借道”的协议，并将红军可能经过的地点通知了陈济棠。但陈济棠接到通知后，未来得及让前线部队了解其意图，因此当红军开始突围后，双方战斗仍然相当激烈，战斗持续了五天，红军折兵 3700 多人，红四师师长洪超牺牲，张宗逊继任师长。

通过第二、第三道封锁线比较顺利。11 月 5 日，中革军委决定：中央红军以一部兵力监视汝城之敌，主力分三路纵队，由汝城、城口之间通过国民党军第二道封锁线。

11 月 7 日，彭德怀、杨尚昆以十万火急电，向中革军委主席朱德提出突破宜章、乐昌、郴县间敌第三道封锁线的行动方针和报告。由于红三军团和红一军团分别占领了国民党军第三道封锁线的重要支撑点宜章城和白石渡，使全军较顺利地通过了粤汉铁路线。进入宜章城后，袁国平立即指示红十六团做好群众工作，红十六团立即召开了有 3000 多人参加的群众大会，宣布成立县苏维埃政权，没收豪绅地主财物分给劳苦大众，并扩大红军 400 多人。至 15 日，中央红军从郴县、良田、宜昌、乐昌之间全部通过第三道封锁线，进入湘南地区。

蒋介石利用湘江天然屏障，设置第四道封锁线。国民党军在江边修筑了 140 多座碉堡，并调集重兵对红军进行围追堵截。

从 11 月 27 日起，红三军团在灌阳、新圩一线和桂军的优势兵力激战，确保中央、军委纵队左翼安全。这样，我红一、三军团同时在左右两翼占领了制高点，控制了从界首到屏山渡之间 30 公里的湘江两岸，为中央、军委纵队的安全渡江创造了有利条件。袁国平亲率红四师第 10 团为前卫，随红一军团抢渡湘江，控制渡河点，紧急架浮桥。

第二天，袁国平指示红十团政委杨勇，在界首以南光华铺、枫山铺地区迅速构筑工事，保障渡河点，完成掩护军委纵队和红五、红九军团渡江的任务，并要求部队坚守阵地，没有命令不准撤离。袁国平还派军团宣传部长刘志坚到红十团督战。红十团刚构筑完工事，敌军就从南面攻来，30 日，敌军发动十几次攻击，战斗十分激烈，前后两任团长沈述清、杜中美在一天之内相继壮烈牺牲。红 10 团政委杨勇接替指挥，同数倍于己的敌人激战两昼夜，坚持到 12 月 1 日上午撤出阵地向西转移，终于完成了掩护兄弟部队渡江的任务，但却付出了包括牺牲两任团长在内的 400 多人的代价。

红三军团彭德怀、袁国平等总是在最前线作战。

红一、红三军团作为全军的前锋，冲破敌人的严密封锁，杀开了一条血路，占领了湘江渡口，打得非常顽强，非常艰苦，非常惨烈。中央纵队却带着笨重的辎重，做大搬家式的行军，甬道式前进，行动非常缓慢，迟迟不能过江。刘伯承批评是“抬轿子行军”，一、三军团成了“轿夫”，中央纵队成了坐轿“老爷”。彭德怀直截了当地说：“是抬着棺材走。”中央纵队过不了江，担任后卫的五、八、九军团和少共国际师就不能过江，要阻击数倍于己的敌军的追击。敌军在飞机、大炮的掩护下，向红军阵地轮番发起猛烈进攻，后卫部队比前卫部队打得更加顽强，更加艰苦，非常壮烈，牺牲也更加惨重。

湘江战役，从 1934 年 11 月 25 日中革军委下达作战命令，到 12 月 3 日中央红军后卫部队惨败，共经历了 9 天血战。此时，红三军团指挥所就设在湘江西岸的一个叫“三官堂”的祠堂里，离界首渡口只有几百米，桂军曾两次攻到离“三官堂”不到 100 米的地方。袁国平就在此协助彭德怀指挥作战。29 日晨，桂军飞机飞临界首上空进行轰炸，下午就将红 10 团架起的浮桥炸断。当夜，再次架起浮桥，30 日凌晨又被炸毁。袁国平亲自指挥工兵奋战数小时，第三次将浮桥修通，下午回到指挥所。此时，彭德怀、杨尚昆因五师告急，紧急前往。袁国平一直在祠堂坚持指挥作战，三天三夜没有合眼。

12 月 1 日，是红军作战史上最为惨烈、永远忘怀不了的一天！天刚刚放亮，敌人以绝对优势的兵力从左右两翼向我红一、三军团的阵地发起进攻，霎时间，湘江两岸又响起了激战的枪炮声。在江岸阵地上，各路国民党军犹如输红眼的赌徒，不惜血本，倾全力展开集团冲锋。红军将士高喊着“为了苏维埃共和国”的口号，挥舞着大刀，扑向蜂拥而至的敌群。打下去，冲上来，冲下来，打下去，毫无休止的拉锯，绞成一团的肉搏，硝烟、烈火混合着扬起黄尘，汇成遮天蔽日的战云，每地寸土地都浸泡在鲜血中。

少顷，敌人的飞机结队飞来，有的在空中撒下雪片似的传单，纷纷扬扬地向着红军英雄的阵地飘落；有的沿着湘江俯冲扫射，在滚滚北去的湘江上激起一串串水柱……袁国平大步向湘江岸边走来，他感到这激战的枪炮声，飞机的马达声，咆哮的江涛声，以及人喊马嘶声，共同组成了一支最为残酷的战争交响曲。他放眼望去，奔腾喧嚣的湘江及其两岸激战犹酣的战场，组成了一幅十分惨烈而悲壮的战争画面。但是，当他的视线投向不远处的湘江中心，遂又看见满江如蚁的红军指战员冒着敌人的炮火在奋勇泅渡，忽而跃上浪尖，忽而又沉入江水中。恰在这时，呼啸而来的炮弹相继落入湘江，轰然起爆，激起一束又一束冲天的水柱。当这水柱平息，他看见江水已变成了血色，一具又一具尸体随着江水流去……他禁不住地把头缓缓地垂在胸前，他忍不住悲怆地喊道：“湘江水，你流的不是水，而是一江英雄血！”……广大红军指战员表现了顶天立地的英雄气概和大无畏的牺牲精神，前赴后继，英勇杀敌，在党史、军史、战史上留下了极其光辉而又惨烈的一页，红军虽然突破了第四道封锁线，但也付出了巨大的代价。经过湘江战役，中央红军由出发时的8.6万人锐减到3万余人，红三军团实力损失一半。红军将士血染湘江，血流成河，惊心动魄。当地群众有一种说法：“三年不喝湘江水，十年不吃湘江鱼。”

祸兮福所倚。中国先哲们以最具东方魅力的语言，诠释着辩证法的真谛。中国共产党和红军的命运也在经历了湘江战役的生死涅槃中走向了新生。

2

12月18日，中央政治局在黎平召开会议，赞同毛泽东提出的放弃原定向湘西与红二、红六军团会合的计划，改向国民党军力量薄弱的贵州进军的意见。

中央红军为争取先机，决定迅速抢渡乌江，占领遵义。袁国平在所属各部队作“突破乌江封锁线，创造渡江英雄”的动员报告，激发指战员旺盛斗志，并与彭德怀军团长一起亲自指挥战斗。

1935年的贵州“天无三日晴，地无三尺平，人无三分银”。贵州最贫苦的山民被称为“干人”，红军总司令朱德对这个称呼的解释是：“他们所有的一切完全被榨干了。”

本来这儿是川盐集散地，但由于食盐被反动势力所垄断，盐价“斗米斤盐”。当时的川盐多是盐块，干人（穷人）们买到一小块食盐从不将盐放在菜里、汤里，有的将盐块放在一个小碗里，从锅里夹上无盐的菜往盐块上轻轻蘸着吃；有的吃“涮盐”，将小块盐放在装有辣椒水的小碗里涮一涮；有的吃“吊盐”，将小块盐用一根绳吊起来，吃饭时，每人伸舌头往盐块上舔一两下，就算吃盐了。

乌江，江水清绿，因而称之为乌江；又名黔江、黔水，发源于贵州西部威宁的草海，自西南向东北贯穿贵州，干流全长 1072 公里，是贵州省内最大的一条河流，有近 300 个险滩。乌江两岸悬崖陡峭，难以攀登，江道曲折，水流湍急，最大水流速度每秒在 2 米左右，在悬崖陡壁之上，溶洞星罗棋布，垂挂珠帘，烟云缭绕，猿攀鹰旋；谷地惊涛骇浪，浊波急流，水喧击岸，真是仰头一线天，俯首万丈渊。自古就有“乌江天堑”“乌江天险”之说。

袁国平很清楚，如果红军渡不过乌江，势必要与国民党军背水一战，后果不堪设想。中华人民共和国成立初期，曾任武威军区副司令员的杨春芳同志回忆说：

在离乌江数百里前，袁国平就开始向部队作动员，提出“迅速争取时间，积极准备器材，突破乌江封锁线”。同时他特别指出，更要做好群众工作，依靠人民的积极支援，获取渡江器材，以争取时间。果然我们在人民的积极支援之下，一路上顺利地获得了各种渡江器材，连敌人也料想不到我们这样神速地到达了乌江。这时敌人已把船只烧光了，企图凭借乌江的天险和坚固工事，以阻止我军。在渡江前夕，我们听了袁主任“突破乌江封锁线，创造渡江英雄”的报告。人人要求首先抢渡乌江，表现了高昂旺盛的斗志，正在准备发起攻击时，忽然见到彭德怀军团长和袁国平主任赶来亲自指挥，更给我们增添了无比的力量，这时袁主任在阵前喊了有力的口号。我们的胸中更燃烧起了消灭敌人的怒火，接着我们炮兵掩护渡江的勇士们发起了猛烈的攻击，渡河的英雄们更奋勇地横渡了乌江，占领了险要的渡口，对岸工事里的敌人被冲散了，红军的大队人马便重新架起了桥，迅速地跨过乌江。

1 月 5 日和 6 日，红三军团全部渡过乌江，向遵义城挺进。

遵义这座历史文化名城，是贵州北部政治、经济、文化和交通的中心。1935 年 1 月 7 日，林彪和聂荣臻指挥红二师攻克遵义。1 月 9 日，中共中央、中央军委进驻遵义城，并决定在这里召开中共中央政治局扩大会议。

1935 年 1 月 15 日至 17 日，中共中央政治局扩大会议在遵义城子尹路黔军第 2 师柏辉章的公馆里举行。这幢用灰砖砌成的两层楼房，坐北朝南，走廊围绕，高墙重门，在当时是遵义城较为宏伟的建筑。与会人员从临街的大门进入，穿越过厅，迎面是一座砖砌的影壁，其上用五彩瓷片嵌字，正面书为“慰庐”，背面则书“慎笃”。影壁后面是一个小天井，天井以青石铺墁，南面有小门通往四合院，北面则是主楼，楼上东走道有一小客厅，可容纳 20 余人。会场就设在这小客厅里。里面有红木地板和门窗，天花板上吊着一盏煤油灯，中间放着一张长方形的桌子，20 把椅子摆成了一个半圆形，为驱赶寒冷，地板上烧着一盆炭火。

参加会议的有：毛泽东、朱德、陈云、周恩来、洛甫（张闻天）、博古、王稼祥、邓发、刘少奇、凯丰（何克全）、邓小平、刘伯承、李富春、林彪、聂荣臻、彭德怀、杨尚昆、李卓然、李德、伍修权（担任翻译）。遵义会议确立了毛泽东在红军和党中央的领导地位，总结了 5 次反“围剿”以来红军失败的教训，阐明了中国革命战争的特点和相应的战略战术，批评了博古、李德“左”倾冒险主义在军事上的错误。

贵州是一个少数民族众多的穷省，遍种鸦片，军阀官僚以此为主要的经济来源，人们则深受其害。任国民党第 25 军军长兼省主席的王家烈，名义上主持贵州军政，但由于蒋介石利用贵州军阀各派之间的矛盾，采取分化手段，使贵州军阀内讧常起，王家烈早已指挥不灵。黔军装备简陋，军纪甚差，军风败坏，每人除了一支步枪，还有一杆鸦片烟枪，故称“双枪兵”，战斗力极弱。故红军转兵贵州，势如破竹。黔军副军长兼教导师师长侯之担防守的乌江天险被红军突破，侯之担望风而逃，溃不成军。

红军歌谣《娄山关》：

赤水县，侯之担，转来经过娄山关。
红军上前去交战，打得白军满山翻。
千重山，万重山，红军冲过娄山关。
吓得白军丧了胆，“双枪”丢得堆满山。

在贵州遵义会议期间，红三军团彭德怀和杨尚昆仅仅参加了一天的会议就匆匆地赶回部队了，因为负责遵义南面防线的红三军团已经与推进到那里的黔军开始了战斗。此时袁国平派出工作队深入群众，宣传共产党的政策，发动群众打土豪、组织武装、建立革命政权，红军在兵员和物资上得到补充。这一次，黔军推进的速度如此之快，作战的积极性如此之高，原因很简单：率领部队作战的是黔军师长柏辉章，而共产党领导人此刻正住在他的遵义城中的巨宅里。

1月16日，柏辉章部的三个团向驻守的刀靶水的红三军团五师的阵地开始了进攻。战斗从早晨一直打到晚上，由于黔军的攻击异常猛烈，五师开始放弃一线的阻击向北撤退。17日下午，黔军继续推进，傍晚时分再次与红三军团发生战斗，双方的拉锯战持续了五个小时。天完全黑下来之后，五师在一个叫赵士杰的儿童团团员的带领下开始向北转移。18日，黔军占领了遵义正南方向40公里处的刀靶水，同时占领了遵义正东方向60公里处的湄潭。19日，朱德发布命令将“军委纵队改为中央纵队”。同一天，中央纵队撤离了遵义。

心急如焚的柏辉章带领黔军疯狂地向遵义冲来。一路上，他不断担心着自己的巨宅被红军夷成平地。柏辉章几乎是跟着中央红军的后卫部队一头冲进了遵义，冲进了自己的那座巨宅，他的院墙上看见这样一条标语：“不发军饷就不打仗，拖枪过来当红军！”柏辉章从一楼看到二楼，在二楼的那个房间里，他闻到了浓烈的烟草味，看到了一地的烟头。黔军师长柏辉章，据说是遵义城里“所有赢利的产业都有他的份额”，这个遵义城里最大的财主没有特别伤心，因为毕竟自己的巨宅还在。柏辉章唯一没有想到的是，在他花大价钱修建的这座中西合璧的公馆里，不但刚刚发生了一件即将影响中国历史的大事，而且数十年之后，因为中国共产党的遵义会议在此举行，这座巨宅成了纪念中国革命胜利的标志性建筑。

红军在遵义进行了十天的休整，即撤离该城。

遵义会议之后，中央红军在毛泽东的指挥之下，四渡赤水，巧渡金沙江，通过彝族区，强渡大渡河，飞夺泸定桥，翻越大雪山，进入了川康境内，甩掉了国民党数十万军队的堵截追击。整整爬了18座大山，渡过了24条河流。真是：

北上原为抗战，哪管万水千山；
红军勇往直前，赴汤蹈火都愿。

哪管金沙江天险，岂惧铁索桥寒，
只为英雄掌军权，自有雄兵百万。

艰苦卓绝的军旅生活，烽火硝烟的战争岁月，遵义会议之后，袁国平因为长期超负荷的征战加上营养缺乏，身体极度虚弱，不幸患上急性肺结核。肺结核在民间俗称“痨病”，在今天看来，不是什么大问题，但在当时得了肺结核，就像今天得了癌症一样，有“十痨九死”之说。一到下午，袁国平两颧潮红，咳嗽越来越厉害，发低热。

中革军委见袁国平实在难以继续坚持工作，决定让他到休养连休养，随军委纵队四局行动，与他同期进入休养连的陈伯钧有记日记的习惯，他呈现了袁国平这一段时间的生活画面。

1935年1月27日，由遵义出发抵达土城。土城，古为习部发源地，春秋时建有习国，有着悠久的历史。宋代置滋州于此，是赤水河重要的水陆码头，到清代成了贵州盐运的重要口岸，民国以来，土城商铺林立，盐船泊岸，车水马龙，是川南黔北重要的集镇。土城位于赤水河中游，山险水急，战略位置十分重要。袁国平与陈伯钧于当天下午搬到了军委纵队四局，他这次生病随“纵队”行动，离开了战斗岗位，然而他心中总是想着部队、想着前线。

土城战役，是毛泽东自遵义会议复出之后提议打的第一个战役。土城之战，由红三军团长彭德怀统一指挥，于1月28日晨5时在青冈坡打响。红三、五军团虽从南北两侧高地夹攻敌人但敌军后续部队源源不断涌进增援，在炮火猛烈的支援下，抢占高地，向前推进。这时，军委领导同志察觉对敌情判断有误，以为是郭勋祺部3个团，实际上还有潘佐的第四旅3个团，共计6个团1万余人，另有两个旅在后面跟进，其武器装备与战斗力均比黔军强得多，红军不得不继续运动战。

1月29日，天上阴云笼罩，军委纵队休养连由土城出发，经桃场坝到翁家沟，行程约60里。当红三、红五军团主力过去后，军委纵队才于下午3时许继续出发。当晚到达翁家沟宿营。翁家沟的房子太小，军委纵队休养连与设营队挤在一间小土房里，因为袁国平是重病号，除袁国平外，其余的人员都睡地铺。

1月30日，天空乌云翻滚，由翁家沟到石夹口，行程约45里。这一天，袁国平因为伤风感冒，受冷病情加重。这天到宿营地较早，晚上，总政治部及中央军委四局四科的同志们，均送来了一些打土豪得来的食品，稍为改善了一下伙食。

离开了前线指挥员生活的袁国平，工作的惯性仍然是关注前线战场的情况。当时，红军主力分三路从猿猴场、土城南北地区西渡赤水河，向四川古蔺、叙永地区前进。在数倍之敌的围追下，红军在太平渡、二郎滩东渡赤水，回师黔北。就在这第二次占领遵义的老鸦山战斗中，第三军团参谋长邓萍不幸牺牲。第三军团军团长彭德怀、政委杨尚昆给中央发电报，要求派叶剑英去接任。中央考虑战斗正在激烈进行，前方确实需要派得力的人，便同意了第三军团的要求。

连日来，袁国平一直是在被病“逼”着走，随军委纵队从铁石、石厢子、大河滩进至扎西镇。扎西镇即新成立的四川威信县所在地。2

月10日上午九时，冒着蒙蒙细雨，军委纵队在操场上召开营、科长以上干部会议，由张闻天作《五次反“围剿”的总结和目前任务》的报告。这是第一次传达遵义会议精神，干部们在细雨中聚精会神地听着。这一天，袁国平有意要回红三军团带兵打仗，实际上才休养了半个月，从重病号的身体状况下稍有好转，他就想到前线去，重返火热的战斗生活，经军委纵队领导的研究讨论后，仍劝其留在纵队医疗、休养。

2月13日，早晨大雾弥漫，整个白天是忽晴忽阴。大雾天气，前线的仗打得也激烈，但见“晨雾弥漫人影动，满山遍野子弹飞”！这一天由陈家寨到坝上，约40里。天已大亮，军委纵队休养连的陈伯钧一行，尚无饭吃，饥饿得走不动了，袁国平知道这一情况后，主动与四科的同志打交道，大家勉强凑合了一顿。因为延误了时间，休养连掉队了。由于重新由云南入四川境，经过一大山脉完全是起伏不平的山地，行走十分艰难。

接下来一仗是娄山关一战，红三军团付出了巨大的牺牲。五师政委钟赤兵因身负重伤被锯掉了一条腿。十二团参谋长孔权负伤后被留在了当地的老乡家，从此没有了任何音信。十几年之后，时任中国人民解放军副总参谋长的黄克诚有一天接到了一封来自遵义的信，信里写道：“老师长，你还记得我吗？我是孔权，打娄山关的那个孔权……”孔权活了下来！在黄克诚的过问下，孔权成为遵义纪念馆的馆长。从此，他年复一年地向来这里参观的人们讲述娄山关战斗，讲述那些至今还游荡在险峻大山中的年轻而勇敢的英魂。

“身在曹营心在汉”，袁国平虽身处在休养连，心却一直关注着前方的战况：此时，正是毛泽东发动了四渡赤水战役，这是中央红军长征中最惊心动魄、最精彩的军事行动，是毛泽东军事指挥艺术的“得意之笔”。

东渡赤水河，太平渡方面比较顺利，比较紧张的是在二郎滩方向。1935 年 2 月 19 日，红三军团才到达赤水河畔的二郎滩。这时，黔军两个副师长魏金镛、侯汉佑各带一个团，已经控制了二郎滩东岸把丝坳制高点，妄图堵截红军过河。红三军团的两个先锋团——红 12 团和红 13 团，在“争取先机”的思想指导下，一面组织配属先遣团的工兵搭浮桥，一面征集船只。他们迅速组织了一个营的兵力，带上机枪乘船过河。接着又渡过了两个营，部队立即展开，并向敌人发动了冲锋。二郎滩渡河，红军面临的是一个背水阵。但在红军战士们的英勇攻击下，黔敌两个团很快就被打垮了。

2 月 19 日，红三军团除留一个营保护浮桥外，其余全部渡过了赤水河。20 日，红九军团也在二郎滩渡过了赤水河。

在四渡赤水中，声东击西，忽南忽北，东西纵横千里，南北往返数次。出其不意，回师黔北，遵义大捷，歼敌 2 个师又 8 个团。时而全军佯动，调动敌人；时而派出奇兵，牵住敌人；时而将计就计，抓住敌人；时而绕道转圈，疲惫敌人；时而看准时机，甩掉敌人。威逼贵阳，蒋介石吓得胆战心惊，终于调出了滇军；兵临昆明，“云南王”龙云惊得坐立不安，被迫让开了通路，使中央红军从从容容地渡过了金沙江，彻底粉碎了敌人歼灭红军的美梦，也彻底扭转了红军被动挨打的局面。

3 月 7 日，天气阴晴不定，军委纵队休养连进驻罗门镇。参加过井冈山革命斗争的红军女战士吴统莲等来此，在袁国平处吃晚餐。这一天，敌机曾 3 次前来侦察，在野鸭溪扔炸弹数 10 枚。红军长征途中就是伴随着这样的极端险恶环境：遵义会议后，蒋介石调集 40 万大军欲将红军围歼于乌江西北的川黔边地区，3 万中央红军面临着前有长江天险，后有重重追兵，头顶上飞机袭扰轰炸的恶劣形势。生死存亡关头，毛泽东表现出了一个卓越的军事家所特有的品质，把川黔边的崇山峻岭当成舞台，演出了惊心动魄的一幕大戏：万水千山，龙盘蛇舞，神兵从容飞渡。

接下来，就是红军强渡大渡河、飞夺泸定桥之际。

强渡大渡河，飞夺卢定桥，是红军长征路上的又一次英雄壮举。

大渡河西岸连着被称为“蜀山之王”的中国第二高峰贡嘎山，东岸是二郎山。两山对峙，大渡河水在陡峭狭窄的山谷中奔腾，激起一丈多高的水柱，发现雷鸣般的轰然巨响，令人惊心动魄，目眩神迷。红一团 17 名勇士冒着枪林弹雨，领头强渡大渡河成功登岸。

然后，红四团二连 22 名突击队员又急行军直奔泸定桥，冒着敌军密集火力，攀铁索冲过泸定桥。

泸定桥凌空飞架于大渡河上。这里古称“泸水”，诸葛亮所谓“五月渡泸，深入不毛”就是指的这一带。

泸定县城，为康熙年间所建。东桥头与县城相连。桥头有个碉堡，至今上面仍幸存康熙皇帝书写的“泸定桥”三个大字。桥西岸连接着海拔 7000 米高的贡嘎山，东岸靠着海拔 3400 多米高的二郎山。两岸山势险峻，巍峨陡峭。泸定桥横跨于咆哮如雷的大渡河上，长 103.67 米，宽 3 米，由 13 根粗铁索组成。桥身有 9 根铁链，平行系于两岸，每根铁链相距 1 尺，上铺木板，以做桥面。左右两边各有 2 根铁链，作为桥栏。铁索桥高于河面数丈，悬于半空，人行桥上，左右摇晃，随桥起伏；俯视河下，波涛汹涌，浪花飞溅，涛声轰鸣，头晕目眩，胆战心悸，甚感危险。就是现在去旅游，心脏不好、血压高的人，也不敢轻易从铁索桥走过。

红旗飘扬在长征路上，所到之处，群众欢天喜地欢迎红军。街头巷尾，人山人海。他们惊叹着红军的英勇、机智。

3

在休养连待了近半年时间，1935 年的 6 月，袁国平重返前线部队，此时红军正在经历着爬雪山过草地的征程。

就要过雪山了。前面的雪山千难万险，对已经疲惫不堪的红军部队来说，是又一个更为严峻的考验。

袁国平所在的红军部队在 1935 年 6 月中旬到达夹金山脚下，这是红军长征以来翻越的第一座雪山。

夹金山，又名神仙山，位于四川省宝兴县城西北，理县之西南，是一座海拔 4000 米的大雪山。

有一首歌所唱的“二呀么二郎山，高呀么高万丈……”。这二郎山就是夹金山南端的一座山峰。夹金山主峰终年积雪，空气稀薄，气候变化无常，时阴时雨，时雨时雪，忽而冰雹骤降，忽而狂风大作，为生命禁区。因为终年积雪，稍有动静就会发生雪崩，在科学不发达的当时当地，人们把这说成是激怒了“山神”，“山神”动怒，山崩地裂。尽管 6 月是炎热季节，可翻过它必须做好御寒的准备。

袁国平说，这里人烟稀少，无法补充衣服；也没有那么多烧酒可带，我们只能多准备些生姜、辣椒、大蒜、大葱，到时候嚼在嘴里抵御寒冷。

由于缺氧患高山肺水肿的心脏病而突然病逝的事是经常发生的。海拔高，气压低，辐射性强，空气含氧量低于平原二分之一，因而头晕胸闷，呼吸困难，若剧烈活动中骤然停下，心脏骤然改变速律，最易猝然死去！

不能停下！坚持走，活动着筋骨。一停下，坐下，血液流通不畅，容易出问题的！他在提醒大家。前进就是希望，坐下就是死亡。

爬雪山是长征路上红军的又一所大学。“跟上就是顶呱呱，落后要学乌龟爬。”“是英雄好汉，我们雪山顶上见！”

夏月朦胧，夜风拂面。

红军就是这样一群血肉相连生死与共，为人民谋幸福，为共同的信仰而英勇奋斗的英雄军队，是过去的中国从未有过的为了所有官兵的共同理想而出生入死的军队。

对于经过了漫长征途的红军来说，翻越夹金大雪山是比任何残酷的战斗更为艰难的过程。远远地看，雪山并不是那么高，但是来自平原的他们对高海拔的威胁显然没有准备。他们预先想到了路滑、寒冷、疲惫和剧烈的喘息，但是绝大多数人都没有想到过死亡。

在夹金山的顶峰，有一个用石头垒起来的小塔，塔上插有两杆白旗，有人说那就是神仙塔，到那里后要磕头，以求神仙保佑平安下山。这里说的“神仙塔”，藏语叫“拉泽”，也就蒙古族的“敖包”，是焚香祭神的地方。在藏族地区每一座山口，差不多都有“拉泽”，用来祈祷祝福，保佑平安。袁国平到了山顶，举目一望，只见千里冰雪，银峰环立，除了山峰上几根孤零零的电线杆式的少数民族竖起来的“旗杆”以外，是一片琼玉世界。俯视山下队伍，像一条灰色长龙，蜿蜒而上，把这个一望无边的琼玉世界划成两半。此一情景真是：

天空飞鸟绝，群山兽迹灭。

红色英雄汉，飞步碎冰雪！

红军的队伍一到山上，连停也没有停，就拼命地往山下跑，等跑到半山腰，天就快黑了。他们摸着黑一直往山下走。

一首叫作《十二月长征》的歌，其中有几句歌词唱道：

六月里来天气热，
夹金山上还积雪，
胆战心惊上雪岭，
下山猛虎扑羊群。

路越来越难走了，不但路面很狭窄，路边的石壁陡立，有的地方简直是直上直下。更主要的是气候变幻莫测，上午还是阳光灿烂，白茫茫的积雪，在太阳下闪着耀眼的光芒。可刚到下午，暴风携着乌云，飘起鹅毛大雪。狂风夹着的雪粒沙石，打到人的脸上、手上，像刀割似的。有的人用手捂着脸，冒着暴风雪，走起路来踉踉跄跄，一不小心，就有可能掉进雪窝或雪崖的危险。

袁国平穿的也是单薄的军衣，冷风穿透衣服，冻得他直打哆嗦，上下牙齿相碰，发出得得的响声。他使劲咬着嘴里的姜片，一步一步地向上攀登，口里呼出的热气，瞬间就就了一缕缕白色的雾。

前面有几个战士，紧走几步，又停住脚呼呼喘着粗气，回头呼唤战友快走。袁国平说，山上空气稀薄，走路时一不能快，二不能说话，三不能坐下来休息。

他看到有些人围在一起，就大声催促道：这儿不能停留，赶快下山！赶快下山！

可那些人还是不动，他走过去，看到地上坐着三个人，已经冻僵了。他轻轻摘下军帽，深深地鞠上一躬，眼中的泪水流了出来。

过了一会，他擦去泪水，对旁边的战友说："走吧，我们一定要完成他们未完成的任务。"

战友们都像袁国平一样，用真诚的敬意向死去的战友告别，然后慢慢向山下走过。

还有一些战士一脚踏空了，落下万丈雪崖，许多伤病体弱的人坐下就再也没有站起来。

冷风呼啸着，送红军官兵前行。

飞雪飘落着，掩埋了牺牲将士。

巍峨的雪山，陡峭的峡谷，奔腾的急流，绝无仅有的山口，加上神秘高寒的康藏高原，历来是兵家禁地。历史上虽有诸葛亮"五月渡泸"的成功先例，但那是在政权在手，强兵对弱兵的情况下取得的。而今，一支转战万里，一无政权可依，二无援军可盼，加上强敌追截，独立作战的红军在此突破天险，确实前无古人之举，但是，它正是考验红军指挥员的胆略和战士们艰苦卓绝的革命精神的时候啊！

在炮火和硝烟的战场上，战士靠骁勇、智谋和赤诚取胜；在原始和荒蛮的雪山上，要靠毅力、意志和坚强取胜。

这是一个特殊的战场。

英雄的红军只有以勇气去挑战生命的极限，以集体的力量去战胜自然给予的磨砺。爬雪山时最困难的还是女同志，中央红军长征出发时，参加长征的女干部有 30 人，她们组成一个工作团，团长是董必武。她们被编成两个班，吴仲濂是一班班长，邱一涵是二班班长，主要做伤病员工作，随卫生部行动。她们中有蔡畅、邓颖超、康克清、刘英、贺子珍、李坚真、李伯钊、钱希均、陈慧清等。

邱一涵是红军长征30位女战士之一。她拄着根棍子，艰难攀登，一下跌倒在雪地上，拼命挣扎着，却怎么也起不来。此时幸好袁国平路过，赶忙把她拉起来。本来，袁国平是配备马匹的，但他自己坚持徒步，马背上驮着的是伤病员，邱一涵就拉着马尾巴，爬过了雪山。而那马背上驮着的正是时任军团教导营总支书记、后来担任南京军区政委的唐亮。

多少年以后，有人曾问过邱一涵长征时她遇到的最大困难是什么，她脱口而出："走路！"在长征中，邱一涵与男同志一样，一边行军，一边打仗，休息的时候还要给部队上课。邱一涵后来追忆说："前有敌人阻拦，后有敌人追击，两侧也常有敌人袭击，上面还有飞机轰炸、扫射。我们经常处在四面包围的情况下。为了保存力量，避免和敌人正面接触，绕道曲折前进，每日连续行军，很少休息。但我们还是经常碰到敌人，进行战斗。有一次，我们从天亮开始行军，到中午已走了80里，因敌人要占领前进路上的一个市镇，仍要再前进40里，要抢在敌人前面赶到这个镇。然而，当我们到达时，战斗已经打响。我们在部队的掩护下，伴随着滋滋擦过的子弹，勇敢而沉着地迅速冲过此镇。那时天色已晚，我们又接着走了一夜，直到天亮甩掉敌人为止。""又有一次，从湖南进入广西，我们正在渡河，敌机来了，飞得很低，进行扫射、投弹。有一个炸弹就投在我的身边爆炸了，我被震跌在地上，耳朵震聋了，并没有受伤，旁边的马被炸死了。另外也死伤了一些同志。我们把死的埋好，把伤的抬上担架，又继续前进。敌人的暴行并未使我们害怕，反而更增加了我们的仇恨和复仇的决心。"在第一次反围剿作战时，邱一涵右手负伤致残。而她就是这样以惊人的毅力不顾伤残，用她那裹过小脚的脚，在枪林弹雨中与男同志一起不停地行走、不停地战斗，冲破敌人的围追堵截，坚定地跟随红色铁流滚滚向前。

从6月14日开始，红三军团陆续翻越了夹金山，至18日陆续到达懋功东南的达维镇。

雪山，横亘苍穹的玉龙。红军，矗立苍穹的长虹!

此后，中央红军和红四方面军在四川懋功会师。红军两大主力胜利会师，大家一起回忆着长征以来经历的惊涛骇浪和重重封锁，那血染的湘江，奔腾的乌江，光辉的遵义，蜿蜒的赤水河，汹涌的金沙，险峻的泸定，一桩桩，一幕幕……

这时，摆在全党和红军面前的首要任务是正确制定统一的红军发展的战略方针。中央政治局在懋功北部两河口召开会议，决定红军应集中主力向北进攻，以创造川陕甘苏区。

1935年7月21日，中革军委发布了《关于一、四方面军组织番号及干部任免的决定》。决定取消红一方面军各军团番号，统一改成军。红三军团改称红三军。

由于张国焘的一再阻挠和拖延，中革军委不得不放弃原定的松潘战役计划，改为经草地北上，夺取甘肃南部的夏河、洮河流域。8月4日至6日，中共中央在毛儿盖附近的沙窝召开政治局扩大会议，恢复红一方面军番号，分左、右两路军北上。8日，中革军委正式“委任周恩来为第一方面军司令员兼政治委员”。

恰在这时，周恩来突然病倒，且病情异常凶猛，连续几天高烧不退，有时昏迷不醒。11日，周恩来刚苏醒过来，就给红一、红三军去电，准备在7至10天内经班佑北上。20日上午，中央政治局再次在毛儿盖开会，周恩来因病没有参加，袁国平以红一方面军政治部代主任的名义与他一起签发了《关于北进前的政治保证工作指示》。指出，“在北进前，必须在部队中进行充分的政治动员，与必要的物质补充”，对干部“以师或全军开排以上干部会，报告党中央《关于一、四方面军会合后的政治形势与任务的决议》”，“以团为单位开班以上干部会，报告和讨论前敌总指挥、政委的训令”，对战士要“深入解释北上过草地的意义”，“动员大家割麦子，一定要做到每人最少带十五天干粮”，“普遍拭洗武器，进行洗衣、洗澡、剃头的个人清洁工作”，“军和师必须组织坚强的收容队”。

红军过草地与爬雪山一样，是接受大自然的挑战与考验。如果说此前过雪山是一次挑战生命极限，那主要是挑战高海拔缺氧、严寒和跌入雪崖的危险，但毕竟时间短，损失的概率相对低些；而过草地，则是挑战饥饿和淤泥的吞噬，而且时间长、损失的概率就大得多。

所谓草地，就是茫茫数百里四川西北的松潘沼泽地。夏日的草地，鲜花盛开，美不胜收，但那是潜伏着死亡的美丽。草下是陈年沉积的腐草和泥土混成的淤泥，大部分地区能将人畜吞噬溺毙。草地上水质腐臭，不能饮用。这里的水，又黑又绿，含有毒汁。干渴得嗓子冒烟，也不敢弯腰掬一捧水下肚——有人喝了这里的水，肚子疼痛如刀绞，倒下长眠了。如果走路刺破脚跟浸入毒水，马上就会红肿溃烂，难于医治。草地上也找不到干草，无法生火造饭、取暖。这里没有人烟，没有树林，没有石头，也没有道路。如果没有跑过马帮的人带路，贸然进入，等于自入绝境。

星斗摇天，风云卷地。

天地不老，生命不息。

为了北上开创和发展新局面，红军勇敢地走进草地，又一次挑战生命极限。所以，许多走过长征路的老红军都说，过草地是最刻骨铭心的。

本来，红军有当地藏族向导的指引，可以在满是沼泽的草甸中，在水草深处寻找出一条曲折的小路来。但是，红军过草地时，连日阴雨不断，雨水不仅湿透了战士们的衣衫，而且淹没了先头部队设置的路标和部队先进的路线。在草地的有些地段，连续几十里水深没膝，甚至藏族向导也难以找到过去牧骑留下的过路痕迹，有些战士因此身陷淤泥。有时，当一个战士腿陷泥潭，身旁的战士急忙伸手去拉，由于用力过猛，自己也陷了进去；另一个战士奋不顾身上去抢救，结果还是陷了进去。其余的战士赶忙解下几条绑腿带，将带头抛给陷进泥潭的战士，让他们缠在腰间，才把他们逐个拉上来。更糟糕的情况是，当一个战士陷进泥潭，还来不及抢救，就已没顶，被淤泥所吞噬了。红军战士们只好一个紧跟一个，从一个草甸跨到另一个草甸，跳跃前进。可是，有些骡马牲口陷入泥潭后，拼命挣扎，结果越陷越深，庞大的身躯很快就被淹没了，水面上留下的只是一串串水泡。

衣履单薄，气候严寒，这是过草地的一大困难。中央红军在江西出发时发了衣服，在遵义时补发了一套，经过10个月转战，已经衣衫褴褛了。为了抵御严寒，只好找各种野兽皮披在身上。有的同志既无军帽，又无雨伞、斗笠，成了“秃头军”，任凭日晒雨淋。一日艰苦行军，到了宿营地，既无房子可以躲避暴风雨和冰雹的袭击，又无可供烤火的地方。战士们只能拣块比较干的地方，或拣些草叶子垫在湿地上，几个人背靠着背地坐着睡觉，互相取暖。半夜里，狂风卷着雪花袭来，不少战士就在草地里被严寒夺去了宝贵的生命。

饥饿时时困扰着疲惫不堪的红军战士，成为草地行军中最大的威胁。川西北本来就是贫瘠之地，加之荒无人烟，部队没有筹措到什么粮食。进入草地后，战士们身上背的一小袋青稞麦粒或青稞麦粉成为他们的第二生命，麦粒一颗颗地数着吃，麦粉一小把一小把地省着吃。当麦粉被无情的雨水淋湿后，便成了粘疙瘩，更是难以下咽。如果有战士不慎摔了一跤，有毒的污水浸泡了干粮，那将是他最大的不幸，立即陷入断粮的绝境。

由于找不到或只能找到很少的树枝和干草，只能烧点开水喝，无法煮饭。由于青稞准备不足，只得找野菜掺和着煮来充饥，为此卫生部门绘制了几十种可吃的野菜图案，供部队寻找食用。

发现茴条菜，吃到嘴里，麻酥酥的，一会儿，嘴唇失去知觉了，为了活命，吃！大口大口地吃！

又发现苦苣菜，还有马蹄菜。大家像是发现救命草，不顾味道多苦多涩，拔下来，抖去浮土，狼吞虎咽般吃起来……

野荞麦吃光了，野菜拔完了，剥树皮吃，挖草根吃——草根像鸡爪，还有甜味哩！

后续部队找不到野菜时，只得把皮带、枪皮带、旧牛皮鞋用水泡了煮着吃。

皮带吃光了，肚子又饿了。发现了野荞麦，拔下来，荞麦穗子、荞麦秆一起煮着吃，味很苦，秸秆嚼不烂，生吞下去。

8月21日，右路军开始过草地时，袁国平再次对官兵们进行思想动员：同志们，野草、泥潭、臭水、狂风、飞雪、冰雹，荒无人烟，这是一个艰难的历程。我们要发扬阶级友爱的精神，相互鼓励、相互帮助，克服困难，走出草地。今天我听说红12团的粮食全部吃光了，他们又饿得走不动了，敌军又快要跟上来了，我们每人献出一碗干炒粮，援救12团。熬过艰苦就是胜利啊！

这样，右路军的战士们架好了被冲垮的黄河桥，派人送出粮食援救出了12团。

杨春芳回忆说："袁国平作为宣传鼓动家，总能给人以信心和力量。当炮兵营长匡裕民两只脚被水泡烂了，寸步难行，我们就扶着他走。每当极其难以支持的时候，想起袁主任的教导'熬过艰苦就是胜利'，我们就兴奋起来了，战胜了饥饿，克服了疲劳。我们很多同志也就这样拖过了草地。我们为什么能战胜这种困难呢？这是党的力量，是阶级的力量，也是袁主任给我们的力量啊！"

刘志坚与袁国平一起过的雪山草地，他回忆说："我们常常在雨中露营，遇到有一个小树挡挡就很满足了，又冷又饿，我们常常背靠背取暖，相互讲故事，猜谜语，虽然苦，但并不觉得难过。袁国平很能干，很有才华。在长征途中，他利用行军、宿营休息的时间写剧本《父与子》《只有苏维埃才能救中国》，这两个独幕剧他都要我演，我在《父与子》中演儿子，父亲是个叛徒，儿子是革命的。这些话剧效果很好，战士们都很喜欢，既活跃了部队生活又鼓舞了士气。袁国平很会讲话，很会做宣传工作，干部战士都喜欢听他作报告。"

第二天，当部队进入草地，连矮小的树木也见不到了。刚开始过还能看到太阳，突然就狂风大作，忽而又下起雪来。第三天过葛丘河，河虽不宽，但水深齐腰，水流很急，水冷如冰，过河时必须几个人相互搀扶，否则就会被水流冲走，不少人就因体弱、缺氧、寒冷，上了岸就倒下了。第四天是过沼泽地，不仅天气变化无常，而且地面全是水草，要选择在草堆上走。如不小心，掉入沼泽坑内则越陷越深，不少人和骡马就这样永远的陷进去出不来了。

据李桂英回忆，过草地时，邱一涵的干粮都悄悄地喂了伤病员，她自己七天七夜没有吃到一粒米，没有沾到一丁点油和盐，硬撑着随队前进。眼看就要走出沼泽地，误吃了毒草，两个手背肿得像馒头，幸好腿还能走，终于吃尽苦头到达班佑，而肿胀的双手始终没有治好，相伴终身。

终于走出草地，到了班佑，部队住进了牛屎房子。所谓牛屎房子，是用木条或用柳条编成的篱笆作墙，上面搭上树枝，外边糊上一层厚厚的牦牛屎，没有窗户，里面黑黑的。连日风餐露宿的红军战士，住进了这样的牛屎房子，风吹不到，雨淋不着，而且还可以生火把湿衣服烤一烤，比草地宿营不知要好多少倍，大家都感到心满意足。

我们的英雄的红军，整整走了七天七夜，以付出难以计数的生命代价，走出无人区，走出了这死亡地带。这是军事史上罕见的艰苦行军，是人与自然的殊死斗争。我军通过人迹罕至的大草原的事实证明：中国共产党领导的工农红军，的确是一支打不垮、拖不烂、难不倒的英雄队伍。这样的队伍，是永远不可被战胜的。

4

进入甘南的最后一道自然障碍被征服了，胜利的曙光就在前头。

可是，久蓄的风云突变。张国焘个人主义膨胀，妄图“以枪指挥党”。

早在 1935 年 1 月 22 日，以毛泽东为代表的党中央政治局及军委发出了《为红军主力入川给四方面军电》，对红四方面军的当前战略行动方针，给了十分明确的指示。要求红四方面军主力向嘉陵江以西进攻，以便让中央红军北渡长江转入川西。但是张国焘却决定于2月上旬开始发动陕南战役。这一战役在军事上取得了一定的胜利，但在战略上是错误的，产生了严重的不良后果：一是四川军阀刘湘解除了后顾之忧，得以集中主力阻截中央红军，使中央红军在泸州上游北渡长江的重大决策未能实现。二是破坏了同陕军的统一战线。因为当时杨虎城部孙蔚如的三十八军与红四方面军曾订有“互不侵犯，共同反蒋”的密约。张国焘在陕南战役中提出“打到汉中去，活捉孙蔚如”的口号，并且消灭了孙部4个团。这虽是对孙部屈服于蒋介石的压力，出兵攻打过红军的一次惩戒，但却破坏了秘密协议，失信于同盟者，增加了以后分化敌人的困难。孙蔚如曾派出代表武志平到根据地，责问“为何不遵守秘密协议”。直到西安事变前，杨虎城、孙蔚如还向周恩来提到了这一问题。

这期间，袁国平代理红一方面军政治部主任。

对以毛泽东为核心的党中央决策的贯彻是坚决、迅速的。

从两河口到毛儿盖，这是中共党史上最为屈辱的一段路程，在长达60天的日子里，党中央面对的不再是武装到牙齿的国民党军队，甚至也不再是杀人于无形的饥饿、寒冷、雪山、沼泽，而是张国焘阴沉的脸和眼睛里透出的缕缕杀气。

一方是咄咄逼人，步步索权，陈兵耀武，不达目的誓不进兵；

一方是委曲求全，步步退让，忍辱为党，以求争取共同北上。

两军会师前，张国焘认为威名显赫的中央红军好生了得；两军会师后，这才发现堂堂的中央红军，已如同“叫花子”一样，所剩部队不及他自认为是其部队的四分之一。

张国焘把红四方面军，看成是他个人的势力。而力量的悬殊，又使他的领袖欲恶性膨胀。眼下的中央所属的人马远不如他多，中央和军委主要领导人的历史地位，也不如他高。从实力和资历上说，这些人应听命于他，凭什么他张国焘反倒听命于他们。

为权欲驱使而走火入魔的张国焘，就在红军将要进入甘南之时，电令左路军停止前进，转而南下，右路军挟持中央南返，以“彻底开展党内斗争”。毛泽东预言：南下是绝路。张国焘断言：北上不拖死也会被冻死。

9 月 11 日，中共中央率红三军、军委纵队等部继续北进，于当晚陆续到达甘南的迭部县俄界（今达拉乡高吉村），与先期到达的红一军会合。当天，中共中央再次致电张国焘，令其率左路军北上。

为了揭露和批判张国焘的分裂主义，确定下一步的行动方针，中共中央政治局于 9 月 12 日在俄界召开了紧急扩大会议。出席会议的有张闻天、博古、毛泽东、王稼祥、凯丰、刘少奇、邓发。非政治局成员参加的有蔡树藩、叶剑英、林伯渠、李维汉、杨尚昆、李德；红一军的林彪、聂荣臻、朱瑞、罗瑞卿；红三军的彭德怀、李富春、袁国平、张纯清。会议通过了《中央关于张国焘同志的错误的决定》，将红一方面军主力和中央直属部队改编为中国工农红军陕甘支队，彭德怀任司令员，毛泽东任政治委员。

这时，部队既无行动的明确方向，又无一个落脚点，已成为中共中央领导人毛泽东、周恩来、张闻天等面临的一个严峻的问题。毛泽东在会议上作出《关于与四方面军领导者争论及今后战略方针》的报告，指出：目前应经过游击战争打到苏联边界去，打通国际联系，得到国际的指示和帮助，整顿休养兵力，扩大队伍。这次会议决定部队继续北上，进天险腊子口，翻过岷山大雪山。

翻过岷山后，毛泽东对革命局势发展曾做过最坏的思想准备，他找到“四老”（谢觉哉、徐特立、林伯渠、董必武）谈话说：“看来咱们的部队是要长期无后方地打游击。你们年纪大了，在部队上长期拖下去，会把你们拖死的。到了甘肃以后，你们可以自找掩护，到白区去做党的地下工作，请予考虑。”

9 月 17 日，中央红军攻下腊子口，毛泽东派侦察连长梁兴初、指导员曹德连到宕昌县的哈达铺镇执行侦察任务，搜罗报纸，他们从《晋阳日报》上发现一则报道：

陕北刘志丹、高岗匪占领六座县城，赤化人民七十万，拥有正规军队五六万人，游击队、赤卫军、少先队员二十余万……现在陕北情况，正与民国二十年之江西情形仿佛……赤匪飘浮不定，行去无踪，窥视晋西北，随时有东渡黄河之可能……

毛泽东得知后，9 月 20 日在哈达铺的一座关帝庙里召开干部会议，他在会上高兴地对大家说：“同志们，告诉大家一个好消息，我们就要到陕北根据地去了，是国民党报纸给我们提供了陕北红军的消息，那里不但有刘志丹的红军，还有根据地。我们要振作精神，北上抗日，到陕北去。”

就在这一天，中共中央政治局决定袁国平调任第一纵队保卫局局长。

9 月 22 日，中共中央正式宣布红一方面军改称中国工农红军陕甘支队，下辖 3 个纵队，第三纵队改称第二纵队，彭德怀兼任司令员，李富春任政治委员，刘亚楼任副司令员，肖劲光任参谋长，袁国平任政治部主任。

10 月 15 日，中央红军改编后的陕甘支队翻过长征途中的最后一座高峰——六盘山，进入甘肃的环县，部队分三路纵队向陕北挺进。当毛泽东登上六盘山的峰巅，眺望部队迎着高原凛冽的寒风，顿感豪情满怀，随兴吟成千古不朽的诗句：

天高云淡，
望断南飞雁。
不到长城非好汉，
屈指行程二万。

六盘山上高峰，
红旗漫卷西风。
今日长缨在手，
何时缚住苍龙？

部队离开大草滩向哈达铺前进，这时红军完全走出了岷山山脉。但是，经过几个月雪山草地行军的红军战士们，对于这岷山山脉，不禁“临别依依”，不时地回头观看岷山的真容。这“临别依依”的心情，反映出了红军战士不畏艰难困苦的博大胸怀，更加激励着他们加速奔向抗日最前线。

10 月 19 日，毛泽东率部进入吴起镇（今吴旗县城）的那一天，被正式定为中央红军结束长征的日子，毛泽东非同常人的思绪，化作了不朽的诗篇——《七律·长征》，诗云：

红军不怕远征难，
万水千山只等闲。
五岭逶迤腾细浪，
乌蒙磅礴走泥丸。
金沙水拍云崖暖，
大渡桥横铁索寒。
更喜岷山千里雪，
三军过后尽开颜。

毛泽东的这首《七律·长征》，如今已成为家喻户晓、耳熟能详的英雄史诗。它以磅礴的气势，真实而形象地再现了红军万里长征这一气壮山河的壮举。

毛泽东的诗中，最后的两句：更喜岷山千里雪，三军过后尽开颜。

这两句诗概括了丰富的内容。中央红军走出岷山山脉之后，就粉碎了敌人的层层封锁，战胜了张国焘危害党中央的阴谋，打开了北上抗日的通道。毛泽东的这两句诗，以高度的革命乐观主义精神，充分表达了广大指战员胜利后的喜悦心情，也充分展示了长征胜利的远大前景。

袁国平和邱一涵拜读了毛泽东这首诗后，心潮起伏。望着若有所思的丈夫，一个念头突然跃上邱一涵的心头。她对丈夫说："醉涵，你会写诗，能写好诗。你就写一首和毛主席的诗，我来抄正。"

"好啊！"袁国平也正有此意。——湘江血战，乌蒙纵横，大河飞渡，雪山寒衣，草地泥潭，口外荒月……袁国平按捺不住内心的激动，感慨万千。历时一年的艰苦转战，长驱两万五千里，纵横11个省，粉碎了数十万敌军的围追堵截，战胜无数艰难险阻，实现了空前的大转移。这是多么伟大和崇高的壮举啊！那逝去的300多个日日夜夜，双脚丈量的万里征程、倒下的万千战友一齐涌上心来。激情喷薄的他略作沉吟，很快用原韵吟出了《和毛泽东〈七律·长征〉》：

万里长征有何难？
中原百战也等闲。
驰骋潇湘翻浊浪，
纵横云贵等弹丸。
金沙大渡征云暖，
草地雪山杀气寒。
最喜腊子口外月，
夜辞茫荒笑开颜。

中国书协理事兼评审委员、四川省书协副主席刘云泉对该诗进行了精辟的解析：

这首七律诗的首联"万里长征有何难？中原百战也等闲"，是全诗的纲领，开门见山地写了人类历史上从未有过的远征对红军来说是无所畏惧的，其间经历的无数次恶战就好比平常事一样。这两句写得境界雄阔，充满豪气地传达出威武之师坚韧不拔、所向披靡的精神风貌。点明正题以后，接下来是具体写长征。

颔联写红军纵横驰骋、转战云贵川湘数省的战况。攻克黎平，强渡乌江，攻占遵义，四渡赤水，驰突湘江潇水等这些我军战史上的得意之作，在铁流二万五千里征程中捷报频传。在身经百战的作者眼里，云贵高原就如弹丸之地，奔驰无阻。

颈联“征云暖”形象地写出了红军强渡大渡河和抢渡金沙江时连续作战的顽强作风和敢打敢拼的旺盛斗志，而“杀气寒”则逼真地描绘了空气稀薄、道路险峻的雪山和千里沼泽的草地给红军征途带来的艰难险阻。

尾联“最喜腊子口外月，夜辞茫荒笑开颜”两句，写红军攻克天险腊子口后的极其喜悦的心情。腊子口是四川省通往甘肃省的要道口，胜利到达腊子口，意味着红军直抵陕甘宁革命根据地已是指日可待，万里长征的战略大转移胜利在望。因此，当红军在夜里通过腊子口，借着月光回头告辞无边无际的荒野时，将士们兴奋异常，笑容满面。

这首七律意境雄浑，描绘了长征途上的许多宏大场面，鲜明地表现了红军的崇高和伟大。全诗由一个个典型生动的战争画面连缀而成，这些画面典型地突现出各自显著的特征，引导读者进人广阔的战争场面。我们不能不觉得惊诧，几倍乃至几十倍于红军的国民党军队的围堵，无数的艰险，都不能击垮这支部队。“长征有何难?”“百战也等闲”，这是何等豪迈和勇猛。同时也正是由于作者亲身经历了这样惊心动魄的战斗生活，才能写出这般境界的诗来。作者还善于运用赋、比、夸张等多种表现手法，生动地展示了红军充满乐观和必胜信念的内心世界，贴切地描写了革命军队能征惯战和临危不惧的英雄境界，突出地表达了作者的思想感情，也使得红军的英雄形象更加鲜明。

全诗字里行间洋溢着藐视一切艰难困苦、对革命胜利充满信心的豪迈情怀，也是袁国平与他的战友们万里长征史诗般场景的文学写照。

诗为心声，邱一涵一口气读完，连声夸道：“好诗！ 好诗！”她连夜用左手抄正，抄得那么工整，那么清秀。 袁国平看了不禁称赞：“好字，好字！”①

夫妻俩兴奋得一夜无眠！

在红军长征途中，袁国平经历了他革命征程最艰苦的岁月，他在艰辛殊死的战斗中和漫漫长征路上实践并验证自己的理论，奉献了他的全部经验和智慧，剧本《父与子》《只有苏维埃才能救中国》及其他大批著作文章、诗词、歌曲，都进一步展示了他政治工作的才华。 他在长征扮演着不同的角色，在不同岗位从不同角度为红军长征的最终胜利而艰苦奋斗、无私奉献着。 作为红三军团的政治部主任，他为确保军团完成军委的任务，确保长征的最终胜利提供了有力的政治工作保障；作为红一方面军政治部代主任，他协助司令兼政委周恩来领导了方面军的政治工作；作为红军总政治部副主任，他协助主任王稼祥负责了全军的政治工作，为保障红军的胜利做出了贡献；作为红三军团的领导成员，他协助彭德怀指挥了湘江、乌江等诸多战役；作为一个红军战士，他发挥了共产党员的模范作用。

---

① 刘云泉：《袁国平〈和毛主席长征诗〉赏析》，见《袁国平纪念文集》，中共党史出版社 2014 年版，第 424 页。

第十一章 创办红大

1

历史给中华民族的磨难太多太多，为改变民族命运而竭尽全力的袁国平肩上的担子太重了。在陕北、陇东两年多时间，即从1935年10月至1938年3月他一身兼数职：中国工农红军学校（后更名为西北抗日红军大学）政治部主任，后任政委；中央军委后方办事处政治部主任；抗日红军大学训练部长兼第三科政委；抗日红军大学第二校（教导师）政委、抗日军政大学步兵学校校长兼政委；中共陇东特委书记，陕甘宁边区政府驻陇东办事处、八路军驻陇东办事处主任。

踏上大西北的这片黄土地，袁国平接受了一项新的任务：创办红军学校，培养军事政治的民族抗日干部。

西北革命军事委员会很快决定，将红一方面军干部团与陕北红军干部学校合并，成立中国工农红军学校，周昆任校长，宋任穷任政委，袁国平任政治部主任。学校驻地延川永坪镇，离延安瓦窑堡约 20 公里，辖军事营、特科营、地方干部营，共 400 余人。1936 年 1 月，从抗日统一战线的大局考虑，中共中央又将中国工农红军学校更名为西北抗日红军大学，周昆任校长，袁国平任政委。一度时期学员扩大到 2000 余人。1936 年 5 月 20 日，为了解决部队指挥员短缺问题，中共中央决定在瓦窑堡创办红军大学，毛泽东对此非常重视，并提出名单：校长林彪、教育长罗瑞卿、校务部主任周昆、政治部主任袁国平。29 日，毛泽东在给彭德怀的电报中再次提出："以林彪为校长，罗瑞卿为教育长，周昆为校务部长，袁国平为训练部长。"这所学校，开始叫"中国红军大学"，后改称"中国抗日红军大学""中国人民抗日红军大学""中国人民抗日军事政治大学"，简称"抗大"，是一所驰名中外的"窑洞大学"。

红军大学开学不久，国民党东北军第六十七军和第一〇五师主力分三路由延安向北进攻，目标直指中共中央所在地瓦窑堡，中共中央为避免与东北军的直接对抗，于 6 月 15 日决定撤离瓦窑堡向西转移，6 月 17 日，东北军先头部队进至离瓦窑堡不到 30 公里的蟠龙、永坪一线，毛泽东、周恩来、彭德怀发布《后方组成及行动的命令》，规定"红校教育部、供给处及资材归袁国平同志指挥"，"补充师、红师及供给部等自任警戒"。6 月 21 日，中共中央决定驻瓦窑堡各机关立即撤离，指定袁国平负责察看红军大学校址。这时，国民党军第八十六师两个营袭击瓦窑堡，周昆率三个营迎战国民党军，袁国平率红大机关及三科部分学员向吴起镇开进。

袁国平一行撤离瓦窑堡后，于 6 月 25 日收到毛泽东、周恩来的电报："中央决定新都建保安（今志丹县），请袁国平率红军大学开往保安。" 6 月 26 日，袁国平向毛泽东、周恩来发了一份电报："我们今日抵吴起，昨日电示已收到，于明日在此休息一日，廿八日由此起程，开回保安，如有新的指示望即告。"

红军大学创办初期，陕甘根据地仍处在国民党军队的封锁包围之中。最大的困难是物资短缺，教员不足，校舍困窘。

袁国平看到寒冬腊月来临，学生们还没有棉衣，来自南方的学员更是气候不适，水土不服。有的学员因病不能参加正常的学习训练，个别学员甚至被病魔夺去了生命。

袁国平备感痛惜，这些革命的种子没有倒在敌人的枪林弹雨之前，却没能抵御住寒冷的侵袭。

他找到红军总供给部部长叶季壮，请求优先解决学员的棉衣问题，叶季壮说："其实你不说，我也知道，现在大家都反映缺少冬衣，我们已发动群众赶制。这样吧，我请示一下周副主席，尽可能快一点给你们解决。不过，最快也要一两个星期。"

"那就好，我等着你的好消息！" 袁国平起身告辞。十天后，学员陆续穿上了新棉衣。

创办红军大学也是要有一种拼命革命的精神的。没有教材，袁国平不仅亲自动手，还组织带领人员编写；教员不够，袁国平就自任教员，还规定有教学能力的校领导和营连干部都要兼任教员。为满足了教学的需要。袁国平亲自组织编写了《红军战时政治工作》和《红军连队政治工作》两部教材，内容包括战时政治工作概则、行军中的政治工作、进攻战斗中的政治工作、防御战斗中的政治工作、退出战斗时的政治工作、夜间行动中的政治工作、战后政治工作等。这两本教材都是那个时期的经典教材，尤其是《红军战时政治工作》，堪称总结政治工作的典范，成为极有研究价值的历史文献，直到今天仍然具有借鉴价值。

这年年底，袁国平升任红大二校政委。此时，国际国内形势发生了重大变化，中日民族矛盾已上升为社会的主要矛盾，中共中央在瓦窑堡召开政治局扩大会议，制定了抗日民族统一战线的战略方针。对于这一重大战略转变，大多数学员一时转不过弯来，有的学员甚至很激动，在一次学员大会上，向袁国平提出：“政委，你搞错了没有呀，我们共产党怎么能同民族资产阶级搞在一起呢？”

“当然可以！”袁国平斩钉截铁地回答：“我们以前的敌人是地主、官僚资本家和以蒋介石为代表的反动军阀。现在呢？由于日寇大举入侵中国，我们面临着当亡国奴的危险，这就引起我国社会矛盾性质的根本转变。现在是中国和日本的民族矛盾高于阶级矛盾，我们要解放全中国人民，首先要确保中华民族的独立和自由。这就需要我们联合一切抗日爱国力量，包括蒋介石集团内的抗日爱国力量，来抵抗日本帝国主义的侵略。只要抗日爱国，都是我们的统战对象，民族资产阶级当然包括在内。如果我们搞‘窝里斗’，那不正中日本人的下怀了吗？”

袁国平讲到这儿，台下响起了热烈的掌声。袁国平接着说：“统一战线太重要啦！中央革命根据地第五次反‘围剿’失败，我们被迫长征，尽管原因很多，但与我们当时不善于搞统一战线有关。福建事变之前，十九路军曾派陈公培找我们谈判，彭总、滕政委与我还接见过他。应该说，双方开始谈得很好，还签订了初步协定。但遗憾的是，福建事变发生之后，我们却没有在初步协定的基础上，继续与十九路军和福建人民政府合作，而是思想僵化，恪守教条，搞‘关门主义’。如果当时我们能够按照毛主席、周副主席的意见，把红军拉到苏浙皖赣去，同时搞好与十九路军的合作，我们就完全可能打破‘围剿’，我们就不需要长征，不需要付出如此惨痛的代价了，福建人民政府也有可能免于失败。如此惨痛的教训，难道还不能让我们警醒吗？”袁国平精彩的演讲，再次博得热烈的掌声。①

① 董恒峰：《袁国平传》，江苏人民出版社2016年版，第151—152页。

2

有军必有校，强军必强校。

1936年6月1日，在陕西安定县（今子长县）瓦窑堡米粮山的一座旧庙前，中国人民抗日红军大学举行隆重而简朴的开学典礼，毛泽东发表了讲话，阐明创办红军大学的目的、意义和办学方向。他说："我党办抗日红军大学，是为了准备迎接抗日民族革命战争的到来。为了适应新形势，解决新问题，需要培训干部，提高干部的素质。因此，我们的干部须要重新学习，重新训练，以便将来出校后，能够独当一面地去工作。"毛泽东强调指出，"我们这里要教员，没有；要房子，没有；要教材，没有；要经费，没有。怎么办？就是要我们艰苦奋斗。"①他还说过："红大要继承黄埔的精神，要完成黄埔还未完成的任务，争取民族的独立解放；办红大是为了提高干部的水平，为革命储蓄干部。"

红大创办之初，西征战役正在进行，陕北根据地仍处在国民党军的封锁包围之中。尽管物资缺乏，教学任务繁重，但袁国平仍没有忘记做群众工作。杨春芳回忆说："长征胜利抵达陕北后，他被调任红军大学政治委员。当时红大所在地瓦窑堡是新解放区，群众见边币是土纸做的，很多人不愿意用。国平同志发现这个问题后，便召集全校同志讲话，他说：'我们的军事学习，要打野外，现在我们又要打野外，那就是要加强群众工作。说服老乡，认识我们的政权性质和政策，信任边币。'"

"军事野外"是当时一个军事术语，意指军事训练，培养学员不能闭门造车，要到野外，在接近作战实践的环境中训练。此处，袁国平把"军事野外"引用到政治工作中，提出政治培训也要打"野外"的思想是其政治工作的一个亮点。

在袁国平深入动员和周密布置之下，红大以此为重点的群众工

① 见《中国人民抗日军事政治大学史》，国防大学出版社2000年版，第17页。

作，做了三个星期，群众觉悟提高了，边币得到了信任，陕北物价下降，红大的生活也改善了。杨春芳对此深有感触：“那时我也在红大学习，通过那次宣传后，使我深深地认识到群众工作不论在什么时候，特别是在非战斗的情况下都是非常重要的。现在回想起来，国平同志真是体会到毛主席所教导我们的‘政策就是党的生命’的伟大意义”。

红军大学开学不久，国民党东北军第六十七军和第一〇五师主力分三路由延安向北进攻，目标直指中共中央所在地瓦窑堡，中共中央为避免与东北军的直接对抗，于6月15日决定撤离瓦窑堡向西转移，6月17日，东北军先头部队进至离瓦窑堡不到30公里的蟠龙、永坪一线，毛泽东、周恩来、彭德怀发布《后方组成及行动的命令》，规定“红校教育部、供给处及资材归袁国平同志指挥”“补充师、红师及供给部等自任警戒”。6月21日，中共中央决定驻瓦窑堡各机关立即撤离，指定袁国平负责察看红大校址。这时，国民党军第八十六师两个营袭击瓦窑堡，周昆率三个营迎战国民党军，袁国平率红大机关及三科部分学员向吴起镇开进。

袁国平一行撤离瓦窑堡后，于6月25日收到毛泽东、周恩来的电报：中央决定新都建保安（今志丹县），请袁国平率红大开往保安。6月26日，袁国平向毛泽东、周恩来发了一份电报：“我们今日抵吴起，昨日电示已收到，于明日在此休息一日，廿八日由此起程，开回保安，如有新的指示望即告。”

袁国平奉命来到保安寻找红大的新校址。当时的保安与其说是一个县城，倒不如说更像个小山村。全城房子不到百间，到处石头瓦砾，遍地荒草荆棘，极其荒凉破落，是一个“破庙比房多，菩萨比人多”的穷山窝。红军的财力有限，到哪里去找红军大学的栖身之处呢？校舍、桌椅又如何筹措？

正当袁国平一筹莫展之时，当地一位老人对他说，城南的寨子山有一群石洞，那里能住人。袁国平喜出望外，跟着老人来到寨子山。

放眼望去，寨子山上稀稀拉拉地长着一些耐干旱的酸枣树，山坡上露出几十个黑黝黝的石洞口，好似马蜂窝。

到了山上，袁国平一个洞一个洞地察看，只见洞内到处是牛羊粪便，看来有的做过羊圈，有的是兔窟狼窝。这些洞大小不一，大洞高宽约 3 米，纵深约 4 米；小的洞见方约 2 米。

老人对袁国平说，据长辈们讲，这些石洞是用来供奉元始天尊的，而元始天尊是神话传说中昆仑山上的一位神仙。还有一说，元始天尊是阐教的第一大神。传说宇宙之初，盘古觉得天地混沌，浊气弥漫，好生不爽，便信手一斧，开出个新天地来。从此便有了山川大地，江河湖海，万物生灵，清风明月。他忍受着难以想象的寂寞，仿佛要完成某种约定的使命，创立了一个新的教派——阐教，所收门人弟子无数。后人念其开天辟地之功，尊盘古为元始天尊。

袁国平兴奋地对老人说：“真是天无绝人之路，这些洞窟倒有点像龙门石窟了，成为红大的新校址太合适了。”

学员们一起清除了杂草，扫除了粪便，搬走石砖，修通道路，大洞做教室，小洞当宿舍。于是，平日破烂不堪、荒无人烟的寨子山，一下子热闹起来，到处充满着欢声笑语。

毛泽东到保安后，对袁国平选择的红大新校址十分满意，看罢连连点头，他风趣地说：祖先留给我们的这些遗产，它火烧不毁，炮轰不垮，这是保安的一宝啊，选在这里建校，眼光不错哟！红军将士在这里过的是石器时代的生活，学习的是当代最先进的社会科学——马克思主义。

毛泽东还对红大学员们说：“你们是元始天尊的弟子，在洞中修炼。什么时候下山呢？天下大乱你们就下山！”

学员们听后均哈哈大笑起来。

考虑到当时情况，寨子山的石洞也只有几十个，仅能容纳红军抗日大学的一科、二科 200 余人。袁国平、周昆只得把第三科人带往川宁、巡提寺一线居住。这一带是新辟地区，虽然条件非常艰苦，但学员们却自得其乐。

美国著名传记作家埃德加·斯诺在他的《西行漫记》作了这样的描述:“以窑洞为教室，石头砖块为桌椅，石灰泥土糊的墙为黑板，校舍完全不怕轰炸的这种‘高等学府’，全世界恐怕就只有这么一家。所以不怕轰炸是因为在陕西和甘肃，除了普通房屋以外，还有很大的住人的窑洞，供佛的岩窟、防敌的堡垒，都有几百年的历史。”

抗日红军大学就是在这样艰苦的办学条件下，成了驰名中外的“窑洞大学”，为革命胜利培养了一批又一批抗日英才，成为人民军队将才诞生的摇篮。

3

1936年7月，红大三科在川宁、巡提寺一线驻扎后，最大的困难是粮源紧张，毛泽东7月18日给周恩来的电报称，第三科千余人正“靠往沙窝沟筹备运粮吃饭，目前仅余一星期粮”。为解决吃饭问题，毛泽东亲自下令红三十军兼负筹粮并集合牲口运粮之责。

为减轻当地群众的负担，中央军委于7月26日决定红大第三科转移甘肃。8月6日，红大第三科在袁国平、周昆的率领下向陇东开进，12日抵达环县木钵镇。这次长途行军之前，尽管袁国平强调“不逃跑掉队”，但还是发生了聚众拖枪逃跑案件。此事发生在第二连，共有6名学员串联逃跑，为首者刘顺元为鼓动他人逃跑，散布谣言说:“中央红军要放弃陕北苏区，一步一步地退回江西，咱们不要跟中央红军回江西，拖枪逃跑打游击去不成，即当土匪去。”由于这次行军组织严密，刘顺元、张怀义等人很快被发现抓回。

袁国平提议:主犯刘顺元、张怀义应枪决，其余四人应开除学籍，并依其革命历史、平时表现和认罪态度，处以不同的苦工期。袁国平与周昆联名向毛泽东、周恩来和林彪发电:“步二连有组织六人拖枪当土匪，均被破获，我们意见将组织者公审后枪决。”经批准，刘顺元、张怀义被枪决。

1936年10月红军三大主力会师前后，为便于统一训练与指挥，中革军委决定合并三个方面军的学校。1936年11月24日，中央军委电令红大三科、红二方面军随营学校和红四方面军步兵学校组成抗日红军大学第二校（教导师），以刘伯承为校（师）长，袁国平为政治委员。26日，周恩来、刘伯承赶到木钵镇，周恩来宣布了中央军委决定，指示各校原建制暂时不动，但须统一指挥。当天晚上，周恩来又召集刘伯承、袁国平及三个学校的负责人谈话，就学校教育、组织问题以及战斗准备做出明确指示。

此时，毛泽东、彭德怀正运筹山城堡战役，决定集全力猛击胡宗南部第一军之右路第七十八师。交战期间，袁国平、周昆率红大三科和红二方面军随营学校严阵以待，以战斗姿态部署于木钵、曲子一线，较好地配合了主力红军的作战行动。

战后，袁国平和周昆分析了周边的敌情，认为对教导师威胁最大的是位于曲子镇的东北军。既然东北军主动进攻曲子镇，那就要给东北军一点颜色看看，迫使东北放弃幻想，停止进攻，这样或许更有利于实现红军和东北军、西北军的大联合。

战斗于12月1日晚打响，袁国平亲自到突击连向突击队员鼓劲，并向突击连连长田长江交代任务，一起研究攻击方案。教导师向位于五里桥、曲子之间的东北军发起猛攻，一部突入五里桥，袭击到敌师部。第二天拂晓，教导师又主动撤出战斗。

曾传芳回忆说："首先是敌军受到了我军的威胁和震撼，不几天就撤走了。其次是战斗中没有发生什么问题，又使部队得到了一次极好的实战学习机会。能这样顺利地结束战斗，完成作战任务，这主要取决于袁国平同志正确的组织和指挥。"

12月6日，红大二校宣布正式开学，刘伯承、袁国平参加开学典礼并讲话。此时第二校共有1个步兵团（共4个步兵营计14个连），2个特科生连，1个骑兵连，1个炮工连，2个上级干部区队，1个测绘班，军事、政治、文化教员班各1个。这支队伍共约2000人，是陇东地区红军的主要力量。

西安事变和平解决之后，国共两党关系取得迅速发展。1936 年 12 月 26 日，袁国平、周昆率抗大第二校，由环县殷家桥向合水县庆阳镇转移。后不久，中国抗日红军大学改名为中国人民抗日军事政治大学，并将校址由保安迁入延安，1937 年 3 月，抗大第二校又改称抗大步兵学校，简称庆阳步校。

庆阳是西北高原的一座古老山城，人们习惯上称之为陇东。相传庆阳有三宝："石头垒墙墙不倒，鹅池洞担水不用舀，龙王爷送柴烧不了。"由于地理位置十分重要，当时有老城和新城之分，老城除东街的军营和新垦的菜地外，到处是废墟，而新城则巍峨壮观，护城河与环江相通汇入马连河。袁国平、周昆觉得新城地势险要，易守难攻，遂将校部设在新城。

在庆阳步校期间，袁国平既在生活上关心学员，经常询问伙食好坏、内务卫生等方面情况，也在政治思想上引导学员，让学员们时刻保持清醒的头脑，过好政治关。随着抗日救亡运动新高潮的到来，中国共产党面临着从土地革命战争向民族革命战争转变的新形势，起初，许多人对于统一战线，向国民党上层人士和军队将领宣传党的抗日主张，开展争取同盟者的工作并不理解。针对不同学员的意见，袁国平做了大量深入细致的工作。他对学员们说：我们以前的敌人是地主、官僚资本家和以蒋介石为代表的反动军阀。由于日寇大举入侵中国，我们面临着当亡国奴的危险，这就引起我国社会矛盾性质的根本转变。现在是中国和日本的民族矛盾高于阶级矛盾，我们要解放全中国人民，首先要确保中华民族的独立和自由。这就需要我们联合一切抗日爱国力量，包括蒋介石集团内的抗日爱国力量，来抵抗日本帝国主义的侵略。只要抗日爱国，都是我们的统战对象，民族资产阶级当然包括在内。

经过学习讨论，联系国内形势的变化，学员们认识到民族矛盾突出，全民团结抗战已经成为当时最迫切的要求。

1937年二三月份，抗大教育长罗瑞卿奉命巡视了庆阳步校，罗瑞卿对庆阳步校和袁国平的工作给予了充分肯定。他说："你们在严格军风军纪和加强技术方面做出了榜样。"

4月30日，袁国平兼任庆阳步兵学校校长，直到8月庆阳步校建制撤销，袁国平当了3个多月的校长兼政治委员。

8月12日，庆阳步校最后一期学员毕业，奔赴抗日战场。袁国平为他们召开了隆重的欢送大会。在这次大会上，袁国平鼓励学员们到前方后英勇杀敌，直到把侵略者赶出中国。中央军委以校教职员为基础，组建八路军随营学校，开赴山西前线，在八路军总部领导下继续办学。

值得一提的是，袁国平在创办红大时提出，要把红大学员培养成"政治方向要坚定正确，工作作风要艰苦朴素，战略战术要灵活机动"的指挥员，以及学校生活应该"团结、紧张、严肃、活泼"。① 这些后来被毛泽东总结为抗大的教育方针和校训，以及我军的建军方针并长期沿用。在袁国平以校长兼政委的名义颁发给学员的毕业证书上，有着中国人民红军步校校训20个字："意志要团结，工作要紧张，纪律要严肃，生活要活泼。"②正好与刘伯承的讲话相吻合。

1937年4月，毛泽东为抗大制定了"团结、紧张、严肃、活泼"的校训。第二年，这个校训被明文写进了《抗日军政大学组织条令》，成为抗大校训和革命校风。1938年3月5日，毛泽东在给抗大同学会的题词中指出："坚定不移的政治方向，艰苦奋斗的工作作风，加上机动灵活的战略战术，便一定能够驱逐日本帝国主义，建立自由解放的新中国。"1939年5月26日，毛泽东在《抗大三周年纪念》一文中明确提出："抗大的教育方针是：坚定正确的政治方向，艰苦奋斗的工作作风，机动灵活的战略战术。这三者是造成一个抗日的革命的军人所

① 见《袁国平纪念文集》，中共党史出版社2014年版，第378页。

② 董恒峰：《袁国平传》，江苏人民出版社2016年版，第183页。

不可缺一的。抗大的职员、教员、学生，都是根据这三者去进行教育与从事学习的。”[1]1960年5月6日，总政治部主任谭政就宣传“三八作风”问题向毛泽东作了书面请示报告。5月8日，毛泽东在请示报告上写道：“以一九三九年的三句为好，‘奋斗’二字改‘朴素’为宜。”此后，“艰苦奋斗的工作作风”改为“艰苦朴素的工作作风”。这个方针，为抗大和其他军队院校的建设和发展指明了方向。

---

① 见《毛泽东军事文集》(第2卷)，军事科学出版社、中央文献出版社1993年版，第461页。

第十二章 陕甘时期

1

历史，仿佛是一卷没有开始更没有结束的长长录像带，摄进了重要的事件以及和这些事件联系在一起的各色人等。袁国平的陕甘岁月虽然短暂，却也摄入了不少鲜为人知的人和事。

1937 年 7 月，全面抗战开始，驻守在陇东地区的红军陆续改编开赴抗日前线。根据形势和工作的需要，袁国平奉中央指示留在甘肃庆阳担任中共陇东特委书记，特委机关主要成员有：秘书长黄欧东，组织部长李铁轮，宣传部长任质斌，妇女部长邱一涵等。特委直属中共中央领导，对外称“陕甘宁特区政府驻陇东办事处”，统一领导中共庆阳、合水、镇原、固原、驿马关县委和西峰、宁县工委的工作。8月，陇东特委决定改镇原县委为中心县委，中心县委兼管陕西长武、甘肃平凉、泾川一带党的地下工作。

边区地处陕、甘两省一带交界处，桥山森林绵延其中，沟壑纵横，交通阻隔，距离西安、兰州等中心城市较远，社情和地形均极为复杂。

这里的地主阶级和封建军阀官府的地租、高利贷、苛捐杂税等封建压迫极其沉重，广大农民家破人亡，妻离子散。1928年，甘肃全省春夏空前大旱，“寸草不生，颗粒未收……实为甘肃空前未有之奇灾。全省灾民多达二百四十四万余。”1929年，又有58县大旱，继以霜冻、虫害、冰雹、洪水、饥疾并发，瘟疫流行，人民十室九空。全省灾民达250余万，饿死者140余万，病死者60余万。整个陇东，是“赤地千里……愁云迷漫”。

陇东地区斗争环境错综复杂。像庆阳一带曾经是东北军和红军之间的一段缓冲区，也是土匪经常出没的地方。这里既有土豪劣绅、恶霸地主，又有土匪、间谍，国民党军。陇东特委既不同于苏区党组织，也不同于地下党组织，而是在国民党统治区公开存在的共产党组织。苏区党组织可以轰轰烈烈地发动群众，打土豪，分田地，直至建立苏维埃政府，并通过苏维埃政府制订法律、法规和政策；地下党组织则是通过秘密工作而实现党的目标。面对陇东特委所处的国统区这一特殊环境，袁国平坚持一个原则，在统一战线中实行既统一又独立，对国民党采取有团结有斗争，以斗争求团结的方针，保持共产党在思想上、政治上和组织上的独立性，实行自己的政治路线，争取有所作为。

在这样的环境下从事党的工作，难度可想而知。袁国平没有考虑个人的利益得失，毅然决然走上新的工作岗位。他写了一首诗给妻子邱一涵，表达了他越是艰难越向前的心情：

十年征尘感系多，
问君何事费蹉跎？
愿将头颅抛原野，
不随池流逐浊波。

随着共产党组织的发展壮大和人民群众觉悟的提高，庆阳地区隐藏的深层次问题逐渐暴露出来。群众性抗日救亡运动空前高涨起来之时，也有少数地主造谣破坏红军威信，挑拨军民关系。于是，在袁国平、蔡畅等领导下，开展了一场轰动省府的“反冯灭霸”斗争。庆阳有8大家、7小家、24个殷实家，庆阳、合水、环县等地的山川高原大都被这些豪绅地主霸占，而在这些豪绅地主中，又以冯翊清父子的劣迹最多，民愤最大。冯翊清家大势大，买官卖官，凭借强大的经济实力和三寸不烂之舌，居然当上了北洋军阀段祺瑞政府的国会议员，在国民党政府还谋了个甘肃省救灾委员会主任的头衔。冯翊清的弟弟冯老五和侄子、亲戚有不少在南京、兰州、西安、北京做官，靠着这些保护伞，冯翊清在交通要道旁设有多处驿站商行，搜刮民脂民膏。

更让人忍无可忍的是，冯翊清公开奸淫妇女。国民党统治时期，庆阳屡遭水、旱、冰雹灾害，农民冻死饿死者无数，而国民党政府为安抚民心，先后拨30余万元大洋作为救灾款，而冯翊清胆大包天，竟然连这些“救命钱”也敢装进自己的腰包。早在红军到庆阳之前，庆阳曾酝酿过多次群众自发的反冯斗争，但这些斗争都不了了之。

若在过去，无论是在东江苏区、湘鄂赣边、中央苏区，袁国平都会毫不犹豫地发动群众进行斗争。而在庆阳，处理此类问题就复杂而微妙。此时此地的袁国平既要考虑统一战线，又要真正把群众发动起来，找出“群众痛恨的斗争目标”。

“团结左派，争取中间派，打击反动派。”这是袁国平坚持的原则。对于冯氏父子这个典型案例，袁国平采取了有理、有利、有节的处理方法，团结大多数，孤立极少数。首先运用各种斗争方式，将群众发动起来。在共产党一再坚持和人民群众强烈要求下，国民党当局不得不承认冯氏父子犯有以下罪状：吞灭赈灾款，欺压良民，霸占民产，勾结土匪，私藏军火，诬陷红军，挑拨中央军与红军的关系。

4月14日，庆阳各界群众3000余人，在庆阳关帝庙大院召开对冯翊清的斗争大会。如何处理冯氏父子，事关国共关系的大局。对此出现了两种意见：一种意见认为冯氏父子罪行累累，应该将冯翊清枪毙，持这种意见的广大的基层群众，大多数的地主、商人和知识分子；另一种意见认为主张宽大处理，以判处冯翊清徒刑并追缴赈款、军火，赔偿被害群众损失了结此案，持这种意见的主要是国民党地方当局和那些与冯翊清有瓜葛的人。

袁国平考虑再三，于4月25日将逮捕、审判冯氏父子的经过和两种处理方案向毛泽东、洛甫和彭德怀、任弼时和杨尚昆作了汇报。4月28日袁国平再次向毛泽东、洛甫、彭德怀、李富春发电："庆阳恶霸冯翊清父子，勾结土匪，破坏红军和统一，吞没赈款，强占民产民妻，杀害群众等罪恶数十种，经全县群众控告，协同区署逮捕在案，现全体群众要求拘捕，连地主、商人在内均纷纷请愿、示威、罢工、罢市、罢课，要求将冯枪毙，专员公署则采取不理态度，现拟若是群众要求我们处冯死刑，是否于有大局有碍，盼即电示。"

毛泽东、洛甫接到袁国平的电报后，当天就回电："冯案处置，冯暂不枪毙，但应惩办并监禁。一面用〔当〕地政府机关及群众团体名义，应数其罪恶，向省政府与行营握告。"

5月1日，庆阳各界人士1000余人在庆阳城体育场大戏楼召开公审大会。会场两旁是袁国平亲自拟定的端庄对联，挂在会场两侧：

除奸反霸，团结抗日，坚决执行抗日统一战线；
保家卫国，匹夫有责，誓死打倒日本帝国主义。

会场上红旗招展，人山人海，锣鼓喧天，口号声此起彼伏，百姓无不拍手称快。

大会审判委员会宣布判处冯翊清有期徒刑十五年，冯翊清的儿子、侄子分别判处七年到十一年有期徒刑，依法追缴冯氏父子霸占的赈灾款和勒索群众的钱财，会场响起了雷鸣般的掌声。

袁国平发动和领导的庆阳反冯斗争，体现了高超的领导才能和斗争艺术，这是在统一战线区域处理的一个特殊案例。在这场斗争中，袁国平始终掌握斗争的主动权，把握好时机，中间虽然一波三折，最终还是取得了胜利。事后，袁国平专门写了一篇文章《庆阳统一战线工作的经验和教训》加以总结：

庆阳反冯斗争的胜利，一方面是发动了下层的广大群众，另一方面是灵活地建立了有力的上层统一战线，二者缺一，都不能取得这样重大的胜利。

其胜利基本上满足了群众的要求，用群众的力量，打倒了汉奸的冯氏父子。大大地提高了党和红军的政治威信，推动了群众运动，巩固和密切了上层联系，并继续维持了与行政机关的正常关系。

2

在陕北，在陇东，袁国平几乎在每一次会议每一个场合都能见到熟悉的人，今天在庆阳统一战线的战场上也是如此。他们中有的是黄埔军校里认识交往的，有的是入闽战场上并肩作战的，有的是北伐炮火中同生共死的，有的人当过他的领导，有的人接受过他的指挥。特别是那些黄埔军校的同学，十年前，为着各自的信仰而分道扬镳，在战场上一次次刀枪相见。是日本帝国主义的入侵，才又使他们重新坐在一起，讨论怎样共同抵御外敌，保卫国家和民族免于灭亡。国家和民族，有着多么巨大的凝聚力啊！

1937 年 8 月初，由国民党高级军官组成的一个参观团慕名到陇东参观。袁国平亲自出面接待了参观团，有几个是袁国平黄埔军校第 4 期的同学，见面后不免有点尴尬，袁国平率先话锋一转：“各位兄台，去过黄帝陵吗？那儿离庆阳不远，埋着中华民族的老祖宗，还有千年松柏，一切都古色古香。诸君若有兴趣，小弟愿驱车奉陪！”

一位同学感慨道：“袁仁兄，黄埔毕业后，我们分道扬镳了，你朝左走，我们向右转了。”

袁国平听后，坦然而笑，频频挥手道：“兄台们，过去的事别提它了。大家都是炎黄子孙，一切应以民族利益为重，共弃前嫌，携手前进。看来我们还是有缘，今天不是又走到一起来了吗？”

众人听罢，不禁哈哈大笑，气氛顿时变得轻松起来。一位军官走到袁国平的面前，拍了拍袁国平的肩膀，显得关切而又惋惜地说：“以袁仁兄之大才，若能到国军那边去，肯定能授以高位，委以重任，俸以厚禄。何必固守这穷山沟，过这种苦行僧一样的日子？”

袁国平听罢，会心一笑：“多谢兄台美意。不才要是为了当官发财，就不当共产党了。我此生别无他求，只愿为劳苦大众，为我们中华民族做些有益的事。能让四万万同胞不做日寇铁蹄下的亡国奴，足矣！”一席话说得那位军官面红耳赤，一时不知说什么好。

袁国平陪参观团在庆阳附近转了两天，所到之处看到是，抗日救亡运动普遍高涨，人民群众精神饱满，与国统区的情况形成鲜明对比。而这一切也使参观团的国民党军官受到极大的感染和触动。几位黄埔军校的老同学知道袁国平擅长吟咏，遂请袁国平赋诗以表此行。袁国平欣然颔首从命，遂作七绝二首：

无题

一

三年同学十年仇，百战纠缠一战休。
差幸干戈化玉帛，愿从风雨济同舟。

二

逐鹿中原为国是，十年征战听人评。
相逢休话阋墙事，莫使神州任陆沉。

袁国平文思敏捷，出口成章，令参观团赞不绝口。以前不太了解共产党和红军的那些国民党军官暗暗竖起大拇指，佩服共产党和红军中确有人才。袁国平的一位黄埔军校同学，曾在中央苏区被红军俘虏过，当他听到“三年同学十年仇”一句，不禁红着脸说：“我可是在江西被红军抓到过一次，惭愧，惭愧啊！”

众人一听，一阵哄堂大笑，“相逢一笑泯恩仇嘛”！

3

随着抗日民族统一战线的建立，陇东地区的国共两党关系有了明显的改善，两党在互相合作、共同抗日方面做出了一定的努力。但国民党在与共产党合作抗日的过程，始终没有放弃限制共产党和人民抗日力量发展的方针。袁国平领导的特委遵照中央指示，维护大局，在1937年9月国共合作宣言《精诚团结共赴国难》公布后，陇东特委立即发表《中共陇东特委给国民党党部的公开信》。与陇东、平凉专员协商共同领导陇东各县抗日民众运动问题。

袁国平所在的陇东地属陕甘宁边区，是著称于世的中国抗日根据地的楷模，也是唯一不处于敌后的一个最坚固的抗日堡垒。在整个抗日战争时期，边区及其首府延安，不但是中共中央、中共中央军委的所在地和八路军、新四军及其他人民抗日武装的战略总后方，而且也是全国抗日战争的政治指导中心和抗日革命干部的主要培训基地。

袁国平还以陕甘宁边区政府驻陇东办事处主任名义，和陇东特委宣传部长、平泾工委主任任质斌，原红军31军军长肖克等先后到平凉，与国民政府平凉专员胡公冕、平凉驻军43师师长周祥初及各界人士广泛接触，就国共合作共同抗日进行协商。胡公冕邀请袁国平在平凉各界人士大会上发表演说，宣传团结抗日共赴国难的道理，与会者称赞，这位袁先生真是个人才，见解精辟，很了不起。骂有骂的艺术，骂得痛快，骂得淋漓尽致，令人折服。

为了推进陇东的抗日救亡运动，1937年10月，在陇东特委书记袁国平的支持下,《救亡日报》在庆阳县城创刊，后来经毛泽东为其题写刊头《陇东报》，在陕甘宁边区保卫战的艰苦年代,《陇东报》始终为陇东军民传达着党中央和毛泽东的声音，鼓舞了人民必胜的信心和斗志。

在陇东特委工作期间，袁国平经常向党中央请示汇报工作，毛泽东、洛甫 1937 年 10 月 6 日[①]曾致电陇东特委书记袁国平：

国平：

十一月六日报告收到。

一、扩红计划同意。在庆、合、镇、驿[②]，十一月完成三百，十二月与一月完成七百。

二、目前陇东工作应在不破裂整个统一战线的总原则下，扩大独立自主的工作精神，对当地政权依据目前抗战的严重形势及十大纲领，采取进攻的策略，进行必要的斗争。特别注意群众的动员，以群众的力量逼迫就范。

三、平凉设办事处待交涉，但不管如何，应艰苦的去进行群众工作，与兰州工作取得联系。

四、特区问题尚未解决，你们应努力扩大与巩固庆、合、驿下层群众基础。

五、旅部及特委移往西峰暂非其时，以后如何再告。

毛、洛

十六日

抗日民族统一战线建立之初，从中央到地方都是从头做起，无现成的模式可以借鉴，袁国平“第一个吃螃蟹”的经验，无疑有其重要的

① 电报签发时间当是 1937 年 11 月 16 日。

② 庆、合、镇、驿分别是庆阳、合水、镇原、驿马关。

引领作用。李铁轮说：在这个时期，陇东特委抓住当时抗日运动开始发展的良好时机，坚持统一战线中独立自主的原则，无论在统一战线、民众运动、党的建设、宣传工作等方面，都达到了保持阵地、发展阵地的要求。

1937年冬，袁国平去中央汇报工作，得到中央的充分重视。毛泽东在《上海太原失陷以后抗日战争的形势和任务》一文中曾这样指出："在西安，纠正了两党关系上的无原则倾向（迁就倾向），重新开展了群众斗争。在陇东，情况和西安大体相同。"①由于袁国平在统一战线中采取既团结又斗争的正确策略，最大限度地调动了各阶层群众的积极性，陇东地区很快就出现了一派团结抗日、一致对外的大好局面。这为中国共产党领导的统一战线的创建，进行了成功的探索。

袁国平自长征初期患上急性肺结核，加之营养缺乏，便落下病根，他经常头疼，多年的超负荷工作，袁国平的身体更是每况愈下。邱一涵曾设法买来不锈钢头圈给袁国平使用，但那是只能治标，不能治本。1938年1月，袁国平在同志们的劝说下，才由庆阳赴延安治病。

在医院的两个多月里，袁国平心里时常惦念着前方。抗日战争的烽火越烧越旺，他心急如焚，迫切希望能亲临前线杀敌。他在给侄子袁振鹏的信中写道："由庆阳到延安治病两个月，身体已康复，我过惯了战壕生活，正请求党中央派我去抗日前线工作，愿为我中华民族之生存、解放和夺取抗战的最后胜利而英勇战斗，纵然捐躯疆场，死而无撼。"这些话语充分表达了他欲同敌人战斗的决心和视死如归的豪情。

此时此刻，袁国平心潮澎湃：他希望自己化作一柱火焰，一夜间燃起全中华民族心中复仇的烈火，熊熊燃烧，把日寇从中国神圣的领土上赶出去；他希望自己化作一束霞光，透射进莽莽森林，幽幽山洞，

① 见《毛泽东选集》（第二卷），人民出版社1952年版，第363页。

使人类的一切污浊垃圾都显露原形，使那些伪军改邪归正，弃暗投明；他希望自己化作奔腾的洪水，汹涌咆哮，浪拍峡谷，把国民党顽固派涤荡干净；他希望自己是一缕春风，把人民群众额头上流淌的凄楚拂去，换成欣慰甜美的笑容；他希望自己是一粒露珠，滋润人们干涸的心田，勃发出一汪汪绿色……

他的内心世界十分深沉，热烈，就像地球深处蕴藏着的炽热岩浆；到抗战前线去，心中充满着跃马疆场、挥戈杀敌的渴望。

第十三章 抗战前线

1

全面抗战爆发，国共实现第二次合作，南方8省14个地区红军游击队经中国共产党与国民党商谈，改编为新四军。

“新四军”最早是由叶挺提出的。他在上海与陈诚谈话时，曾建议成立一支名为“国民革命军新编第四军”的正规部队，共同抗日。国共两党也都认可这个名称。蒋介石认可“新四军”，缘于他任总司令的北伐军中有个第四军。毛泽东认可“新四军”，缘于他创建人民军队的第一个军是红四军。

叶挺提议把红军游击队改编后称为新四军，意图很明显，是希望这支部队能够继承当年北伐战争中“老四军”的优良传统。“老四军”即北伐战争时期的国民革命军第四军。叶挺对第四军有一种特别的感情。1925年9月，叶挺担任第四军参谋处处长，不久又调到以共产党员为骨干的第四军直属独立团任团长。第一次国共合作的北伐战争中，北伐的8个军中第四军共产党员最多、战斗力最强。1926年8月下旬，在进攻湖北重镇汀泗桥和贺胜桥战役中，面对吴佩孚3万多精锐主力，叶挺独立团的2000多名勇士勇猛血战，连战皆捷，屡建战功，叶挺被誉为“北伐名将”，升任第四军第15师副师长。1927年1月15日，武汉的粤八百联欢社将精心铸造的一巨型铁盾赠送给第四军将士。在盾的下面中央铸造有两个竖写的大字“铁军”，铁盾右上方题有“国民革命军第四军全体同志鉴”。

也正因为铁军“独负盛名，战绩辉煌”，朱德、毛泽东井冈山会师后的第一支合编部队名称就定为“中国工农革命军第四军”。

新四军军部于1937年12月25日在武汉成立，翌年1月6日新四军军部迁驻南昌。军长叶挺、副军长项英、参谋长张云逸均已到位，唯独缺少政治部主任。项英焦急万分，屡屡向延安发报，请求派人：“政治部无人而未建立，对于整个工作有极大损失……”中央和中央军委同样重视，几番研究，终于做出决定——“四军是独立工作，而张际春、谭政都吃不下，后方亦不能少他们，我们决定派袁国平去为主任”（邓子恢为副主任）。这是1938年3月13日，毛泽东、张闻天致电陈绍禹（王明）、周恩来、秦邦宪（博古）、叶剑英的电报。3月18日毛泽东在致电项英时强调：“袁政治开展，经验亦多。”且决定派遣50名干部，随同前往。

1938年4月26日，春光融融，和风徐徐。

袁国平率领从延安派往新四军的50名干部乘坐三辆汽车到达皖南歙县岩寺的新四军军部。

皖南歙县岩寺是一个大镇，明朝弘治年间即有岩寺镇之名，宋代时是朝廷设官收酒税的地方。可见岩寺历史悠久，是商业繁荣之地。

军部机关设在岩寺金家大屋办公。叶挺、项英、袁国平均住此处。参谋处和副官处设在吴小亭家，军需处设在潘瑞庭家。军部其他直属机关均设在岩寺及岩寺周围。军部战地服务团在岩寺编为3个大队，军部教导队扩建为教导营，学员300多人。

这天，叶挺、项英正在岩寺祠堂主持召开军直属部队及3个支队排以上干部誓师大会，进行东进敌后、坚持抗战的政治动员。

当袁国平风尘仆仆赶到会场，参加会议的干部全体起立，全场响起了经久不息的掌声。袁国平向大家招手致意。接着由主持会议的副军长项英正式宣布了中央对袁国平的任命，介绍袁国平的简历。当项英副军长请袁国平讲话时，全场再一次响起雷鸣般的掌声。

没有繁文缛节，没有长篇大论的就职演说，袁国平的讲话直奔主题："新四军是一支具有光荣革命传统的英雄部队。我们要发扬优良传统，努力把新四军铸造成敢打、能战、必胜的铁军。我们目前的主要任务就是宣传群众、武装群众，团结敌后各阶层爱国人士和武装力量，共同协力抗战。要迅速做好开赴敌后的准备工作，准备好了的就立即派出精干的先遣部队，深入敌后开辟游击区，建立抗日游击根据地。我们要批驳那些'抗日亡国'论者。卖国投降、背叛祖国的汉奸是中华民族的千古罪人！"①

袁国平的讲话，声音洪亮，深入浅出的生动语言，他那富有感染力的激情，使会场群情激昂，个个摩拳擦掌，恨不得马上奔赴前线抗日杀敌。这情景给与会者留下了深刻的印象。几十年后当时在场的李岩回忆说："发言、报告，听了好多，但是从来没有听到像袁主任这样精彩的演讲。他口才这么好，声音这么洪亮，讲话那么吸引人，很有煽动性。"

新四军不同于八路军，它是由南方8省14个地区的红军游击队组

① 见《袁国平纪念文集》，中共党史出版社2014年版，第188页。

成的，虽说继承了红军的光荣传统，但是在三年游击战争中，由于斗争极其残酷、环境极其艰苦，红军游击队多者上千人，少者几十人、十几人甚至几个人通常各自为战，政治工作很难正常进行。如何在统一战线条件下，把他们凝聚成抗日的铁军？是摆在袁国平面前一个急迫而复杂的难题。因此开拓新四军的政治工作，就成为重中之重了。袁国平在抵达皖南岩寺的当天，就提出要把新四军建成铁军的目标；5天后，《抗敌报》正式出版了；1个月后，新四军第一次政治工作会议召开了，他在讲话中强调："政治工作是革命军队的生命线"，要"为创造铁的新四军而斗争。"就这样他从到达皖南的第一天起，就为开拓新四军政治工作、为铸造铁军而呕心沥血。

新四军的到来，偏僻的皖南山区顿时沸腾起来了，地处丰乐河畔的岩寺镇显得更加春意盎然，老百姓喜气洋洋，家家户户张灯结彩，热烈欢迎新四军到前线去打鬼子。新四军指战员们也走家串户，热情宣传抗日道理；他们书写标语，登台演讲，演文明戏，在短短的时间里，新四军与皖南人民结下了深厚的鱼水之情，军爱民，民拥军，老百姓和新四军是一家人。皖南人民热情地赞扬新四军是革命的队伍，纪律好，待老百姓亲，是"天下第一军"。

2

1938年4月28日，粟裕率领的新四军先遣支队从岩寺西北潜口西大祠堂出发，揭开了新四军东进抗日的序幕。

陈毅率第一支队向苏南敌后挺进，张鼎丞率第二支队也进入苏南，两个支队开始建立以茅山为中心的抗日根据地。张云逸、谭震林率第三支队进抵皖南长江沿线对敌作战。江北的高敬亭率第四支队进至舒城、桐城、庐江、无为地区，开展游击战争。5月12日，新四军第四支队在江北蒋家河口首战告捷；6月17日，粟裕率新四军先遣支队在江南又赢得了韦岗伏击战的胜利，打破了日寇"皇军不可战胜"的"神话"，大大鼓舞了大江南北军民的斗志。

其时的江南地区，1937 年 12 月日本侵略者进行了灭绝人性的南京大屠杀，在日军的占领区，他们进行政治上的欺骗，推行所谓“怀柔政策”，到处开“和平会”“中日联欢会”，鼓吹建立反共战线，宣扬“王道乐土”，以此来麻痹江南人民的斗志。

在日本侵略者的统治下，江南社会秩序极为混乱。各地汉奸应运而生，到处组织“维持会”，悬挂“太阳旗”。一些苟且偷安的地主、资本家，公开宣扬失败主义，进行妥协活动。土匪猖獗，“游击队”蜂起。这些武装多为豪绅地主、帮会首领、散兵游勇所掌握，他们各据一方，互相倾轧，明征暗抢，胡作非为，欺压百姓。历史上以“温柔富贵乡”闻名的江南地区出现了流氓多、土匪多、汉奸多、妓院多、特务多、烟馆多等怪现象。人民非常憎恨这些人，称他们是“小日本”“二鬼子”。国民党的特务武装“忠义救国军”，也乘机大肆网罗帮会、流氓、土匪，扩充势力，遍设关卡，横征暴敛，残害民众。人民群众迫切希望中国共产党领导下的军队早日开辟华中敌后战场，组织他们抗战杀敌，守土安民。面对新四军活动地区敌我友交错渗透、鱼龙混杂，斗争形势异常复杂而艰巨的实际情况，袁国平认真贯彻执行党中央的指示，高擎共产党新四军抗日救国的旗帜，狠狠抓住“革命军队的生命线”，努力开拓政治工作，为铁军铸魂。

5 月 5 日，袁国平带领政治部机关，随叶挺、项英离开岩寺，前往太平县麻村……自此，新四军在党中央和中央军委的领导下成军，并实施战略展开。5 月 7 日袁国平抵达太平县麻村，26 日又移驻南陵县土塘村。在土塘村住了两个月零七天，因干旱缺少，部队生活不便，加之地理位置不适宜，遂于 8 月 2 日移驻 10 公里外的云岭。刚到云岭时军政治部设在云岭街上，后搬至汤村。该村有一座 3 间两厢两进的套屋。袁国平、邓子恢、秘书处长黄诚以及文书、警卫人员住前进两厢。政治部的组织部、宣教部、民运部、敌工部、总务处、《抗敌报》编委会等机构，分别设在汤村各处。

6 月 17 日至 19 日，在袁国平的主持下，新四军于土塘村召开了第一次政治工作会议，会议进行了 3 天，袁国平提出了政治工作的四项基本任务，即健全党的工作，提高党的支部在连队中的领导作用；正确执行干部政策，充分发挥干部的聪明才智；深入政治教育工作，使干部战士具有伟大的政治理想和为理想而奋斗到底的决心；确立政治工作制度和健全政治工作系统。在领导方式和工作方法上，他要求建立政治工作从上到下的集中指导，以保证政治工作方针与路线的一致；政治工作的重心要放在连队；战时政治工作要特别注意按照实际情况进行具体指导；政治工作要具备经常的紧张性和机动性，保证政治工作不间断地进行和适应情况变化的需要。

1938 年 10 月至 12 月，袁国平即到南京、江宁、镇江、丹阳、芜湖一带敌后的新四军部队做调查研究和指导工作。他在抗日前线两个月，对江南的地形、敌情、社情，对部队的政治工作现状，都有了深入的了解。1939 年 1 月 14 日，袁国平对自己在教导总队的讲演记录稿进行修改整理，以《江南敌后游击战争与军队政治工作》为题，作为第二次全军政治工作会议文件“特先印发以供参考”。《大美晚报》记者贝尔登早在 1939 年 1 月间就曾说：“‘政治部是新四军的灵魂’，那么这灵魂的塑造者，除了大量的新四军政治工作者而外，最重要的代表者一定是作为政治部主任的袁国平将军。”

在江南地区的战场视察中，袁国平特别指出，在抗日战争的新时期，需要进行民族解放的教育，统一战线的教育，但“政治教育的方针，应该以阶级教育为基础”，要“纠正忽视阶级教育与偏于狭隘民族主义的倾向”。在新四军宣传教育工作会议上进一步强调：“要把我们的军队变成铁军，基本的一点就是这个军队是真正信仰马列主义的。一切工作的积极性，作战的勇气，刻苦耐劳、不怕牺牲的精神，都建筑在信仰马列主义、建筑在这个伟大理想上面。”

新四军刚组建时，政治机关白手起家。人们对政治工作认识不足，有人甚至认为，军队是打仗的，政治工作是“卖狗皮膏药”的。而袁国平深深地体会到：在抗日战争的大背景下，新四军面对的敌、伪、顽、友军4种情况，政治工作必不可少。对内，要培养官兵具有高度的政治觉悟，坚定的革命意志，刻苦的工作作风，勇敢的牺牲精神。而对敌人，比如有一项叫锄奸工作。

袁国平说，注重搞好锄奸工作，纯洁干部队伍，这是共产党带有要害性质的工作之一。有它的特殊性和一般性。因此在工作方法上，既要注意保密，时刻保持高度的警惕，但又不要神秘化，不要单打一的孤立工作，要把公开与秘密结合起来。

在皖南，袁国平与士兵同吃一锅饭，到民众中与农民一样粗茶淡饭。有一次，新四军政治部领导带领民运部同志到农村进行抗日宣传，中午在一户农民家吃饭，饭是稀饭糠馍，菜是一碗烂腌菜，烂腌菜里夹杂着许多白蛆，民运部的同志望着白蛆不敢下筷，袁国平、邓子恢带头首先把夹有白蛆的咸菜搛到碗里，自己带头吃起来。这件事对民运部的同志和当地农民震动很大，农民交相传诵：从来没有见过这样的“大官”，和老百姓坐一桌吃这样的饭菜!

新四军第二次政治工作会议于1939年2月9日正式开幕，项英作《新阶段中我们在江南抗战的任务》的报告，10日，袁国平作《本军政治工作一年来的总结和今后任务》的报告，后又于12日作《江南敌后游击战争中的军队政治工作》的报告。会议详细讨论了新四军政治工作建设的问题，包括肃反、民运、统一战线以及地方党的工作，研究了新四军政治工作条例。

袁国平所作的《江南敌后游击战争中的军队政治工作》，发表于2月15日创刊的《抗敌》杂志，另一报告《本军政治工作一年来的总结和今后任务》，发表于1939年第3期《时论丛刊》。

为了使新四军的政治工作更加制度化和条例化，袁国平主持编写了《新四军政治工作组织纲要草案》，后经周恩来指正后，于4月以政治委员项英、政治部主任袁国平、政治部副主任邓子恢的名义发布命令，公布施行。

新四军军部于1939年7月16日在皖南泾县中村乡石头尖村召开

了全军第一次党代会。会议重点在于，总结3年游击战争和新四军建军一年多来党的工作经验，发扬成绩，克服缺点；同时为了选举出席中国共产党第七次全国代表大会代表，传达中央有关敌后抗战指示。

石头尖村位于云岭的山麓，是一个森木荫翳、仅10来户人家的小山村，有一块约半间房子大的青石，呈蜗牛形，头尖尾圆，棱形的尖顶朝天耸立，石头尖村由此而得名。

石头尖西侧，新四军军部为召开这次党代会专门建盖起一幢圆形的敞亭，全木结构，房顶用毛竹盖成，上面覆盖着茅草、松枝，从上俯视，像座长满青草的土丘，这就是新四军全军第一次党代会会址。

圆形敞亭的会场悬挂着党旗及列宁、斯大林、毛泽东3幅巨像。大会成立以项英、袁国平、陈毅、周子昆、曾山、傅秋涛、谭震林、邱一涵等16人组成的主席团。

中共中央东南局书记、新四军军分会书记项英主持会议并在会上作《对三年游击战争的总结》的报告，新四军军分会副书记、新四军第一支队司令员陈毅在会上作了同题副报告。7月23日，新四军政治部主任袁国平作了《过去党的工作总结及今后党的建设》报告，他指出："革命军队在中国革命运动中有特别重要的作用，因此革命政党必须特别注重对军队的领导，如果忽视这一点必然会使革命受到挫折"；"党在军队中的领导其意义有两方面，不仅要有正确的政治路线的领导，同时还必须在军队中建立强固的党的组织，才能保证正确的政治路线执行"。他对于加强军队党的建设的一系列基本问题，以及党的工作与政治工作的关系等问题，都作了深入系统的阐述。这些论述至今仍具有重要的启迪意义。

此次会议认为，新四军在党中央和中央军委的领导下，一年多来获得大小600余次战斗胜利，缴获敌人的武器武装了自己，新四军发展壮大了几倍，已成为坚持大江南北抗战唯一坚强的军队，受到广大群众的拥护。大会一致认为，正确执行党中央的指示与决议，是克服困难夺取更大胜利的保证。会议讨论了抗战形势和新四军党组织的任务。大会还对3年游击战争的经验与教训作了总结。

袁国平在报告中回顾了新四军党的建设的历程，总结了党的建设的成效，归纳起来主要是5个方面：一是提高了党在军队中的威信，扩大了党在军队中的作用，使我们党在新四军中有最高的威信和绝对的领导地位。二是保证了军队作战任务的完成，尤其是战斗的胜利、纪律的巩固、文化教育工作的进行、各种制度的建立。三是党的组织和工作基本上保证了党中央及军分会路线的执行，基本上克服了各种离开党的路线的左右倾向。四是巩固和壮大了我们党，党员数量的增大，尤其干部中最大多数是党员，所以党在军队中已经奠定了巩固的基础，五是帮助了地方党的建立，过去新四军防区都没有地方党，现在都已经建立起来了。

此次出席党代会的党员代表共230余人，会期十天，党代会完成了预定任务，在庄严的《国际歌》和《新四军军歌》声中胜利闭幕。

8月1日，中共中央发来贺电，盛赞新四军在两年中坚持大江南北抗战，为沦陷区群众指出了一个光明的奋斗目标。同一天，中央军委副主席、南方局书记周恩来给大会发来热情洋溢的贺词：祝贺布尔什维克党创造了坚强而有战斗能力的新四军，在抗战建国过程中走着光荣模范的道路，而且正在发挥我们党与全军指战员的能力，以配合全民族的力量，争取抗战建国的最后胜利。周恩来还转交了中共中央党校和中国女子大会献给新四军的“东南保障”和“抗战前锋”的锦旗。

新四军的抗战功勋卓著，我们仅仅从皖南抗日的大潮流中撷取两朵浪花。

1940年4月，第一次皖南反“扫荡”。日军调集驻南京、芜湖、铜陵等地的第十五、十七和一一六师团各一部共1万余人，向皖南进行空前规模的大“扫荡”，进攻矛头直指新四军军部及驻皖南各部队。4月22日，日军采取分进合击战术，从芜湖、贵池等地大举进犯，国民党军几乎未作抵抗即全线撤退，向西南方向溃逃，致使南陵、繁昌等城相继失守。在这种严峻的形势下，新四军军部决心集中兵力迎战进犯之敌，即以3个主力团的兵力依据有利地形，以阵地防御和运动防御坚持阻击日军进犯，以特务营等组成机动分队，在当地群众配合下主动阻击敌人。具体部署：一团以营为单位在云岭东北的田坊、土塘一带占领阵地，3个营作梯次配置，主要担负掩护军部指挥机关的任务；三团配置在南陵县西南的水龙山、何家湾附近山地待机，阻止日军继续向南进犯；五团配置在繁昌城以南和以西地区，主要任务是阻击、袭扰和迟滞敌人的进攻。各部队进入防御地域后，立即展开积极的战前准备，随时准备迎击来犯之敌。日军占领南陵后，于4月26日派2000余人，在飞机掩护下向父子岭阵地进攻。一团指战员顽强抗击敌人，毙伤日军300余人。另一路日军3000余人向南陵、青阳公路上的何家湾进犯，三团勇猛反击，相继取得繁昌、汪家桥、铁门闩等战斗的胜利。新四军三支队经历十一天作战，消灭日军近千人，敌人被迫于5月3日撤返。这次反“扫荡”作战，有力地打击了敌人，保卫了皖南的抗日前哨阵地，提高了新四军的声威。

1940年秋，第二次皖南反“扫荡”。日军为了进一步控制长江中下游交通要道，掠夺江南新收的粮食，分别从第十五师团、十七师团和一一六师团抽调1万余名日伪军，组成步、骑、炮、空联合兵种，由三木石太郎指挥，采取分进合击战术，分三路由芜湖大举出击，其中一路5000余人，由200多名骑兵开道，沿繁昌、南陵至青阳县的公路南犯。此时，国民党守军纷纷后撤。

10月6日，各路日军在南陵峨岭会合，7日进至南陵西南的三里店、汀潭镇，直逼新四军军部驻地泾县云岭村。

云岭地处泾县西北，位于泾县、青阳、南陵三县边陲，距南陵县三里店仅10多公里。云岭一带驻有新四军军直机关、教导队、医院、兵站、仓库等直属单位，储存有大批粮食和军用物资，一旦云岭失守，损失将十分严重。

当时，新四军皖南兵力共约7000余人，云岭地区新四军可投入作战的兵力只有一团和三团的部分主力部队，总共不足3000人。根据双方兵力和装备敌占优势的情况，军长叶挺、政委项英决心采取游击战术进行机动防御，消耗、疲惫日军，叶挺决定采取诱敌深入、层层打击的战法，粉碎敌人的“扫荡”。

以部分有作战经验的老战士带领一部自卫队员，沿三里店至汀潭的山路两旁，利用有利地形设下第一道伏击阵地，主要任务是及时发现敌人和提供有关敌情，负责监视、袭扰和阻击来犯之敌；以军直主力部队和自卫队员在汀潭周围山地设下第二道伏击阵地，主要担负阻止敌人向新四军军部腹地进犯的任务，确保军部和云岭地区人民生命财产的安全；当敌突破第一、第二道伏击阵地继续向新四军军部进犯时，从前线撤下来的部队应迅速在汀潭通往云岭的山路上占领有利地形，在地方武装的配合下快速布设第三道伏击阵地，坚决把敌人消灭在云岭军部外围。叶挺又命令一部特工员带领自卫队员在汀潭东北方向的大头岭虚设一座碉堡，引诱敌人进攻。大头岭是汀潭至泾县必经之路，翻过大岭头就到小岭坑，小岭坑位于泾县城西 10 公里处，四周山林密布，中间一条羊肠山路通过，地形对伏击极为有利，若将日寇诱至小岭坑，就达到了“关门打狗，全歼来敌”的目的。从 10 月 2 日至 7 日，新四军第一团沿戴家会和三里店至汀潭的两条公路，利用有利地形阻击、迟滞敌人，10 公里路，敌人走了整整六天六夜。

为加强对三支队的领导，袁国平赴三支队召集司令员张正坤、政治部主任胡荣及林植夫等研究反“扫荡”方案，夜半时分，第三支队将士退守张家大山，隐蔽待敌。日伪军遂向张家大山进攻，袁国平命令部队坚决还击，日伪军进攻受阻后，改用炮击继续进攻。待日伪军爬到新四军阵地前沿时，被新四军用机枪、手榴弹杀了回去，双方相持不下。翌日清晨，日军 3 架飞机不断在上空盘旋，似乎在寻找指挥所，袁国平沉着指挥，要求大家注意隐蔽，对敌机不要理睬。

日军用山炮对新四军进行过轰击，所幸未能击中指挥所，但离指挥所不远的学兵连有两人负伤，经抢救无效，英勇牺牲。

袁国平率队离开张家大山，听到枪声后，遂命令第三支队敌工科长段君作向导，向附近的第三团团部驻地清水塘靠拢，与日军游击周旋或伺机偷袭，并在铜陵东北下河镇等地展开激战，给进犯之敌以沉重打击，日伪军遭到重创后被迫撤退。

7日傍晚，日军在飞机、大炮的支援下，强攻汀潭，新四军阻击部队给敌以一定杀伤后，为减少自身伤亡，争取有利的战机，主动撤出汀潭。日军被赶出汀潭，自知进攻新四军军部的企图难以得逞，便转头向东，扑向国民党军第五十二师驻扎的泾县县城，五十二师虽装备精良，却不战而退，把整个县城让给了日军。叶挺率新四军追歼日军至泾县县城南门和西门，遂下令攻城，经数日苦战，迫使敌人放弃泾县县城，向南陵溃逃。

袁国平在繁昌、铜陵地区指挥第三支队击退日军后，就回到军部参与指挥了该方向的作战，经受了40余架日军飞机的轮番轰炸。

在这次秋季反“扫荡”中，新四军部队共歼灭日伪军3000余人，粉碎了日伪军“扫荡”皖南的罪恶企图，此举震动了大江南北，巩固了抗日根据地。

袁国平亲历、参与指挥了这两场反“扫荡”战斗，1940年10月18日他在给哥哥袁醉如的信中写道：

苏南战况如常，皖南今年四月与十月敌人曾以流窜式的扫荡战术，向我大举进攻两次，第一次打至距军部十五里之处，被我要击于父子岭，将其全部击溃斩获甚众，十月敌以三个联队向泾南繁宣地域扫荡，基本队伍九千多被我诱致于汀潭（距军部仅数里）左坑地域聚歼千余，激战两昼夜，击溃向泾县穷追百余里，三捷收复泾县，为东战场猛打猛攻猛追之空前的胜利战役。曾获广大人民之拥护，众誉军部驻地为铁打的云岭。经过三年多抗战的锻炼，我们军队是日益坚强了。

10月25日。袁国平再次给袁醉如写信，谈到此次反“扫荡”作战：“本月初敌扫荡皖南，逼近军部，经三日之血战，将敌大部击溃，穷追百里以外，三捷收复泾县，使敌人遭受重大之痛创。我军亦伤亡数百，弟亦亲临最前线。在敌机四十架狂炸之下，幸托庇安全无恙。”

3

流光易逝，前事难忘。

中国人民解放军建军九十周年之际，一般的人们已经很少知道新四军战地服务团的事情了，但史料钩沉，发现佚文，知道了在新四军政治部主任袁国平所辖的战地服务团，通过另一种战场在参加抗战，能够让我们这些后来者，缅怀英烈于往昔，激励风发于未来。

政治部是新四军领导机关的重要组成部分，袁国平对其建设非常重视，政治部下设组织、宣教、民运、敌工、统战、战地服务团等部门和《抗敌报》《抗敌》杂志社。新四军领导和袁国平对政治部的干部配备十分重视，他们诚聘各方优秀人才，充实政治部的各个部门。秘书处长黄诚、组织部长李子芳、宣传部长朱镜我、敌工部长林植夫，以及朱克靖、夏征农、谢云晖、徐平羽等一批知名人士，分别担任各部门领导职务。在《抗敌报》和《抗敌》杂志还集中了聂绀弩、黄源、冯达飞、薛暮桥、李一氓等一批知识分子和杰出人才。可以说，新四军政治部是一个人才荟萃、精英集聚的场所。新四军的政治工作之所以搞得生气勃勃、深入浅出、生动活泼、卓有成效，是与政治部有这批优秀干部的高水平工作分不开的。

抗日战争时期，以朱克靖为团长的新四军战地服务团，同以丁玲为团长的八路军服务团一样，在当时中国抗战军队众多的服务团宣传队中，如鹤兀立，似鹰高翔，声威显赫，广为全国民众与各界进步人士所赞誉。

新四军战地服务团成立伊始，就用文艺形式宣传抗日救国，动员民众参加神圣的抗日战争。绘画组在南昌街头绘制大型宣传画《屠场》，揭露日军兽行。民运组在民众中召开座谈会，宣传抗日。戏剧组天天到街头唱歌演活报剧。演《抓汉奸》时，群众以为学员是真汉奸，围住了就要打，经过解释演员才脱险。张茜演《放下你的鞭子》，很多观众为之流泪，她自己也流泪不止，很是感人。

云岭是泾县一个小镇，四周群山，林木秀蔚。这里是陈绍禹（王明）的家乡，陈家祠堂相当大，新四军军部直属队开大会，战地服务团演出，都以陈家祠堂作为主要场地。

军部在陈家祠堂为史沫特莱开欢迎会。可是演什么文艺节目呢?没有适合国际友人的现成节目。李增援和戏剧组同志们商量，决定编演一个欢迎史沫特莱的活报剧，“史沫特莱”本人也登场，高个子的周纫蕙演史沫特莱。周纫蕙有模仿和表演的经验，一出场，观众看看台上的“史沫特莱”，再看看台下的史沫特莱，都不禁笑起来，连史沫特莱也愉快地笑了。

1938 年 10 月 2 日，军部召开新四军成立一周年晚会，叶挺、项英、袁国平等发表讲话，战场服务团演出了活报剧。

不久，军部又召开了纪念鲁迅逝世二周年大会，袁国平发表了《纪念鲁迅先生的感想》一文。他的文章高屋建瓴，文采斐然，今天读来仍能振聋发聩，耳目一新。他说：“有人说鲁迅先生的论文好，有人说鲁迅先生的小说好，也有说鲁迅先生的杂感最好，然而我觉得鲁迅先生最好的是他热情洋溢的战斗精神。”说到鲁迅锋利的笔具备各种武器的战斗作用，他的排比句很有气势：“有时候它成功为摧枯拉朽的大刀阔斧，有时候它成功为短兵肉搏的利刃尖刀，有时候它成功为一针见血的蜂尾蛇舌，有时它又成功为痛打落水狗的短棍长鞭。”

在此次大会期间，战地服务团演出田汉编剧的《阿 Q 正传》，吴强演阿 Q，张茜演吴妈，这是演大戏的开始，轰动一时。

新四军老战士石西民 1938 年 12 月 24 日撰写《新四军的一个欢迎晚会上》的通讯，发表于《新华日报》1939 年 2 月 15 日，让我们看到了在抗日战场上活跃着的有成绩的新四军战地服务团那个生动活泼的场面。

那个冬天的晚上，皖南山区下着冷雨，山谷中寒气逼人。是一个难得的机会，浙江金华一部分文化界的参观者来到火热的前方，同时新四军政治部主任袁国平一个半月以前陪伴着第三战区军风纪巡视团深入敌军占领区域，工作完毕回来，此时带了两个日本俘虏，一个叫漕福，一个叫三谷，都是日本工人出身，20多岁，还有20多个沦陷区域努力救亡工作的青年，他们是来新四军教导队接受培训的。战地服务团特别举行了一个晚会来欢迎他们。

晚会在7点钟开始，战士服务团的朱克靖团长首先致欢迎词，特别着重指出今天欢迎两位新来的日本劳苦兄弟，表明在反对日本帝国主义对华的疯狂侵略中，日本下级士兵不是我们的敌人，将是我们反对日本法西斯军阀的同志，在热烈的掌声中朱克靖结束了他的讲话。接着演讲的是金华参观团，在一阵热烈的掌声中，新来的日本弟兄三谷起立发言，他说：今天晚上，承蒙诸位这样热烈的欢迎，我感到很惭愧，从明天起，我们将住在一起，相互亲爱，犹如兄弟一样。接着，漕福起立发言，他高亢的声音，从容的态度，充分表现出他在此时此地的无忧无虑，充满着快乐。因为先他们而被俘的两个日本兄弟，早已将新四军优待俘虏的情形告知给他们了。

漕福滔滔不绝发言时，替他们担任翻译的是新四军对敌工作部部长林植夫。漕福说：这么冷的天气，各位如此热情，我们心存感激。在往皖南云岭20多天的路上，沿途民众和新四军兄弟对我都很好，让人铭记感恩。当新四军弟兄将日军烧杀抢掠的情形指给我看时，我的内心极为悲痛。我是刚被日本政府征兵来华，中国军民在这种日本军阀的摧残下，对我仍然毫无仇恨，这是中国人民的大度包容。我在日本国内时所听到的军阀所讲的“皇军”如何好，建立“大东亚共荣圈”如何好，完全是骗人的。今后我们联合一起，如兄弟一般，打倒日本军阀，才能求得东亚的真正和平。

漕福的话讲完了，热烈的掌声持续了一分钟以上。

此时，英俊勃发的新四军政治部主任袁国平讲话了，生动活泼的言语，引起在场数百名青年的共鸣的掌声和欢呼。袁国平说，沦陷区域并未沦陷，这次我们国共巡视团一行30多人，都骑着马，大模大样地穿过敌人的封锁线，自由行动，沿途召开了民众大会，敌人毫无办法。沦陷区域的民众，都热烈地参加抗战，敌人除占领几个城市以外，对广大的乡村毫无力量来统治，敌人今天在沦陷区域只有点的割据，没有线的占领。

优待俘虏兵，是新四军十项注意之一，从今晚的实践中我们已经感受到了。这在今后的抗战中，对瓦解敌军方面具有极端重要性。我们要做好瓦解敌军的工作，这两位日本兄弟也是因为听懂了我们的日语喊话才缴械投降的。"噢哩！依稀洪脑哇，哈依蛋哩嗓哇，优待斯噜！"（喂，日本士兵们，赶快投降吧，新四军优待俘虏！）

最后，袁国平讲到了军民关系，新四军与战区民众，真的已经打成一片了。有一次，我们一个排长光荣的牺牲了，附近的民众硬要将他抬回去安葬。他们说，这是打日本鬼子的英雄，好人呀！还有一次，在溧阳通往武进的路上，我们有三个侦察员，看见有3辆日本鬼子汽车迎面驶来，上面坐满了敌人，他们便准备好手榴弹，等到车辆靠近时，一齐扔了上去，最前面的一辆被炸毁了，车上三四十个日寇成了冤鬼，但是第二辆、第三辆上的日寇，立即停了下来，我们3位英勇的青年战士，便在大批日寇的包围中光荣献身，待到日寇离去，当地老乡买了很好的棺材，举行盛大的葬礼，并且还为3位勇士立石刻碑纪念。敌人因为害怕新四军，近来正调集松江、上海一带的日寇来围剿我们，企图消灭我部，我们今后将遭遇更大的困难，我们要刻苦奋斗，抗战最终的胜利是属于我们的！

游艺的节目很快开始了，《国共合作进行曲》雄壮的歌声响彻天地，寒气早已被激情所驱逐。在一片欢呼声中，日本兄弟漕福、三谷开始唱他们刚刚学会的《打倒日本歌》和《义勇军进行曲》，听众都被他们那天才的歌声所倾倒，掌声在"前进，前进"声中，如雷鸣般地响了起来。

接下来的节目是活报剧，主题是欢迎远方来的客人。接着节目是《人财两失》，剧情是讲述一个地主不愿意拿出钱财和枪械来帮助当地自卫军，只想搬家逃难，结果日寇一到，成捆的钞票被抢去，年轻的女儿被抢走，手枪也被日寇夺去，最后是日寇被自卫队击溃，女儿、钞票、手枪都重新夺回，一齐交回给这一地主，这个地主在重大变化面前，感动得热泪盈眶，一切所有都捐给了自卫队，自己也参加自卫军去了。剧情很简单，但对部分落后的农民大众来说，是有很大的教育意义的。不久前，有一地主看完戏，自动捐出80石稻谷给新四军一个支队。节目进行当中，当日寇强抢钱财和那年轻的女儿时，4个日本兄弟，相互看看露出难为情的羞容。

最后一个节目是军民合作，讲述民众如何帮助军队带路、挖战壕，侦察和送饭、抢救伤兵员，很有教育意义，当两个日本俘虏被我军于激战后抓来时，4位在台前看戏的日本俘虏，笑得更厉害了，甚至想到抱起头来。

晚会在一曲《国共合作进行曲》的歌声中结束，大家带着一颗火热的心归去。

国民党和共产党，现在已站在了一条线上，
他们贡献了全部力量，一起走上了抗日的战场。
全国精诚团结，促成了中华民族的全民动员，
两党亲密合作，发挥了抗战杀敌的坚强力量。
看！抗日高于一切，二党是站在一条线上，
他们贡献了全部力量，一起走上了抗日的战场。

从云岭新四军军部一场晚会的侧面，投射出袁国平加强对敌伪军的政治思想工作的一个缩影。军队的政治工作不能仅限于革命军队本身，还包括革命军队、军阀军队和广大民众的3个方面。但对敌伪军的工作是一个全新的课题，以往是与国内敌人作战，属阶级矛盾；抗日战争时是与日本军国主义及其走狗作战，是民族矛盾。如何做敌伪军的工作，以政治宣传攻势来分化瓦解敌人，这是新四军遇到的新问题。为了把这一项工作开展起来，袁国平撰写了《对敌军的政治工作》《论江南伪军工作》等文章，对做好敌伪军的政治工作

有系统的论述。

袁国平指出："对敌军的主要任务，就在于提高和加强自己人员的战斗情绪，防止敌人的破坏工作，并如何从政治上夺取瓦解敌人的军队。"他充分认识到了对敌军政治工作的可能和困难。可能性在于：日本的国内危机对军队的影响；战争的扩大与延长，日军兵源不足；战争的侵略性质；中国的持久战。但是困难与之并存：日本的军国主义训练和武士道精神的灌输，在军人头脑中相当顽固，加之日本方面的欺骗宣传给瓦解敌军工作带来困难；民族隔隙与言语不通；敌我军队技术装备相差甚大；过去敌军工作，并时有滥杀日军战俘的倾向，对敌宣传有片面性。为了化可能为现实，他提出了对敌宣传需要注意的方面：要正确地把握住敌国与敌军内部的矛盾和困难；要正确地站在国际主义、革命的民族主义的立场上，进行正确的宣传，纠正狭隘的民族主义偏向；要站在自卫战争的立场上讲话，我们是不要战争的，只是为了抵抗日军的侵略，才不得不进行自卫反击，战争的目的是为了驱逐日本帝国主义出中国，而不是侵略日本。

随着抗日敌后战场的扩大，日本拼命扩充伪军以弥补其兵力之不足。因此，把瓦解伪军的工作抓紧抓好，对夺取抗战胜利具有特殊的意义。袁国平经过深入基层调查研究，制订了一套政策、方法。他对江南地区伪军的组织系统、种类、数量、成分、伪军头目的情况，日军利用伪军的形式和控制伪军的方法，以及伪军的思想动向等都了如指掌，进而提出了瓦解敌伪军的指导思想，应采取的对策和宣传工作的方针。袁国平说："伪军工作是一个崭新的工作，我们以后应更加注意新的材料的收集和每一个新的经验的研究，以加强对伪军工作的领导，推动伪军反正潮流在江南更广泛的开展，使敌人组织伪军的阴谋归于完全的失败。"

革命的理论来自革命的实践，革命的实践铸就革命的理论。马克思指出："理论在一个国家的实现程度，决定于理论满足这个国家的需要程度。"袁国平作为新四军政治工作的著名领导人和开创者之一，作为新四军政治工作的奠基者，他的军队政治工作思想是随着革命战争的伟大实践发展而发展的，并形成了一个初步的、较系统化的思想体系，具有鲜明的特点，成为毛泽东军队政治工作思想的一部分，它不仅对当时的战争实践起了指导作用，而且至今仍具有现实指导意义。①

袁国平的军队政治工作思想主要内容是：政治工作是人民军队的生命线，政治工作为人民军队的性质和坚定正确的方向提供了根本保证；依靠着坚强的政治工作，可以战胜困难，追求胜利；确立与健全军队的政治工作制度是加强军队政治工作的最先决条件，在部队中实行党代表或政治委员制度是最好的办法；军队政治工作的重心应该放在连队，健全连队的政治组织，如政治战士、救亡室、民运组、敌工组等；军队政治工作的中心环节是干部教育，“政治路线确定之后，干部就是决定因素”；宣传教育工作是掌握革命军队与群众思想的钥匙，政治领导最主要的是思想领导，说服群众，宣传群众，鼓励群众，教育群众，是政治领导的基本内容；重视文艺对军队政治工作的促进作用，文艺是新四军日常的重要内容和政治工作的重要方式；加强对敌伪军的政治工作，使敌伪的阴谋归于完全失败。

在皖南，作为新四军政治部主任的身份，袁国平恪尽职守、履行职责，两次召开新四军政治工作会议，主持制定《新四军政治工作组织纲要草案》，使政治工作系统化、条例化和制度化，编著《新四军政治工作十讲》，选编了《苏联红军政治工作辑要》。袁国平在协助叶挺指挥作战的同时，还建立起一套政治工作制度。他把政治工作的的重心摆在连队，“吸收全体官兵参加政治工作，发扬其积极性、创造性”，从而把整个新四军变成一支坚强的抗日铁军，使新四军在成立后仅一年时间里，就开辟和扩大了华中抗日根据地，有力地配合了正面战场的抗战。

---

① 肖芳林：《论袁国平的军队政治工作思想》，见《袁国平纪念文集》，中共党史出版社2014年版，第479页。

袁国平鼓励战地服务团发挥革命文化运动的策源地作用，团结一批艺术家在自己的周围，像作曲家何士德、章枚、沈亚威，剧作家吴强、沈西蒙，美术家沈柔坚、涂克，舞蹈家吴晓邦等，宣传国共合作，歌唱抗日救亡，在全国产生了巨大的影响。

他文思泉涌，撰写文章，创作剧本，主持领导《抗敌报》《抗敌》杂志和《抗敌画报》的出版。由于内容广泛，公开发行，这些报刊在军内外影响颇大，曾获"向着光明的灯塔"之美誉。进步作家胡风在重庆主办的刊物《七月》，就曾多次转载《抗敌报》和《抗敌》杂志文艺园地上发表的作品。

1939 年 7 月 1 日，人们正兴高采烈地庆祝党的生日时，日寇飞机突然对云岭实施狂轰滥炸，服务团驻地新村也落了几颗燃烧弹，一时间烟尘笼罩，火光灼人。国际友人史沫特莱在战火中观看演出时，啧啧称赞："奇迹！奇迹！"

在演出以后总是要做两件事，一件事是召开座谈会，请大家提意见，这种座谈会开得很多，有时候袁国平、李一氓、朱镜我等领导都出席，像《繁昌之战》的座谈会，就是在袁国平的主持下进行并由他作了最后总结讲话的；另一件事是派人到各单位去参加观众座谈会和访问一些同志，听取意见，这对剧本创作都有很大益处，所有的戏剧创作，有一个共同特色，就是真实反映当时的斗争生活现实。

值得一提的是：在 1939 年、1940 年袁国平就写就了《论〈繁昌之战〉及今后戏剧创作的方向》《抗战中的艺术观》，对新四军的文艺工作指明的方向。

袁国平是新四军文艺工作的开创者、组织者。在他的领导下，新四军的文艺工作从无到有，从初创到繁荣，为提高指战员的政治文化素质起了很大作用。他亲自制订方针，指导文艺演出，物色和团结知识分子，为新四军的文化工作开了个好头。在新四军抗敌组织演出夏衍的四幕剧《一年间》，演出结束后朱镜我主持召开座谈会，袁国平作了总结讲话。这就是 1939 年 6 月发表于《文艺》杂志上的《抗战中的艺术观》一文，他在该文中指出，在阶级社会中，艺术是有阶级性的。艺术越易受政治支配，并越多影响政治。在当前抗日战争时期，艺术的阶级性与民族革命的艺术是相一致的。“民族革命需要艺术，也就是目前无产阶级所需要的艺术。”根据抗日战争的形势和任务，袁国平提出：“我们应该毫不隐讳地提倡国防的、大众的、抗敌的、爱国主义的艺术，一切进步艺术家，今天应该是最彻底的爱国主义的艺术家。”“伟大的民族战争，千万人民走入民族革命的火线，干着惊天地泣鬼神的事业，正是我们历史上从未有的伟大题材，如舍弃了这种题材，而去写作‘毛毛雨’‘妹妹我爱你’之类的靡靡之音，这不是自甘堕落，便是寡廉鲜耻。”

对抗战时期需要什么样的艺术，袁国平提出5点。一是国防的：揭露敌人侵华罪行，民众抗敌的决心，歌颂为国牺牲的民众与将士，鼓励大家光荣地为保卫祖国而战斗。二是统一战线的：引导各阶层的局部利益服从全体利益，动员各阶层的群众同生死共患难。三是大众化的：艺术作品真实反映群众在抗战中的实际生活和战斗活动，体现大众化。四是集体主义的：英雄主义应该提倡，但应该赞扬的是集体英雄主义，而不是个人英雄主义。五是新写实主义的：一方面要选择题材，把握现实，另一方面要改变现实和指导现实。伟大艺术家之所以常常成为时代的先驱者，也就是这个缘故。

当新四军取得繁昌保卫战的胜利，袁国平派战地服务团前往收集材料，由吴强、李增援、王于畊编成了三幕话剧《繁昌之战》，很快搬上舞台，引起了热烈的反响。1940年初的《繁昌之战》座谈会上，袁国平作了总结讲话《论〈繁昌之战〉及今后戏剧创作的方向》，此文发表了1941年4月1日的《抗敌》杂志。

文章开头，袁国平就风趣而又谦逊地说：“刚才服务团朱团长说过‘打仗难，演剧难，编剧难’。我很同意，因为说话容易，批评戏剧容易，门外汉批评戏剧更容易，而我做的正是容易的事。现在发表一点我个人的意见”。

袁国平首先肯定《繁昌之战》创作的总的方向是对的，正确的。“因为我们知道戏剧不是超出政治的，它是政治斗争的工具，全部无产阶级事业的一部分，《繁昌之战》正是在这种精神下面写出来的，尤其是主题，这主题正是适合今天最重要的问题——两条路线斗争的问题……《繁昌之战》能真正地向着大众化的方向做法，这总的方向也是正确的。”

接着，袁国平也指出了该剧的不足之处。“有许多同志在创作的时候不要英雄主义，这是认识不足。我记得斯大林同志曾有一次和一个德国作家的谈话中，说马克思列宁主义者反对的英雄主义，是反对个人的英雄主义。因为英雄的活动一定要有他的社会影响，有他一定的历史方向和根源，并不是个人孤立地突出地存在着的，因此我们并不反对英雄主义，反过来正是需要把这集体的力量表现出来，正需要充分表现出集体的英雄的人物来。”在谈到艺术的真实性时，他说：“事实是真的，这是对的，但是事实是真的，表现是不是真实的，却是一个问题。把艺术的真实看为一个摄影的镜头，这是不对的，艺术的真实要决定于主观客观的体验和判断，不这样就一定会有很多的缺点。”

袁国平以上两篇对文艺工作、文学艺术的论述在当时就产生了很大的反响，其内容和观点与此后毛泽东 1942 年 5 月在延安文艺座谈会上的讲话精神是一致的，强调革命文艺坚持为人民大众、为工农兵服务的方向，强调文艺“源于生活，高于生活”的能动反映论原则。这是难能可贵的，几十年以后一些新四军文艺老战士还赞不绝口。

袁国平还非常重视干部教育，为了提高干部的素质，他通过办教导队、教导总队等形式培训各级干部。自己不仅兼任教导总队政委，参与制订教育计划、办学方向、教学内容等，而且还走上讲台，以自编的《新四军政治工作十讲》为教材，亲自授课。他提出“建军必先建人，建人必先建脑”。而他以前在红军大学提出的要将学员培养成“政治方向要坚定正确，工作作风要艰苦朴素，战略战术要灵活机动”的目标，以及“意志要团结，工作要紧张、纪律要严肃、生活要活泼”

的要求，被毛泽东总结成了抗大的教育方针和建军方针长期沿用。此时他又将这一经验带到了教导总队，使“三句话八个字”的抗大精神得以传承。在不到3年的时间教导总队培养的干部就有5000多人，是当时全军总人数的6%。他几次去江南视察还输送了大批德才兼备的人才，都是军部的精英。如服务团团长朱克靖、副团长谢云晖，民运科长曾如清、哲学家冯定，艺术家沈亚威、沈西蒙，文学家吴强等。这对华中各个抗日根据地的开辟和巩固、新四军的建设，特别是对江南乃至新四军其后的发展都有十分重要的意义。

1938年，袁国平随新四军挺进抗日最前线，坚持江南敌后游击战争，并寄回胜利的捷报，鼓舞着国人的抗日胜利的信心。他在给母亲的信中写道：

> 儿走上了抗日的最前线，这是我们的光荣，也是母亲的光荣。敌人正张牙舞爪，想吞噬全中国，我们要斩断敌人的爪牙，为一切死难的同胞复仇。解放上海，解放南京，解放全中国。

不久他还寄回了一张照片，上面题写着一首诗：

十载辛酸斗兵戎，
愧我吴下旧阿蒙。
半壁河山沉血海，
满地干戈抖沙虫。
北伐长征人犹在，
千伤万死鬼也雄。
弹丸挣扎鱼龙变，
地覆天翻见大同。

这是多么雄壮的英雄史诗啊。袁国平为了人民的解放和幸福，不论从北伐、长征、抗日，都是站在斗争的最前线，为了崇高的革命理想，矢志秉承着伟大的牺牲精神，把个人的一切置之度外。这正是一位共产党员高贵的革命品质、高尚的英雄精神的具体体现，他是我们后来者的光荣模范，是人民军队的一面旗帜。

繁昌血战的胜利消息，伴着战场隆隆的炮声，随着新四军政治部新编的《繁昌之战》的歌曲，传遍了大江南北，也给了全国抗日军民以极大的鼓舞。

皖南门户，长江边上，
平静的繁昌，成了烽火连天的战场。
无耻的日本强盗，海陆空军一齐进攻，
七次大规模的侵犯，
遭受了次次重大的杀伤。
峨山头的搏斗，塘口坝的血战，
我们用雪亮的刺刀，爆烈的手榴弹，
把敌人打下山冈，
发扬了我们的英猛攻击，无比的顽强。
我们艰苦奋斗，不怕凄风苦雨，
我们英勇牺牲，牺牲，
不怕饥寒死伤！
我们顽强战斗粉碎敌人的“扫荡”！
谁说我们游而不击，
谁说我们不能打大仗。
七次伟大的胜利。
我们坚决地保卫了繁昌！

谭震林率领的新四军第三支队在1939年的一年中，在繁昌打了10余次比较大的战斗，胜利地保卫了繁昌，有力地打击了日军的嚣张气焰，扩大了新四军的政治影响。

将近三年的时间，在袁国平及其他领导同志的共同努力下，原本来自不同山头、各自为政、游击习气极为严重的各个游击队，终于被锤炼成一支纪律严明、思想统一、极具战斗力的铁军。三年来，新四军指战员共对敌作战 2913 次，其中对日伪作战 2742 次，反顽作战 171 次，歼日伪军和顽军 90133 人，其中歼日伪军 55220 人，歼顽军 34913 人，自身伤亡 17278 人；新四军全军的人数，由开始编组的 10329 人，发展到 88744 人，增长了 7 倍多；开创了皖中、苏南、苏北、皖东、豫皖苏边，豫鄂边等抗日根据地；掩护了东南地区党组织的恢复和发展；新四军部队走到哪里，哪里就建立起党的组织，群众性抗日活动就在哪里开展起来。正如 1940 年 10 月 12 日，新四军原第三支队副司令员，时任江南人民抗日救国军司令员的谭震林在《纪念新四军成立三周年》一文中，评价新四军三年来的成就时所说："新四军处境的恶劣，不仅胜过全国任何友军，而且胜过他的老大哥八路军。"新四军"在中共正确的民族统一战线政策的领导之下，在叶、项、袁、陈诸将军正确的指挥之下，克服了一切困难，而且在东南战场上获得了首屈一指的伟大的成绩。"①"新四军的战斗力曾经由一个友军的少将军官评论过的，他说：'新四军的武器是第三位，但战斗力却是第一位。'我想这个评论是很正确的。"②这些成绩，成为新四军以后发展的坚实基础。

① 见《新四军简史》，中共党史出版社 1997 年版，第 175 页。

② 见《新四军和华中抗日根据地史料选》(二)，上海人民出版社 1984 年版，第 268—269 页。

第十四章 军歌嘹亮

1

1939年2月23日，皖南正是冬去春来，春意盎然，呈现出一派生机勃勃的景象。青弋江像条碧绿的缎带，环绕群山，江水清澈见底，水流湍急。两岸群山壁立，山水相互辉映。这天下午，周恩来、叶挺并肩立在竹筏上，来到泾县章家渡。项英、袁国平、周子昆、陈毅、李一氓和新四军军部、东南局机关干部及教导总队学员热烈欢迎周恩来一行的到来。

2月24日晚，由袁国平主持新四军军部欢迎周恩来的晚会，会场设在军部大礼堂，即陈家祠堂，会场里点着明亮的汽灯。军部、东南局机关和军直属队排以上干部列队来到会场。叶挺军长致欢迎辞，战地服务团和教导总队学员专门为周恩来演出了精彩的文艺节目。

袁国平看到著名音乐家何士德坐在台下前排，手里拿着笔记本和钢笔，就对大家说："同志们，音乐家、文化队队长何士德同志今天他也来听报告，我们请他唱一首歌好不好？"大家一齐鼓掌欢迎。

何士德站到台前，放声高唱《歌八百壮士》：

中国不会亡，中国不会亡；
你看那民族英雄谢团长。
中国不会亡，中国不会亡；
你看那八百壮士孤军奋守东战场。
……
四方都是炮火，四方都是豺狼。
宁愿死，不退让；宁愿死，不投降。
……
同胞们起来，同胞们起来；
快快赶上战场，拿八百壮士做榜样。
中国不会亡，中国不会亡；
不会亡，不会亡，不会亡。

他慷慨、悲壮、激越的歌声，使人不禁想起1937年八一三淞沪会战时，面对上海被日寇占领时以谢晋元为首的八百壮士在"四行"仓库与日寇血战时的情景。

何士德唱过之后，又有人发现陈毅在场，就拉陈毅唱歌，陈毅作为周恩来留法勤工俭学的老同学、老战友，毫不推辞地用法语高唱一曲《马赛曲》："前进，前进，祖国的儿女，那光荣的一刻已来临；专制暴政在压迫着我们，我们的祖国鲜血流遍……当父兄们在路上倒下，我们将继续战斗；我们埋葬好烈士遗骨，追随他们的足迹前进！”激昂慷慨的歌声，把会场的气氛推向了高潮。

笑容满面的周恩来坐在演讲台上一直拍打着节拍，和着陈毅的声音，也低声唱着《马赛曲》。

周恩来作完报告后，一些青年战士又把陈毅围了起来，因为大家不懂法语，要他讲讲《马赛曲》的具体内容，陈毅看到周恩来、叶挺正微笑着向大家走来，陈毅说：“还是请周副主席给大家介绍《马赛曲》吧！”

在大家热烈的掌声中，周恩来对青年们说：“就像我国孙中山先生在 1911 年推翻满清封建王朝一样，1789 年，法国人民暴发了推翻腐朽的封建王朝的革命运动。眼看革命就要取得胜利时，奥、普武装干涉、出兵帮助法国快要倒台的国王，镇压法国人民争民主、反暴政的革命运动。法国的大革命眼看就有失败的危险，在这危急时刻，法国莱茵河畔的穷苦工人，纷纷组织志愿军参加战斗，反对外国武装干涉，支持雅各宾派革命政权。其中以马赛营的志愿军表现最英勇顽强，他们终于打败了德国干涉部队，挽救了革命。马赛营的志愿军在向巴黎进军时，高唱《莱茵河军队战歌》，表达了法国人民反抗封建暴政，争取人民民主的革命精神。反对外国入侵者干涉内政的革命胜利后，法国人民把《莱茵河军队战歌》改名为《马赛曲》，并定为法国国歌。”

听了周恩来的介绍，陈毅拍着一个小战士的脑袋说：“听了周副主席的介绍，我对《马赛曲》的认识水平也大大提高了！”

此后，在另一次会议上，周恩来和新四军领导同志一起制定了“向南巩固、向东作战、向北发展”的发展方针，大家都很兴奋。叶挺提出：“我们应该有一首军歌，反映这个方针，让全军将士都知道我们的奋斗目标。”与会者异口同声地表示称赞。

项英说：“叶军长的意见很好，一首高水平的军歌作用可大了，相当于为新四军编写了一本教科书，可大大提高我军的战斗力。这一点我有亲身的体验。中央苏区取得第三次反‘围剿’胜利后，红一方面军总政治部向所属部队发出通知学唱《三期革命战争胜利歌》。当敌人发起第四次‘围剿’时，我们红一方面军各部队无论在战前动员还是行军途中都高唱《三期革命战争胜利歌》，提高了部队士气，坚定了必胜信念，战斗力大大增强。所以创作军歌的工作就这么定了。我们军部人才济济，就在军部范围内征集军歌歌词然后配曲。前方忙于打仗，军歌的创作由国平来抓。国平作词是行家，我前面说的《三期革命战争胜利歌》就是国平写的，他抓军歌的创作是最合适的。”

袁国平说：“军歌是士气的凝聚，杀敌的号角。二位军长提出创作新四军军歌对加强我军自身建设有着重大意义，我完全拥护。我深感军歌是最好的教科书，创作军歌是政治部的份内事，我作为政治部主任责无旁贷。我过去也创作过一些歌词，但要写出这样带有历史文献性重大题材的军歌歌词无疑是前所未有的艰巨任务，我将在尽力抓好军歌创作。”

袁国平还说：“我对三年游击战争的情况了解不多，还请各位指教。”

陈毅则说：“我正在写一首诗尚未完成，回江南成稿后可供你参考。”

项英接着说：“我给中央关于三年游击战的报告，你也可以看看。”

袁国平按照项英的要求，着手开展歌词征集，为此《抗敌报》还专门刊登了征稿启事。很快朱镜我、朱克靖及袁国平本人先后拿出了自己的初稿，朱镜我及时在政治部组织了讨论，一致认为其中袁国平一篇完全符合项英对军歌的要求，确定以此为基础进一步优化。而陈毅回到江南后也将他写的叙事诗《十年》寄给了袁国平以供参考。4 月上旬袁国平收到陈毅的诗稿并附有一封信。信中说，“因在军部滞留的时间较长，积压许多军务急需处理，又要忙于传达周副主席和军部的指示，为军歌作词之事只能作罢。现将诗稿寄来以供参考。”

袁国平阅后，即责成朱镜我将《十年》改成歌词。朱镜我和《抗敌报》副主编马宁先后着手修改，他们细细地读了陈毅的叙事诗《十年》①：

一

光荣的北伐行列中，
曾记着我等的姓名，
我们继承着革命者受难的精神，
在南国的罗霄山，
有革命的反帝的歌声烂漫。
这歌声飘扬海外，散播田间！
锻炼我们成为孤军。
我们送出了抗日先遣的万里长征，
我们留下来坚持的招引，
招引那民族再团结，
雄鸡破晓伟大的抗日之声。

二

穷山饥饿，野营风雪；
给我们以艰苦斗争的精神，
三年隔绝，四围孤立，
给我们以独立坚持的勇气。
长年月的埋伏与退却，
使我们把游击战争与秘密工作综合，

---

① 原载《抗敌》杂志第三号，1939年5月15日。原诗发表时有编者注："这原是陈毅同志为《新四军军歌》作的初稿，后来军歌经过一次集体的改作，仅在第一节上还留下多少痕迹，但原作诗意扬溢改题《十年》，一并发表。"

我们唯一的依靠就是广大的居民；
我们就是这个母亲的儿子，
我们纪律的根据就来源于此。
啊！这光荣传统准备了十年，
今朝抗日，敌寇胆寒！

三

我们在大江南北，敌后进军；
成千成万的优秀儿女加入本军，
我们共生死的政治团结，
鼓舞着全体的胜利信心，
我们在日寇封锁线上穿插，
我们在日寇坚城下纠缠，
我们夜间摸索，
我们惯长与日寇肉搏，
南京城外遍布中国旗旌。
敌人巢穴遭我们的孽火净洗。
我们集小胜为大胜，
我们要走向反攻到来扫千军。
我们就是新四军，
高举新中国的旗帜前进！

一九三九，三，三〇

他们均感到此诗“结构严密，逻辑性强，改动一字都很困难”。马宁还说《十年》是敘事诗，与歌词不是一个文体，很难改成歌词。

袁国平在组织编写的过程中，自己仍在构思撰写，并决定召开会议再进行集体讨论一次。

参加会议的除袁国平、政治部宣传部长朱镜我、政治部秘书处长黄诚、马宁外，还有副参谋长周子昆、政治部秘书长李一氓、战地服务团团长朱克靖等。会议一致认为，政治部原定一稿符合军歌的要求，已经反映了陈毅叙事诗《十年》的筋骨，而且更加简洁、精炼。大家建议交何士德谱曲，同时发军部和各支队征求意见。

袁国平说："陈毅同志的《十年》是一首很好的叙事诗，我看可在《抗敌》杂志上发表。"

朱克靖、朱镜我、黄诚等均表示赞成。

2

后来，《新四军军歌》歌词（未定稿）和叙事诗《十年》均发表在1939年5月15日第三号《抗敌》杂志上。

军歌请何士德谱曲，在征求意见之后，将《新四军军歌》歌词、曲谱一起刊登于1939年6月15日出版的《抗敌》杂志第四号。

军歌在送交印刷前，黄诚和朱镜我请袁国平过目，请示还有没有改动，袁国平仔细看了一遍，当他看到"作词袁国平"时，拿笔划去了自己的名字，改为"集体作词"。

朱镜我说："歌词确实是你写的，词作者应该署你的名字。"

袁国平答道："军歌是一个集体作品，叶军长提议创作军歌，两位军长提出创作要求，军部所有参与创作的同志都有功劳，同时我们还得考虑到所有提出意见和建议的同志所做的贡献，所以还是署'集体作词'为好。"朱克镜、黄诚心悦诚服地同意了，此事在云岭地区还一度传为佳话。

陈毅收到军部"集体作词"的歌词以后，在给袁国平的信中认为"歌词很好"，完全符合他的意思，表示赞同，并建议将"光荣北伐武昌城下，镌刻着我们的姓名"中的"镌刻"改成"血染"。黄诚在讨论时觉得"镌刻"似乎更为深刻些，因为自北伐以来，国民党抹煞共产党在北伐战争中的作用和功绩，而"镌刻"正彰显了北伐战争中共产党人的功绩彪炳于史册，而袁国平认为革命战争总要付出牺牲的代价，陈毅提出将“镌刻”改为“血染”同样可取。针对不同的意见，袁国平最终拍板采纳陈毅的意见，将“镌刻”二字改成“血染”。

袁国平在自己构思创作歌词的同时，还与何士德商量如何搞好谱曲。袁国平向何士德着重说明了歌词产生的背景，详细讲述皖南的战略环境、新四军的发展方针，歌词突出了东进抗敌和向敌后进军的思想，谱曲时要加强战斗气势。袁国平强调：“歌词第一段最后一句‘东进！东进！我们是铁的新四军’和第二段‘前进！前进！我们是铁的新四军’要重复两次。”

何士德想，新四军战士大都是南方农村来的，而江西、湖南的许多革命歌曲都是南方民歌风格，于是，他就用江南民歌的风格，为歌词谱曲。第一稿的曲谱好，袁国平听了一遍后强调：“军歌的曲调应高昂雄伟，要有一种勇往直前的进军气魄，以增强艺术感染力和号召力。”

何士德根据这个要求又写了第二稿，最终完成了这首旋律高昂、气势雄壮的歌曲。《新四军军歌》是一支音调雄浑壮阔、节奏顿挫有力的进行曲，由 4 个不断展开的段落组成，热情讴歌了从北伐战争、南昌起义、井冈山会师、南方八省游击战争到新四军成立十年来这支革命军队走过的光辉战斗历程。它充分表现出支撑东南半壁江山而具豪迈气魄的新四军，那种坚忍不拔泱泱雄风的伟大品格。尤其是在“东进！东进！我们是铁的新四军”“前进！前进！我们是铁的新四军”词的结束句时，反复了两次，一次比一次高亢雄健，推进了全曲的高潮。

曲作者何士德事后讲道：“在军歌谱曲的过程中，对我有启发的主要是袁国平主任。”解放军总政治部在《中国工农红军和新四军政治工作的卓越领导者——纪念袁国平烈士》一文中称：“他积极组织《新四军军歌》的创作，突出了东进抗敌和向敌后发展的思想，加强了战斗气势，使之成为一首雄壮有力、脍炙人口的著名军歌。”

1939 年 7 月 1 日中午，在云岭附近的新村文化队礼堂，何士德指挥军部文化队的歌咏队试唱了《新四军军歌》，当最后一个音符结束后，项英当即叫“好！”并说：“你们唱得好，唱出了新四军的光荣传统，唱出了新四军的英雄形象。”然后，袁国平当即代表军部郑重宣布：“通过！”并将军歌定名为《新四军军歌》。

正当大家沉浸在成功的喜悦之中时，突然，日寇12架飞机蹿到了云岭、中村一带的上空，狂轰滥炸，当地老百姓和部队都有伤亡。在项英、袁国平等指挥下，文化队的同志立刻分散隐蔽。

警报解除后，军首长来到学员队前。项英、袁国平发表了义愤填膺的讲话。项英说：“日寇今天的轰炸对中国人民又欠下了一笔血债，我们要用各种战斗来回击敌人。大家要到部队去教唱《新四军军歌》，用革命的歌声激励士气，打击敌人。”然后宣布，当晚庆祝七一的晚会暂停，当务之急先到云岭救灾。

袁国平说：“《新四军军歌》在战斗的血与火中诞生了，大家要学好教好《新四军军歌》，用歌声鼓舞指战员，向敌人讨还血债……”

弹痕累累，硝烟未散，在项英、袁国平的一番义愤填膺的讲话之后，大家带着满腔怒火和对日本强盗的刻骨仇恨，再次高歌。所以，《新四军军歌》名副其实是在抗战的炮火与硝烟中诞生的。

军部首长对《新四军军歌》的诵唱非常重视，在新四军成立两周年之际，军长叶挺、副军长项英、政治部主任袁国平、副主任邓子恢联名签署命令，在正式公布《新四军军歌》的同时，强调以军歌为教材对全军指战员进行党史、军史和革命传统教育，还对诵唱军歌提出了具体的要求。《命令》全文如下：

此审定并公布本军军歌(附后)，仰全军一律遵照采用，全体指战员应在最短期内，唱诵纯熟，兹根据军歌解释，深入教育，使人人深切了解军歌意义，以军歌之精神为全军之精神，并贯彻此精神于我们战斗中，工作中，日常生活中去。军歌应在集会时歌唱，唱时必须全体肃立，庄严郑重，并不得任意修改歌词与歌曲，此令。

新四军军歌(歌词)

光荣北伐武昌城下，
血染着我们的姓名。
孤军奋斗罗霄山上，
继承了先烈的殊勋。
千百次抗争，风雪饥寒；
千万里转战，穷山野营。
获得丰富的战争经验，
锻炼艰苦的牺牲精神。
为了社会幸福，为了民族生存，
一贯坚持我们的斗争！
八省健儿汇成一道抗日的铁流，
八省健儿汇成一道抗日的铁流，
东进，东进！
我们是铁的新四军！
东进，东进！
我们是铁的新四军！
东进，东进！
我们是铁的新四军！

扬子江头淮河之滨，
任我们纵横的驰骋。
深入敌后百战百胜，
汹涌着杀敌的呼声。
要英勇冲锋，歼灭敌寇；

要大声呐喊，唤起人民。
发扬革命的优良传统，
创造现代的革命新军。
为了社会幸福，为了民族生存，
巩固团结坚决的斗争！
抗战建国高举独立自主的旗帜，
抗战建国高举独立自主的旗帜，
前进，前进！
我们是铁的新四军！
前进！前进！
我们是铁的新四军！
前进！前进！
我们是铁的新四军！

文末括号内注明："此系最后修正之歌谱，以后各部队均以此为准！"

《新四军军歌》很快便在部队传唱开来，并传遍中华大地，至今经久不衰。

《新四军军歌》诞生后，沈柔坚、卢芒、孙从耳、赖少其等人又联合创作了《新四军军歌木刻组画》约35幅，每幅手拓100张，装订成100册画集。当年正在皖南采访的美国著名女作家史沫特莱，不禁被指战员们学唱军歌的热烈气氛深深感染。听了袁国平的介绍后，她称新四军军歌为"时代的强音"，并将歌词译成英文，连同部分《新四军军歌木刻组画》一起带到了国外。

新中国成立不久，史沫特莱在奔赴北京途经英国时因病去世，临终前她嘱托朋友将她的歌词手稿等遗物一起寄给了她曾采访过的朱德总司令。

1949年9月27日，中国人民政治协商会议第一次全体会议决定将

《义勇军进行曲》定为中华人民共和国代国歌，当即指定上海的中国唱片公司录制唱片。开国大典前赶制的编号为“大中华唱片厂38354”的唱片很快报送北京，其一面是《国歌》，另一面即是《新四军军歌》，这张唱片仅制作10片，可见《新四军军歌》在当代革命歌曲中的重要地位。巧合的是，《义勇军进行曲》的词作者田汉，正是《新四军军歌》的主持创作者袁国平的恩师。袁国平报考黄埔军校后，师生俩再也没有见过面。二十四年后，田汉和袁国平的作品随着那张唱片，在开国大典登上天安门城楼，这是师生俩心灵默契的见证。

这是一曲雄壮有力、脍炙人口的著名军歌，尽管《新四军军歌》的创作者们，人已离去，但他们留下的歌声却始终响彻在中华大地，“永远在我们的队伍中活着，永远在我们的民族中活着”。

3

1940年11月，新四军军部着手北移的准备工作。叶挺、项英在参谋处主持召开营以上干部会议，袁国平会后亲自动手，起草了一篇洋洋洒洒五六千字的动员提纲，12月上旬，以新四军政治部名义颁发了《向敌后进军宣传鼓动大纲》，部队全面展开了宣传动员，这个宣传大纲是袁国平亲自编撰的。这份大纲后面附了一首歌词作为结尾，歌词题目是《别了，三年的皖南》，全文如下：

前进号响了，大家准备好。
子弹要随时准备上膛，
刺刀要随时准备出鞘。
别了！三年的皖南，
目标，向敌后抗战的大道。
顽固派滚开，投降派打倒！
日本鬼子碰到了，

打完了子弹拼刺刀。

不怕山又高，

不怕路又遥；

山高总没有雪山高，

路遥总没有长征遥。

敌后进军胜利了，

自由的中国在明朝。

此歌词被军教导总队俱乐部主任、多才多艺的毛中玉见了，他就针对此歌词开始谱曲，将此歌定名为《别了，三年的皖南》，并在俱乐部里多次教唱，他严肃活泼的神态，刚毅沉郁的曲调，令陈令棣等一些新四军老战士们几十年以后仍记忆犹新。

随后，这首诗经袁国平进一步推敲修改，定名为《别了，皖南》，并由任光谱曲，其歌词更为简炼、好记。这歌是配以鼓声、喇叭声的，非常悲壮。

前进号响，

大家准备好，

子弹上膛，

刺刀出鞘。

三年的皖南，别了，

目标，扬子江头，黄河新道。

哪个来拦路，哪个被打倒！

冲过重重叠叠的封锁，

冲进日本鬼子的窠巢。

我们一定胜利，

我们一定达到目标。

这是新四军皖南部队东进江南的号角，北上抗日的誓言；这是一曲音调铿锵，气势磅礴，告别皖南人民，激励部队士气的慷慨悲歌。

12月中旬，袁国平在一座草盖的大棚下，举行政治工作会议，听取各部队向敌后进军教育后的思想动态。最后，袁国平在听取汇报后，作了总结发言，要求大家要做好打仗的准备。袁国平说："我们东进歌一开始就唱了，'前进号响，大家准备好，子弹上膛，刺刀出鞘'。这次行军不是旅行行军，而是战备行军。三战区为什么要从浙江调兵来？仗可能是要打的。原来准备在皖南打，看我们在皖南工事修得好，不敢动手。有没有可能在路上打？我们要有准备。"①

皖南部队北移前夕，歌声遍野，豪情满怀。

此歌发到连队，立即漫山遍野学唱起来。当袁国平、任光、毛中玉激情满怀地写下告别皖南的壮歌时，他们绝不会想到，这首《新四军东进歌》竟然是他们生命的绝唱！

这是一首进行曲。它在雄壮中不无悲愤的色彩，在坚定中包含炽热的深情。它是一首告别歌，也是一首进军曲。尽管新四军将士几乎每一个人都充满了对皖南人民的难舍难分之情，但是它绝不是"风萧萧兮易水寒"的格调，而是在难舍的离别中，怀着必胜的信念踏上征途。

任光（1900—1941），浙江嵊县人，曾创作《渔光曲》《抗敌歌》《高粱红了》《王老五》等歌曲，还有《洪波曲》等歌剧。1941年在1月13日在皖南事变中为流弹击中而牺牲。叶挺在《囚歌》一文中痛悼任光夫妇。

毛中玉（1918—1941），浙江宁波人，新四军军部教导总队俱乐部主任，他与妹妹毛薇卿（毛维青）都是上海红十字会煤业救护队的队员。自从日寇在上海燃起八一三战火，他们就于1938年初夏来到皖南新四军军部俱乐部开展文娱活动，他常是总导演、总设计，在皖南

① 见《袁国平纪念文集》，中共党史出版社2014年版，第280页。

事变牺牲时年仅二十三岁。尽管《音乐大辞典》里，找不到毛中玉和他的作品，但是，历史却这样记载着：一位音乐天才，用一腔热血，谱写了一部无比辉煌的作品。

另外还有一首歌《渡长江》，由赖少其作词、何士德谱曲也很有影响：

薄雾弥漫着江面，
江水冲击着堤岸，
当这黑沉沉的午夜，
我们要渡过长江。
饥寒困苦算得什么？
敌舰上下弋游，我们不怕。
长江是我们的，
我们千百次自由地来去。
我们要渡过长江，
获得更大的胜利！①

这些抗日救亡歌曲，无论是黄钟大吕、肃穆庄严的民族颂歌，还是琴瑟和鸣、鱼水情深的军民小唱；无论是铁板铜琶、大江东去式的英雄壮歌，还是裂石穿云、泣血锥心的血泪控诉；无论是鼓乐喧天、蓬勃兴旺的根据地即景，还是急管繁弦、金戈铁马的战场描述，每一个音符里都奔涌着炎黄子孙的热血，每一个旋律里都沸腾着革命战士的豪情，它是中华民族音乐宝库里的瑰宝，它是鼓舞抗日军民斗志的武器。

---

① 孟波主编：《新四军歌曲》，中国广播电视出版社 1999 年版。

第十五章 儒将风采

1

一介书生的袁国平是军中有名的笔杆子，他到皖南后写下大量的文章，仅1939年收入在《袁国平文集》中的文章就有14篇之多，近20万字。其中《新四军政治工作十讲》《江南敌后游击战争中的军队政治工作》《政治工作和参谋工作》及《对敌军的政治工作》等文献，都已成为我军军队政治工作的宝贵遗产，展示了袁国平的儒将风采。除了文才，他的口才更让指战员们赞不绝口，跟随他一起由延安来皖南新四军，时任五团民运股长的顾鸿将军，在谈到袁国平口才时更是赞不绝口。他说："袁国平不仅是无产阶级革命家、政治家，他还是一个宣传鼓动家。他口才很好，大家都愿听他作报告，不管讲多长时间，都不会有人打瞌睡。有一次开了3天会，他讲了3个半天，一个晚上，都没有稿子，整理成文，没有一句重复。我问他，你作报告不用稿子，要秘书做什么？他幽默地一笑：'秘书？帮我吃饭呗！'繁昌之战我随袁主任到五团开会，他讲话不到15分钟，战士就群情激奋，把枪都抛上了天。他作报告，要你笑，个个捧腹大笑；他要你哭，人人都流泪，他就有这个本事。"他的口才更让国民党顽固派胆战。

1939年的早春悄然而至，一股针对新四军、针对皖南军部的暗流在悄悄涌动。国民党五届五中全会通过《限制异党活动办法》，实行"溶共""防共""限共""反共"政策，接连制造摩擦事件，袭击新四军办事处、留守处、通讯处的事件增多。

新四军挺进华中敌后，发动群众、武装群众，开展抗日游击战争，打了很多胜仗，破坏了日寇的无数次扫荡，消灭了大量敌人，赢得了广泛的赞誉，得到了广大人民群众的拥护。因此，新四军自己也得到了很大的发展。这便引起蒋介石的极度不安。在皖南，国民党顽固派不断鼓噪，散布了许多流言蜚语，甚至扬言，要惩办新四军，他们说："新四军破坏兵役法，破坏军令、政令的统一"，"新四军制度特殊，不是国军，是'土匪'"，"新四军保存实力，游而不击"，"什么官兵平等，什么艰苦奋斗，完全是不合法的，领了国家钱不发饷，拿着士兵的饷去做宣传费"，等等，一共罗列了72条罪状。

1939年3月，第三战区司令长官顾祝同决定召开师以上军官会议，要求新四军派人去做出解释。

显然，谁都知道，这是一场"鸿门宴"，一场蓄谋已久的进攻和迫害。去，还是不去？项英为此紧急召开了军政委员会会议。

"去，是一定要去的。"大家意见一致，"这是与敌斗争的极好机会，既可揭露顽固派的反共阴谋，又可教育国民党的广大官兵。"那么，派谁去呢?

此时，中共中央军事委员会副主席、南方局书记周恩来，肩负党中央和毛泽东的重托，以国民政府委员会政治部副部长的公开身份，冒着纷飞的战火，由重庆绕道桂林，专程来到皖南云岭新四军军部视察工作。

项英为此紧急召开会议进行研究，周恩来也出席了会议。有人提出要叶挺去，周恩来认为不合适，因为叶挺脾气大，国民党军官中有不少是他的老部下，搞得不好他会打人。至于项英，他是新四军的主要领导人，去了若被扣留就很被动。最后周恩来亲自点名了:“还是袁国平去吧，他口才好说服力强。”那时袁国平的夫人邱一涵已经怀孕七八个月，她听到这个消息禁不住流下了眼泪，担心丈夫被扣。袁国平微微一笑，握着她的手宽慰道:“你不要担心，只要他们让我开口，我就能很快回来。当然，也要做最坏的打算，准备他们一点点理都不讲，不让我们开口。……孩子生出来，如果是女孩将来长大了就让她学音乐，如果是男孩就让他去当兵，名字就叫‘皖南’吧!”周恩来听说后去看望了邱一涵，送了她一床毛毯和一床棉被，还送了袁国平一支钢笔。毛毯和军被先后为袁国平夫妇所用，后又随出生才八个月的儿子袁振威被送回湖南老家，新中国成立后又回到邱一涵身边。20世纪90年代，袁振威将毛毯捐赠给皖南云岭新四军军部旧址纪念馆。

开会那天，在江西上饶，国民党第三战区的人表面上还是很客气的，在门口迎接袁国平一行。一进门袁国平就看见屋子正中一张桌子上摆放写着自己名字的席位卡，桌子上摆放着茶壶、香烟。袁国平望了一眼，并没有走向那个位置，而是扭头坐到了旁边一把椅子上。这时国民党部队一位副官将一大摞材料呈送了过来，袁国平不仅不接，连看都不看一眼。

那天的会议，从早上八九点钟一直开到下午三四点，轮番不停地都是国民党的代表在发言。袁国平默默地听着他们的捏造与诬告，边喝茶边抽烟，始终不发一言。终于轮到他讲话了，他站起身来用目光横扫了一下会场，开始了他的“答辩”:“各位长官，你们辛苦一天了，如果不疲劳的话，请再坐一会儿，不要一个钟头，我就可以回答你们的全部问题。”

袁国平镇定自若，侃侃而谈；一身正气，大义凛然。直驳得在座者面面相觑，哑口无言。

“我们新四军积极抗日，打了无数胜仗，消灭了大量的日伪军，牵制了华中地区百分之八十的敌人。而你们又在干什么？顾长官在屯溪，委员长在峨嵋山。你们说，是谁不游不击、游而不击？！

“我们新四军挺进敌后，发动群众抗日，发展抗日力量，不仅不是破坏政令、军令的统一，恰恰正是实行了蒋委员长‘地无分南北，人无分老幼，无论何人都有守土抗战之责任’的宣言，怎能说不合法呢？！

“新四军的所作所为，无一不符合抗战救国的纲领，有利抗战，有利团结和进步，因此合情、合理、合法。向广大的老百姓宣传抗日，何罪之有？！与日本鬼子周旋，让他们不得安生，何辜之有？！……”

袁国平扶了扶珐琅近视眼镜，从容不迫地说：“说新四军英勇杀敌，牺牲报国，是不合法，在他们看来似乎只有当汉奸、当顺民、当卖国贼和贪生怕死之徒，躺在后方，专做破坏抗战、破坏团结的坏蛋，才是合法的？！

“有人造谣中伤也是不成功的，新四军的军饷如果不是因为军事秘密，是完全可以向全国人民公开的，全军的饷额远不及别的军队一个师的数目，这在友军政治部与长官司令部都可以查问清楚的，就是造谣中伤的人，自己心里也是非常清楚的。新四军的艰苦奋斗，实行官兵平等的生活，也是切实奉行蒋委员长‘宁节国币增厚国力’‘厉行节约长养国力’的训示。新四军秉承蒋委员长‘宣传重于作战’的训示，也多少做了些宣传工作，但是他决不是拿吃饭的钱去做宣传费，因为新四军官兵也是皮绕骨头的平常人，他还是靠吃饭才能生存，并不是靠吃宣传品可以生存的。

“在繁昌战斗中，有一个铁匠解下自己的棉衣给我们单衣赤足的战士穿，也有并不宽裕的老奶奶，拿出自己的钱来买东西祭奠我军阵亡烈士，肖国生牺牲时，江南民众闻讯痛哭，连和尚都被感动了，愿意为肖国生同志做义务道场。这样铁一般的事实，足以证明民心的向背了。”

袁国平一口气讲了四十多分钟。整个会场鸦雀无声，既无人回答，也无人辩解。

这时，袁国平轻蔑地一笑：“那就不奉陪了！”说罢扬长而去。

在回来的路上，警卫员熊思仔问袁国平：“有你的位置你不坐，人家送材料给你，你也不接，这是为什么？”

袁国平哈哈大笑：“你这小孩子就不懂了，我们共产党抗日就是要独立自主，那位子是国民党安排的，其实就是被告席，我能坐吗？我就是要他们知道，我们新四军不是什么都得听他们的！至于那些材料，都是国民党告我们的状纸，我能接吗？接了就等于承认我们有罪。”

袁国平舌战群顽，凯旋而归。凭着他的自信，凭着他的胆识与才智。

2

仿佛是以对袁国平胜利归来的庆贺，在草长莺飞的皖南五月，袁振威出生了，小名就叫浣郎。“浣郎”是湖南话“皖南”的谐音。8个月后，浣郎被送回了湖南邵东老家。这时，早在长征前之前就被送到湖南平江外婆家的大女儿，十三岁时因外公邱紫霞被国民党关押，外婆在逃难中病逝，无人抚养，给人做了童养媳；送回奶奶家的二女儿，因病无钱治疗，早已夭亡。在送儿子回奶奶身边的时候，令袁国平万万没有想到的是，这次分离，是袁国平父子俩的永别；令邱一涵万万没有想到的是，邱一涵母子俩的再次见面，竟然是在度过了漫漫的两千多个日日夜夜之后。这段时间里，奶奶因为袁国平的牺牲而悲痛欲绝，哭瞎了眼睛，幼年的袁振威生活无着，一度曾牵着双目失明的奶奶讨饭度日。

一个党和军队的高级干部，在国家、民族危亡之际，为了国家的解放、民族的生存，袁国平以殉道者的精神为国家、民族服务的英雄形象出现在我们的面前，怎能不让人热泪盈眶？！

袁国平 1939 年曾致信侄儿袁振鹏时说：“此刻我身无分文，无法帮助家里，因为我们都是以殉道者的精神为革命、为国家民族服务的，或许有人要说我们是太不聪明了，然而世界上应该有一些像我们这种不聪明的人。请家里不要想将来的生活怎么办，因为中国正在大的变动之中，中国抗战成功不愁无饭吃，抗战不幸失败，则大家都当亡国奴，所以我希望家里在这一方面能够想得远大些，能够原谅我！”

正是由于袁国平这样为了追求理想而英勇献身的无数殉道者，支撑起中华民族不畏强敌、不惧艰险、不怕牺牲的脊梁。

从 1940 年起，国民党顽固派不断对皖南新四军施加军事上和政治上的压力。国民党第三战区司令长官顾祝同调兵遣将，加强对皖南新四军和军部的包围。他还发电报要新四军派人到上饶谈判，企图逼新四军就范。为了维护抗战大局，保护新四军的利益不受侵害，4 月和 10 月，袁国平又两度到江西上饶第三战区长官司令部，与国民党顽固派展开艰苦的谈判。

顾祝同领教过袁国平的博学多才，是个难以对付的儒将，他决定物色“智囊”与之较量。“智囊”们妄图先发制人，将袁国平震慑住，他们狡诘地发问：“醉涵兄，最近听说新四军有一个‘三山计划’，北撤是假的，实际上是想‘南窜’黄山、天目山、四明山，作为根据地，招兵买马，这是破坏政令、军令的统一，这是不合法的。”

袁国平听后，仰天大笑：“司令长官，黄山、天目山和四明山都是敌占区，在日寇的眼皮底下，岂止这几座山，凡是日寇占领的每座山都是新四军驰骋杀敌的战场，新四军挺进敌后，发动群众抗日，发展抗日力量，不仅不是破坏政令、军令的统一，而是履行抗战职责，怎么能说是不合法呢？”

一席话说得顾祝同等张口结舌，无言以对。

袁国平端起茶杯，揭去杯盖，用嘴吹了吹漂在水上面的茶叶，喝了一口，又点燃一支烟，吸上几口，烟雾缭绕，飘飘忽忽。透过烟雾更显出他的潇洒大方，风流倜傥。略略停顿，又说：“本军并无所谓

'三山计划'，贵军要是眼红敌人眼皮底下的地盘，那就请你开过去好了，我们愿意恭让！自古军中无戏言，顾长官，就一言为定了吧！"

此时此刻的顾祝同，难堪地以"啊、啊"声来应答。

袁国平根据中央指示精神，据理力争，舌战群顽。在积极宣传中国共产党为民族团结抗战大局，坚持抗日民族统一战线和独立自主的方针的同时，与国民党顽固派进行了有理、有利、有节的斗争，使新四军在政治上占据了主动。

3

隔着七八十年的时间，我们要了解袁国平这样伟大的英雄，常常在历史档案、家信、日记、回忆录以及党史、军史专著中寻找"蛛丝马迹"。

一是，给家中的信件。袁国平献身革命，始终不忘对母亲的一片孝心和同辈晚辈的关爱之情。1938 年 7 月，袁国平给哥哥袁醉如写信，表达愿为国家民族牺牲一切的决心："国事如此，愿以最后一滴血贡献于国家民族"，但"家事更不能仰仗吾兄独立支持，知我如兄，当不见责也"。1939 年 2 月 19 日袁国平在给袁醉如的信中说：

我军在江南作战，历十余月，先后作战二百廿多次，均获胜利，故士气益盛，武器人员均有补充，特别在江南人民中，已树立坚固不拔之信仰，如果不因环境之某种限制与困难，则江南寇焰之扫荡，亦非难事也。

江南之敌正嫉视吾人如眼中钉，现在沪集会，承认过去进攻江南游击队完全失败，拟重新增调兵力，大举进攻，我们正在积极准备应付中，我们有十年长期斗争锻炼，加上一年来对日作战之实际经验，任何困难均非我们所畏惧，我们……不久当续有捷报奉告。

家中常通讯，惟此间经济困难异常，对家中仍无法在物质上有所帮助，殊为抱歉。中国正在伟大的转变时期，最近的数年将决定民族的生死存亡，家中如能勉强从俭中度过此困难时期，即是万幸，殊不必为个人与家庭将来之温饱计也。因此仍望吾兄能独力支持,但至万分困难时,弟自当视力之所及,分任艰巨也。

1940年2月,袁国平在即将赴苏南前线巡视,出发之前给袁醉如的信中说:“兄负全家之责,交友处世务宜审慎,以今日中国之社会,个人能力为限,只求家中得免于冻馁,于愿已足,不必有所奢望也。”“弟置身政治斗争之中,一切贡献革命,对家事实不能不作最大之牺牲,望兄曲予宥谅,以成全弟之素志,非弟愿作忍人,实有不得已之苦衷,明达如兄,知我如兄,定能体谅下情。”

二是,给当年的战友的信件。1939年10月20日袁国平收到当年在东江一起战斗的战友陈翰君(陈同生)的来信后回复①,陈同生新中国成立后曾任中共上海市委统战部部长、上海市政协副主席:

翰君同志:

奉读手书,宛如天外飞来。回首往事,不啻依然如昨。

弟留东江最久,直到一败涂地,始偕彭湃同志赴港转沪。以后经过一时期秘密地下党工作,始入苏区。一直战斗至今,中经险阻艰难极多,又以改名关系,旧时好友,许多常疑已作古矣。处此风涛险恶时代,只有斗争才能生存,于个人、于党、于阶级、于民族均同此感,不知以为何如?

狱中亦为革命学校之一角,生平所受磨折最多,惟未尝铁窗风味,常以为革命生活之美中不足。一个革命者如能入狱不屈,其伟大正与在战场绝不退却同其意义。如兄有一段光荣坐牢历史,则时光并未白过也。

江抗为东南崛起之新军。望兄继续过去之英勇斗争精神,学习过去斗争之经验教训,为创造铁军而奋斗,海陆丰红军失败史永远成为过去,我们要的胜利,我们一定能胜利。

新四军情形请阅《抗敌报》等刊物便知,恕不赘及。又及秋寒正厉,

---

① 见《袁国平纪念文集》,中共党史出版社2014年版,第51页。原件为袁振威收藏。

诸维珍重!

三是，新四军政治工作的研究成果。1939 年 12 月 4 日，在新四军宣传教育工作会议上，袁国平作《过去宣教工作的总结及今后宣教工作的任务》的报告。他说:“建军必先建人，建人必先建脑。如何建脑? 就是宣传教育，把头脑武装起来”。“要把我们的政治主张变成一种实际的物质力量，就要依靠宣传教育，把这个的主张变成人民自己的主张，一切革命没有这个前提，是不会成功的，要把我们的军队变成铁军基本的一点，要求这个军队是信仰主义的。一切工作的积极性，牺牲的精神，作战的勇气，艰苦耐劳的精神，建筑在信仰主义，建筑在这个伟大理想上面……所以宣传教育工作它是掌握着革命军队与群众中间精神上的钥匙。”他在报告中还阐述宣传教育工作的基本原则，他说:“教育工作的基本原则只有一个——理论与实践的一致。”为达到理念和实践的统一，他提出下列教学原则:“集体学习，集体研究，互相帮助;中国化、通俗化、国际的精神，民族的作风;因材施教，因地施教，因时施教，反对平均主义;教学做的完全一致;启发重于注入，理解重于记忆;由具体到原则，由原则到具体;循循善诱，循序渐进;批判精神，科学态度;基本教育与宣传鼓动的相互联系;计划要切实，检查要深入;博而又约，约而又博;环境教育，学习空气。”这些原则和方法到今天都有一定的参考价值。

四是，给党中央的信函。袁国平身在皖南山区，心系陕北延安。袁国平作为中共中央派往新四军的政治部主任，始终牢记自己的使命和毛泽东的嘱托，努力开拓新四军政治工作的新局面。他多次写信向党中央、中央军委和总政治部报告情况、请示工作。即使写给王稼祥、谭政的信件，通常是毛泽东亲自回复。1940 年 5 月 10 日袁国平给王稼祥、谭政汇报新四军政治工作情况①:

① 原件存中央档案馆。

王谭：

八日来电示奉悉。

1. 新四军政治工作，在中央路线与军分委直接领导之下，一贯坚持着党的独立的政治立场与组织立场，为此，曾经屡次坚决拒绝过战区改变我军政治制度企图，一切战区政治命令均采取不理态度，以后连命令也不来了。

2. 去年二七全军政工会起草之第一个政工条例，完全是采用红军时代的内容与形式，经恩来同志审查认为不合统一战线环境，指示必须在形式上有所改变，故再重新起草，经恩来同志亲自改正公布，作为草案并由鼎丞带来请示总政审核，但始终未得一正式答复，至此间政治制度之实施，完全保存并向前发展着党的传统。

3. 党的宣传教育，是一贯坚持着党派立场，特别是去年九月全军宣传教育会议中明确指出，在一切阶级社会中的理论，阶级性进步的理论，属于进步阶级与党派，在这一基本认识下，系统而又具体的检讨了中央加强阶级教育与扩大党的宣传等指示，纠正了过去部队中对民族教育、阶级教育孰轻孰重的庸俗争辩，并实际解决民族教育与阶级教育连系的实际问题。对外宣传完全以中央决议与中委领袖言论为根据，一切党的决议与中委文章均在《抗敌五日刊》或《抗敌月刊》发表。并为文拥护解释与编发小册子。在最近敌顽夹击奋斗中，证明了部队不仅有高度民族热忱，而且有高度阶级坚定性，产生了许多战士外出时自动拒绝与抵抗国民党之种种利诱威胁。对外宣传，在批判投降反共思想上亦获得极大成效。宣传教育工作虽在方式技术上还有缺点，但在原则上丝毫没有脱离党的路线，其实际成绩中超过于红军时代。

4. 居民工作是在东南局领导下进行的，在帮助建立与发展地方党、组织群众、争取地方武装、团结中间分子、抵抗顽固势力亦获得显著成绩，尤以皖南成绩为最好，在最近准备反对顽固势力斗争中，证明了最大多数群众站在我党方面，在反对敌人“扫荡”中，军部附近数小时内动员五千多民众参战，在苏南成绩较差，我们曾于二月检讨过苏南群众工作不充分，并对敌后政权之争取欠缺积极性，现正在改正中。过去对总政工作报告太少，致你们不能明了此间情形，以后当力求纠正这缺点，并望能经江北建立经常交通关系，以便取得你们更详尽书面指导，多能派人来检查更所至盼。

袁

十日

延安方面收到袁国平的汇报，5月19日毛泽东即起草了由王稼祥、谭政署名的复袁国平电："十日电悉，甚慰。以后望多打电报，告诉我们政治工作之各方面如何保证中央路线之实行。"①电报列举了建立抗日民主政权，发展农工商业，设立各种学校，执行扩军计划，发展统一战线，瓦解敌伪军等项，要求将政治工作如何保证这些任务的完成逐一见告。

新四军的政治工作在极其复杂的情况和背景下，开展得有声有色、风生水起，促进了新四军的发展壮大和对敌斗争的胜利。新四军的工作得到党中央的肯定。1939年8月1日中共中央给新四军党代表大会的贺电中，对新四军工作予以肯定："新四军的领导同志在坚持三年游击战争的阵地上，锻炼出坚持党的路线至死不屈的党的坚强干部，保存着各个游击区域艰苦卓绝的武装骨干，发扬着布尔塞维克英勇奋斗的光荣传统，为党和抗日民族统一战线造出一支抗战前线上铁的新四军，在抗战两年中，新四军坚持大江南北的抗战阵地，开展了敌后游击战争，给了敌人无数次的损伤，破坏了敌人无数的扫荡，并且正打击着敌人以战养战的新政策，为大江南北沦陷区域的群众指出一个光明的奋斗目标，与新四军一起发展敌后游击战争，建立大江南北的游击根据地，以争取长期抗战的胜利。这是你们的成功，这是新四军党的领导的正确……"②

---

① 原件存中央档案馆。

② 同上。

第十六章 皖南壮歌

1

20世纪是战争的世纪。毛泽东集政治家、思想家、军事家于一身，他卓越的军事指挥天才奏响了他个人半个多世纪革命生涯最壮美的乐章。

毛泽东融领袖的“王者之气”和“应机擅变”的领导艺术于一身，在中国革命的历史舞台上，演出了一幕幕波澜壮阔的历史活剧：在革命危急关头挽狂澜于即倒；在民族希望之际挺身而出；在决定命运的战场上缚龙沙场；在世界强敌面前勇敢出击。“昼携战士战敌阵，夜接辞人入华屋。”诗人的浪漫与革命家的豪情铸就了毛泽东光芒四射的领袖魅力。

在皖南事变时，项英是中共中央东南局书记，新四军主要领导人。项英在党内有着重要的地位，他历任第六届中央政治局常委、中共苏区中央局代理书记、中华苏维埃中央革命军事委员会代理主席、中华苏维埃共和国中央政府副主席、中央军委新四军分会书记等要职，为革命殚精竭虑，功不可没。在坚持南方 3 年游击战争和组建新四军的工作中，项英有很大功绩。但是，他对统一战线中的独立自主原则认识不足；对中共中央“向北发展，向敌后发展”的正确方针理解不够，措施不力；对部队的转移迟疑犹豫；北移时对国民党顽固派反共阴谋的严重性估计不足，对应付突然事变的准备不充分；在顽军进攻时，又处理失当。因而未能避免或减少新四军在国民党顽固派制造皖南事变时造成的严重损失。① 当然，中央当时对敌情的严重性也估计不足，直到 1940 年 12 月 25 日《毛泽东关于国民党各派态度及我之布置情况的通报》中还说：“复电以拖为宜，拖到一月底再说。”②

蒋介石在对华中新四军采取军事进攻的同时，为遮掩耳目，又要起谈判的伎俩。1940 年 4 月初，他邀请朱德、周恩来赴重庆谈判华中问题。此时，项英召开会议决定袁国平赴上饶与三战区谈判，表明“我不愿内战求团结抗战”的态度和“江北部队不能南调”等重大问题。③ 毛泽东已经清醒地看到：“目前局势相当严重，蒋介石似已下了这样的决心，即是挂抗日的招牌，做剿共的实际。”但从大局出发，他仍同意周恩来去重庆谈判来尽力争取时局好转；同时，为防止不测，毛泽东也让朱德等人继续做好派八路军南下的准备。

不久，蒋介石又将军事进攻的重点移到江南，他分析江南新四军

---

① 见《中国共产党的七十年》，中共党史出版社 1991 年版，第 173 页。

② 见《皖南事变》（资料选辑），中共党史出版社 1990 年版。

③ 董恒峰：《袁国平传》，江苏人民出版社 2016 年版，第 282 页。

的状况是："叶、项在皖南，如瓮中之鳖，手到擒来，陈、粟在苏南，如海滨之鱼，稍纵即逝。"顾祝同与蒋介石一唱一和，多次要求江北新四军南调，以便切断新四军和八路军相互配合的可能，企图将江北新四军集中在苏南狭小地区，再予以歼灭。

这时，反共阴谋家们，认为良机已到，便大肆活动起来，亲日派更从中挑拨，企图借此扩大反共阴谋，投降日本。1940年10月19日，国民政府以军事委员会参谋总长何应钦、副总长白崇禧的名义发出"皓电"①，在电文中大肆诬蔑新四军不服从国民党中央政府命令、自由扩军等等，限令华中以及长江以南的八路军、新四军在一个月内，撤到黄河以北的冀察地区。11月9日，朱德、彭德怀、叶挺、项英等同志发出"佳电"，除对"皓电"的造谣加以严厉驳斥外，为了顾全大局、坚持团结抗日，共产党可以把皖南的部队全部北调，华中的部队则不能退让。

11月，新四军决定第一批从皖南撤离非战斗人员，东南局有一个队，地方干部随队走。临出发前，袁国平为部队作动员说："新四军发展壮大，必须打破国民党反共顽固派的禁锢，深入华中敌后广大地区抗击倭寇。我们新四军好比一条龙，军部是龙头，部队是龙身，敌后战场是大海。目前龙的身体已经下到大海里了，而龙头却还在岸上，活动受到了限制。现在我们的龙头也要下海了。龙头一旦入海，新四军这条龙将在大海里无拘无束、自由翻腾、伸开手脚、大展宏图。"

这一年的年底，新四军军长叶挺、政治部主任袁国平专门前往江西上饶，与顾祝同当面商谈新四军移动问题。新四军谋求移至皖北，其次是苏南，特别要求顾祝同保证新四军在移动中不受国民党军的袭击。就在这时候，共产党方面突然发现，位于豫西的汤恩伯部的9个师正在东进。毛泽东立即致电新四军军部，请叶挺当面质询顾祝同，"一面苏北言和，皖南令我北移，一面派20万大军东进，是何用意，是

① 皓电，以韵目代日，19日为"皓日"。因此何、白10月19日电简称为"皓电"。

否彼方已准备决裂?”毛泽东嘱咐叶挺，在与顾祝同谈判时，“应以此项大局为第一位问题，其余都是第二位问题”。叶挺与顾祝同的会商没能解决任何具体问题。顾祝同同意新四军北移经过苏南，但不准驻扎停留；至于汤恩伯部的东进，顾祝同说他不知此情。

形势日趋紧张。这段时间里，有据可查的是，袁国平至少参加了两次对时局的分析和应对措施的讨论。

一是11月3日，毛泽东、朱德、王稼祥致电叶挺、项英：“何应钦、白崇禧《皓电》，中央决定用朱、彭、叶、项名义答复，采取缓和态度，以期延缓反共战争爆发时间。对皖南方面，决定让步，答应北移。你们有何意见，盼立复。”接电后，叶挺、项英、袁国平、周子昆、曾山、饶漱石于当日回电表示，“我们赞同北渡方针，并正做如此准备，如部队渡江建立交通线等”“但目前有种种客观困难，不能立即全部实现这一方针”“决心坚持皖南阵地”“究应如何，盼速示”。

二是项英紧接着又与叶挺、曾山、饶漱石、袁国平、周子昆和新四军第一支队副司令员兼第一团团长傅秋涛等讨论，会后由项英向毛泽东和周恩来报告：“我们经过讨论（参加者叶、曾、饶、袁、周、傅等），对泽东之时局意见一致同意。”“我们同意放弃皖南，使我们力量集中，指挥统一，以免陷于过去各苏区分散之教训。”①

关于袁国平对新四军此次北移和此前东移的态度，曾任《抗敌报》主编、江苏省副省长，时任袁国平秘书的汪海粟回忆说：“袁国平对进军敌后，建立抗日民主根据地，放手扩大军队……态度一直是明朗的，积极的。每次传达中央这些指示（包括“五四”指示），都做了认真的准备，短短的电文，他每次讲三四个小时，尽情地发挥。1940年三四月间，九十月间，中央催促东移，袁都兴高采烈地向营以上或连以上干部作动员报告。项英采取拖的方针，坚持原地不走，袁感到苦恼，情绪低落，以后感到无法向下面交代，只好做‘走、拖、打（准

---

① 董恒峰:《袁国平传》,江苏人民出版社2016年版,第290页。

备敌人进攻)’三种准备的报告。一次我随他到会场去,一里多路,他垂着头足足走了一个钟头,苦不堪言。”“全军都做好了准备,项还是拖着迟迟不走,袁显得异常焦急。那段时间里,军分会或军分会、东南局联席会议,不止开过一次。因为朱镜我也去参加(朱兼东南局宣传部长),一次,朱吃醉了酒回来,口口声声谈‘我只相信毛泽东’(吃醉酒还不敢讲项英错误)。我本想让他多讲一点,可是有些人其中有黄诚拉拉扯扯把他送去睡了。可见会上争论是激烈的。”“袁是有弱点的,就是不敢公开同项斗争。但是只要有可能,他还是尽力做一些该做而项不愿意做的事,如利用组织江南慰问团的机会输送了一批中层干部给江南指挥部。因此,与其说袁较弱,不如说组织纪律的限制,政治部主任可以有不同的意见,但最后还得听政治委员的。袁国平不是唯唯诺诺、软弱无能的人。”①汪海粟的这段话道出了袁国平对中共中央指示,包括对新四军北移指示的鲜明态度,同时也道出了袁国平作为政治部主任的苦衷和无奈。

关于袁国平当时的处境,曾任上海市委书记、时任新四军政治部民运部部长的夏征农回忆说:“1940年冬,新四军军分会负责人对皖南新四军是东进北移,还是留在皖南表现犹豫不决。时而叫我们(政治部的宣传部、组织部、民运部的负责人)去召集茂林章家渡士绅和人民群众的代表开座谈会向他们告别,说明我们即将离开皖南,时而又要我们动员民工建筑防御工事,好像我们又要留在皖南,使我们很为难。我们几位部长即向袁国平同志汇报,让他向军分会负责人提意见,是去是留早作决定,不要犹豫不决。他回答我们说:‘我已提过意见,不好再提,提多了会影响首长的决心。’他是一位严格遵守党纪、军纪的人。”②

面对严峻的国内形势,袁国平也做好了最坏的打算。1940年10

---

① 见《袁国平纪念文集》,中共党史出版社2014年版,第119页。

② 董恒峰、袁振威:《北伐战争中的袁国平》,《百年潮》2016年增刊第1期。

月18日他在给哥哥袁醉如的信中说：“由于国共关系紧张，不幸在江北华北均发生武装摩擦，是诚为亲者所痛仇者所快。在皖南由于我们委曲求全，并以不卑不亢精神坚持立场，幸至今尚未进入流血的冲突，半年多以来我都在外为和平而奔走，时而重庆，时而苏南，时而上饶，个人虽因此流了不少汗，但幸能阻止流血惨剧之发生。今后夜长梦多，和平巩固端赖双方之精诚相见，我之忍让亦有一定之限度……至于我们，则经历过一切风浪，任何危险困难均不能阻止我们前进，更不要说失败，因为真正人民的革命军队一定是无往不胜的，一切请兄释念！”“有要事可由泾县电报局转示一切。此间常与延安通电，如消息隔绝，可函延安王稼蔷①（八路军政治部主任）先生电询一切。”

就在国民党当局发出《皓电》12天后的11月1日，袁国平在《抗战》杂志上发表了《新四军成立三周年纪念感言》，对国民党当局进行了无情的批驳：“三年抗战中，我们经历着惊人的困难与危险，但是任何困难与危险，均不能阻止我们胜利进军。”对我新四军万千将士“为国家民族实践着‘杀身成仁’的光荣志愿”，进行了热情的讴歌。“三年来的铁的事实，完全证明了新四军是忠勇于神圣抗战的。如果还有别具用心的少数人士，要侮蔑新四军不游不击，那么我们也不必争辩的。”

一个月后的12月1日，袁国平又写了一篇《声讨亲日投降派》的文章，矛头直指国民党当局，“从汪精卫、陈公博以至今日暗藏汪逆余孽之所以拼命破坏团结抗日的真实原因”，是“他们‘宁赠敌国，勿与家奴’的汉奸意识，以图卖国降敌，幻想从敌人鲸吞鳄掠中，舔得些剩骨残羹”。袁国平清醒地认识到：“目前形势，非常危急！只有举国一致，加紧锄奸运动，给亲日投降派以致命打击，才能转危为安，变祸为福。应该知道目前正处在时局剧变的前夜，如果全民族及时警惕，一致开展声讨亲日投降派的坚决斗争，那么克服分裂投降危险完全是

---

① 王稼蔷即王稼祥。

可能的。”“只要我们能够战胜亲日派，则国内团结益趋坚固，日寇困难更加增加，我们一定能够以自力更生的精神坚持长期抗战。配合日益有利于我的国际形势，争取抗战最后胜利。把日本帝国主义及其走狗卖国贼，一起葬送到坟墓中去。”

2

皖南的冬天，阴冷异常，内战的阴霾笼罩着云岭。

一系列迹象表明，皖南的新四军正在走向一个巨大的陷阱。

事实上，蒋介石、顾祝同、上官云相早已确定了围歼新四军的作战部署：以第五十二师、第一〇八师为右翼，在南陵、泾县、永济桥、丁家渡一线展开；以第四十、第一一四师和新编第七师为左翼，在茂林、包村、钱家桥一线展开，构成以云岭为中心的东、南、西三面包围，然后齐头向北推进，把新四军皖南部队压缩至长江边，予以歼灭。同时，第七十九师在太平、第六十二师在三溪镇形成防线，阻止新四军皖南部队向南撤退；第八十八军、忠义救国军和第二游击区部队布防郎溪地区，阻止新四军皖南部队东进。以上部队限于12月31日前秘密完成。

1941年1月4日晚上，天阴沉沉的，大块大块的乌云，像一个大锅盖紧紧地罩着大地。寒风，呼呼地吹着，把雨丝撕成一截又一截。寒风中还不时夹着雪粒。望着天空凄凄惨惨的样子，人们心情越发沉重。

当天，《抗敌报》告别专号发表长篇社论《临别之言》以及军长叶挺、副军长项英、政治部主任袁国平、副参谋长周子昆联合署名的《告皖南同胞书》。

这一天，在部队动员大会上，袁国平说：“如果我们有100发子弹，要用99发射向敌人，最后一发留给自己，决不当俘虏！”

新四军军部及其所属皖南部队9000多人，分成3个纵队，从云岭驻地出发，向北转移。袁国平和军直机关、战地服务团和教导总队的2000多人随第二纵队行动。

青山做证，流水呜咽。

1月5日，新四军部队行至安徽泾县茂林地区。由于连日阴雨，部队非常疲劳，军部做出在茂林休息一天的决定。茂林是一个大集镇，当地群众都赶到吴家大祠堂内，隆重举行军民告别晚会。袁国平在会上激动地表示："我们忍辱负重，委曲求全离开皖南，进军敌后。在我们前进道路上不管遇到什么样的艰难险阻，我们都誓为中华民族和中国人民的彻底解放而斗争！"

尽管新四军的将领们已有相当的戒备，但是仍然不愿相信也不敢相信蒋介石会下达令中国抗日军队自相残杀的作战命令；谁也没有料到，新四军部队遭到国民党顽固派军队已经在茂林周围的崇山峻岭地带布成袋形阵地，准备一举扼杀新四军。

6日下午，军部在潘村开会，决定当日黄昏开始向星潭、榔桥方向行动。黄昏降临，各部队相继开拔。

7日拂晓，新四军部队遭到国民党顽军7个师8万余人的包围袭击。新四军将士被迫奋起自卫，一场阋墙血战就此展开。新四军虽然消灭了一些阻拦的顽军，但未能按时到达榔桥、星潭地区会合。其中第二纵队在距星潭三里的山口时，被顽军第40师挡住去路，冲不过去。紧随第二纵队行动的军部进至丕岭山脚下的百户坑。当日下午，军部在百户坑开会研究行动方案。会上意见不一：第一种意见是继续强攻当面之敌。叶挺提出，情形危急，我们只能前进，不能后退，后退就是灭亡。而星潭是通向旌德的必经之路，只有夺取星潭才有出路。项英不同意叶挺的意见，认为硬攻牺牲太大的话，伤员多了不好处理，就算攻下星潭，也难以突破第四十师的阻拦。他希望拿出一个代价小、胜算大的突围方案。第二种意见翻过百户坑右侧山梁，由另一坑口打出去。但没有路，需要翻越悬崖峭壁，且右侧坑口是否有敌人封锁也不清楚。此时已近黄昏，派人侦察敌情也无把握。这个意见被否决。第三种意见是，既然不能正面强攻突围，就应立即改道，沿来路后撤回到茂林，再渡青弋江，打太平、泮溪、石埭、青阳，甚至可以南出祁门、景德镇。此意见认为求生存是第一位的，能够避免“围歼”就行。袁国平认为叶挺提出的这个方案“可以考虑”，但项英仍然不同意，认为向国民党统治区行动，在政治上说不过去。叶挺称此时求生存第一，政治上说得过去与否是其次。最终这个意见也被否定。

百户坑会议本应是个紧急会议，却一直从下午三时开到晚上十时。项英本人提不出具体的方案，又不同意别人的意见，会议迟迟形不成一致的意见，而战机也在此期间贻误。叶挺实在忍耐不住，请项英速下决心：“时间就是胜利，不能犹豫不决，不能够没有决心。我的态度是，错误的决心我也服从，现在就请项副军长决定吧！”这时，周子昆提议：“早上特务团通过高岭时，没有遇到国民党军队，我们可以退回石罩仓，出高岭，到太平，转入黄山，再寻机会东进。”项英表示同意。

与此同时，老三团、新三团经过奋力冲杀，扫除了星潭外围的多数据点。晚上九时许，新三团第1营攻进了星潭镇。但因为通讯工具落后，这一消息未能及时传到军部。

8日，国民党第三战区第三十集团军总司令上官云相命令所部向新四军发动总攻。顽军凭借绝对优势的兵力和武器，疯狂冲锋，叶挺、项英决定立即集合部队出发，经高坦向茂林方向突围。至此，大部队在山谷中辗转反复，给行动带来巨大困难。下午四时半，叶挺、周子昆从高岭赶到纸棚村，项英主持召开军委新四军分会，叶挺、袁国平、周子昆、李一氓、饶漱石参加。项英心情沉重地说：“情况十分严重，我们过来的地方已被敌人占领。现在只有一条出路，就是往回冲，冲不出去就打游击。”会议决定下一步的行动方针：不惜牺牲，向茂林打出一条出路，以游击战争保存主力赴苏北。天快黑时，军部转移到里潭仓休息和做饭。

9日凌晨，军部作战参谋叶超于天明前两小时由里潭仓赶到高坦。此时枪声密集，北风紧刮，下着大雨，伸手不见五指。他看见项英、袁国平、周子昆站立在离徐家祠堂不到100米的大路旁，淋着雨，“在那里嘀嘀咕咕地，不知道他们研究了什么。”叶超立即汇报了后续部队开进的情况，想听听他们对今后作战方案有什么指示，副参谋长周子昆即叫他请叶挺军长来。叶超跑到徐家祠堂，找到了叶挺，见叶挺正在祠堂里烤火，他的副官、警卫人员和侄儿们也站在一边烤火。1981年皖南事变四十年周年，叶超在报告会上说：“我看到叶挺军长脸色难看，什么都没敢说，也跟着坐下来烤火。过了好大一阵子，才以建议的口吻说：‘是不是跟项副军长他们再研究一下’，并没有讲周副参谋长派我请叶军长立即前去研究。叶挺说：‘还有什么好研究的……’我看到叶军长一脸怒火就没敢再讲下去，然后讲：‘那我就到外面看一下，有情况再向军长报告。’借口回到项英等人说话的路边。此时，项、袁、周等人已经不在那里了。”

叶超去后，许久没有回来。项英、袁国平、周子昆久等叶超没有结果，见军长找不到，加之枪声密集，突然附近落下炮弹，大家赶快往树丛中钻，摸着黑往北面的山坡上爬去。他们走到一个较高的地方，发现山洼里有间破瓦房，里面没有老百姓，天色已晚，便进去休息，在里面议论了两三个小时，警卫人员在房子周围警戒，听不清其内容。没有吃饭，没有睡觉，坐下来休息也只是靠一靠。休息过后，再继续走。而叶超后来回到项英、袁国平、周子昆原来停留的地方，没有见到他们，便向叶挺军长作了报告。叶挺听后“哼”了一声，意思是我知道了，什么都没说。9日天明后叶挺想起叶超的建议，便让作战科长李志高把项英、袁国平、周子昆找来商量如何调整部署，结果三人均未找到。叶挺马上找东南局副书记饶漱石商量，向党中央和中原局报告。之后，中共中央等复电，要求全军服从叶挺、饶漱石指挥，执行北移任务。

10日，蒋介石通过上官云相下达手令：“活捉叶挺奖10万元，活捉项英、袁国平各奖5万元。”凌晨，项英、袁国平、周子昆等误入丛林后追寻号声找到五团，并随五团于中午时分，回到军部临时指挥地。叶挺提出一个意见说：“项英他们回来了，现在我就叫他下决心，大家拼，大家死，抱着必死的决心，采取决死阵地战，创造第二个黄花岗，创造共产党人的光辉。”饶漱石觉得这种精神固然很好，但不赞成叶挺这种硬拼的做法，但又不便正面反对，故婉言对叶挺说："我们现在一切部署就是死里求生，不是死里求死。"饶漱石认为如果撇开军长再来一个部署也不好，遂提出召开军分会，讨论说服军长的方法。军分会是扩大会，团以上干部均参加。项英首先发言，第一个意见就是辞职，只保留一个对外的政治委员的名义。袁国平、周子昆都同意项英的意见，并说这次走完全要项英负责。① 饶漱石说，今天基本问题是如何说服军长，其他问题暂不讨论。会后，袁国平向饶漱石写了一个"条子"，说明了情况并要求向中央报告，但饶漱石事后并未公布这一情况，也没有交待"条子"下落和中央的态度，以致所谓袁国平"随项英离队"成了悬案。②

经过几昼夜的激战，新四军不仅子弹、手榴弹快要打完，而且粮食也快要吃光。顽军的攻击一浪高过一浪，新四军将士饥寒交迫，伤亡惨重。

11 日，新四军军部在石井坑召开团以上干部紧急会议。会议决定按照中央的指示精神分散突围，叶挺强调指出，只要能突出去，就是胜利！ 留得火种在，不怕不燎原！

袁国平会后，对他的秘书汪海粟说："敌人 13 日发动总攻，你赶快写粉碎敌人总攻击的口号。"12 日下午，战事紧张，袁国平让政治部的干部分头下到部队，一方面帮助部队做反击顽军的宣传鼓动工作，另一方面准备随部队突围。袁国平还准备亲自去第五团，以部署突围。下午二时许，参谋处及一些人都集中到一个小山坡上，连教导总队都一齐拉了上去，部队打得很顽强，一直支持到下午六时，总算把顽军打退了。此时，叶挺、饶漱石、项英、袁国平、周子昆等又召开会议，叶挺提出顽军大的进攻可能会停止，等到明天再说。

石井坑，东西宽约 600 米，南北长约 1000 米，住有近百户人家，

---

① 参见《皖南事变总结会上饶漱石的副报告》，华中局高干会皖南事变文件汇编，第 34 页。
② 董恒峰：《袁国平传》，江苏人民出版社 2016 年版，第 227 页。

四周被大山环抱，北口的两侧，一边是狮形山，一边是象形山，东南面是东流山。

12日午夜时分，被围困在石井坑的新四军部队开始突围大血战。他们集中所有的机枪在前面开路，顿时，石井坑中杀声阵阵，新四军指战员迎着顽军的枪林弹雨，前赴后继，向四面八方冲杀出去。袁国平带着警卫员，随着突围的队伍，向大康王方向冲去。

13日下午，袁国平在突围中与教导总队的队伍不期而遇。他看到这些来自各地的新四军精英，虽然已被围一周，但毫无惧色，士气不减，他难抑内心的激动，走到队前发表了慷慨激昂的讲话："同志们！你们是即将奔赴抗日前线的革命火种，肩负着民族救亡的重任，一定要冲出敌人的包围圈，只要火种在，中国就不会灭亡，革命就有希望！"袁国平抑扬顿挫的湖南口音还像平时作报告那样充满激情和感召力："有的同志会在突围中牺牲，活着的人不要忘记他们，要把他们身上的担子接过来，抗战到底！"①

13日晚，曳光弹特别多，流弹纷飞。突围石井坑的新四军分散成若干小股，各自寻找顽军包围圈的薄弱环节分散突围。总的目标一个是苏南，一个是经铜陵、繁昌到皖中，以尽可能保存更多的有生力量。最先突围出来到江北而且人数最多的一批，是由黄火星、刘别生等带领的近百人。

叶挺率教导总队及军部工作人员从石井坑冲出后，连夜翻过海拔800多米火云尖，到达大康王附近的西坑。西坑是一条很长狭窄的山谷，没有一间茅屋，渺无人烟，三面高山，只有一个口子。但这个口子已经被敌一〇八师的部队堵住了，突不出去。此时叶挺命令烧掉密码，砸掉电台。机要人员用脑记密码给华中局和华中指挥部发了最后一份悲壮的电报：情况万分危急，密码已烧掉，请党放心。另一句是"东进！东进！我们是铁的新四军"的悲壮誓言。电报被译出后，

---

① 参见《茂林风雨夜》，见《袁国平纪念文集》，中共党史出版社2014年版，第404页。

大家都默默地流下了眼泪。

这一天，军政治部敌工部代理部长林植夫下山与顽军第一〇八师谈判被扣，组织部长李子芳落入顽军魔掌，政治部秘书长黄诚被俘。此时的袁国平已经做了最坏的打算，他让自己的警卫员把另一支快机交给他使用，可以看出，袁国平已经准备与顽军“拼命”。

3

狂风知劲草，乱世识英雄。沧海横流，方显英雄本色。

14 日上午，为了挽救危局，叶挺下山前往顽军 108 师部谈判时被扣押。在狮形山北坡，袁国平率领工兵连及其他部分战士冲出石井坑，向濂坑方向转移。项英、周子昆等随着突围的人群冲出山口，后于 3 月 14 日在赤坑山蜜蜂洞隐蔽时，被副官、叛徒刘厚总杀害。

14 日晚上袁国平率领工兵连战士和其他部队的部分人员向石井坑东流山方向突围，在指挥战斗时受伤，被卫士连的战士和他的警卫员刘复生救下。但顽军很快又攻了上来，他们当即被冲散，袁国平跌落在靠路边的树丛中。袁国平受伤后不久，军部卫士连副连长李甫带着汇聚起来的上百人的队伍路过这里，发现一个人躺在路旁的树丛中，满身是血，尚有气息。李甫从他的挎包和勃朗宁手枪判断，这应该是一位领导同志。责任感、战友情驱使他急步向前，蹲下来仔细一看，惊讶地发现是袁国平。大家立即围了上去，连声喊着：“袁主任！袁主任！”袁国平慢慢地吃力地说：“你们走你们的，赶快突围出去，不要管我了。”

这时，人们才发现，袁国平身上有四处受伤，浑身血肉模糊。同志们都很难过，当时也没有办法，没有担架，卫士连副连长李甫组织了几个身强力壮的战士轮流替换，背着袁国平，趁着夜色摸索着往外冲。

这里离章家渡约 20 公里，可大家不能走在路上，只能在山里转着走，尽可能地避开顽军，碰到顽军的巡逻兵，就边打边走。

只要有一线希望，就要做百分之百的努力！突围的速度很慢，天快亮时，他们才赶到青弋江章家渡口。章家渡水齐腰深，河面很宽。

由于连日暴雨，山洪暴发，河上根本找不到船，只有涉水过河。不幸的是，袁国平他们在过河时被顽军发现了，密集的子弹向他们射来。战士们一面组织火力还击，一面组织抢渡。

顽军的枪声越来越密，许多战士牺牲在河里，抬袁国平的战士也一个一个地中弹倒下，袁国平也掉到水里。其他战士见此情景，不顾危险，冲过去把他从水里捞起来，顶起来继续前进。就这样折腾了好几次，情况越来越危急，四处都是顽军。为了不影响部队行动，不拖累战友，袁国平再三要求战士们将自己丢下，尽快突围出去。战士们哪里舍得丢弃敬爱的袁主任，继续奋不顾身地抬着他拼死强渡。

过了河，在章家渡下游的一个庙门口稍作停留，原来的100多人只剩下三四十人，袁国平被战士们从昏迷中喊醒，他用微弱的声音说："这样下去一个都冲不出去，……这里的情况还要向党中央报告，你们……赶快突围……不要……管……我了……"接着，他将1个笔记本和7块大洋交给李甫，并指着大洋说："这是党费……"战士们难过得泣不成声。自身中四弹受伤以来，一路上那样的折腾，袁国平不哼不叫，表现了多么坚强的意志力量，即使讲这句话时也没有眼泪和悲伤，他想到的只是争取时间让同志们突围出去，保存革命的力量，自己不愿意增加同志们的负担。

这时，谁也没有注意，袁国平悄悄地从口袋里掏出了他的勃朗宁手枪，对准自己的太阳穴扣响了扳机……

那一刻，他在想什么呢？是湖南省立第一师范学校的读书声，还是南昌起义、广州暴动、长征路上的枪声？是延安窑洞向他面授机宜的毛泽东，还是与他朝夕相处的叶挺、项英、周子昆？是教导总队的教官、学员的壮烈突围，还是面对相濡以沫的妻子邱一涵和不满两岁儿子的愧疚……

袁国平践行了他在皖南部队突围动员时所讲的"如果我们有100发子弹，要用99发射向敌人，最后一发留给自己，决不当俘虏！"的誓言。

枪声震撼了山川大地，震撼了战士们的心。这是1941年1月15日凌晨，被周恩来称为“同室操戈，千古奇冤”的皖南事变7日战斗的最后一日。

皖南的山可以做证，皖南的水可以做证，皖南的老百姓都在传说，那夜雨后，天上升起了一颗星星，很亮很亮……

今天的我们当凝视袁国平的肖像照片时，常常让我们想到另一位烈士瞿秋白。他们款式相同的圆形眼镜，勾勒出一幅典型的20世纪30年代知识分子的脸庞。“砍头只当风吹帽”的惊天地、泣鬼神的英雄壮举，似乎与他们知识分子的身份有着强烈的反差。是什么力量，让他们从被讥笑为手无缚鸡之力的读书人中脱颖而出，镇定自若地在生死抉择关头选择了死，或向自己的太阳穴射出了子弹，或在刑场上令刽子手开枪，人生如此谢幕怎能不让铁石心肠的人也为之动容？信仰的力量是最为强大而恒常的，为信仰而死也是最为神圣而绚丽的。袁国平、瞿秋白临难不屈，以特殊的方式结束了自己的生命，是他们终生信仰之花的璀璨绽放。对于共产主义无比坚定的信仰，使袁国平、瞿秋白坦然地对待生，淡然地对待死，一扫旧文人的懦弱和酸腐，成为中国知识分子中刚毅勇烈的硬汉，他们是中国革命的真正英雄！

今天的我们当凝视袁国平的肖像照片时，常常让我们想起古代的抗倭英雄戚继光、抗清名将史可法。戚继光（1528—1588）是我们中华民族的民族英雄，在反对海外异族入侵的抗倭斗争中，他身经百战，屡建奇功，又善于思考，及时总结，写成杰出的军事著作流传于后世，他曾有《马上作》，诗云：“南北驱驰报主情，江花边月笑平生。一年三百六十日，多是横戈马上行。”史可法（1601—1645）身为南京兵部尚书，他在扬州南门城楼上，面对刽子手的劝降，他大义凛然：“我身为明朝大臣，岂肯偷生做万世罪人！”刽子手见劝降不成，即拔出佩刀朝史可法砍去，史可法迎着刀锋，巍然挺立不动，刽子手被史可法的正气镇住了，倒退数步后连呼几声：“好男儿！”史可法也有父母、妻儿，他在《忆母》诗中写道：“母在江之南，儿在淮之北。相逢叙梦中，牵衣喜且哭。”难怪袁国平的少时好友袁政德有诗礼赞袁国平烈士：“抗日胸怀戚少保，捐躯气壮史将军。”

正是有了像袁国平这样为了追求理想而英勇献身的无数殉道者，支撑着中华民族不畏强敌、不惧艰险、不怕牺牲的脊梁，他以自己宝贵的生命谱写了一曲感动中国的英雄史诗。

突如其来的意外事件把战士们都震惊了，他们围在袁国平身边痛哭失声。由于周围还有顽军，同志们草草遮盖了袁国平的遗体，李甫找到当地三个老乡，请他们负责料理掩埋。这三个老乡一个是二十多岁的青年男子，两个是四五十岁的妇女。听说是袁国平牺牲了，当地老乡边哭边骂：“作孽的！杀害这些好人真是罪恶滔天。”并连声劝他们快走，答应想尽一切办法安葬袁国平。战士们脱帽默哀片刻，擦干泪水，带着袁国平的勃朗宁手枪等继续前进。

由于当时情况紧急，3 个老乡未来得及完成李甫的委托，后来被突围路过此地的军部参谋刘奎发现，他与当地老乡及随行战士一起掩埋袁国平的遗体，并做了记号——在青砖上刻了“袁国平”三个字放在衣服口袋里。

李甫离开章家渡以后，在山里转了两三天，到了繁昌附近。碰见了只身突围出来并已化了装的军部组织部的一个科长，李甫将袁国平的情况向他作了汇报，以后又碰到特务团三连副连长带的三四十人，两支小部队会合后，科长指定李甫负责组织指挥。

哪里知道，当他们在小村子里老乡家休息时，被顽军在山上的观察哨发现了，接着顽军从四面八方包围过来，李甫带着部队向斜岔的山上冲去，利用山势和丛林组织抵抗，就在这时，科长和三连副连长等大多数同志都牺牲了，李甫的右手也被打断，他躺在树丛石峰间，他真想和敌人拼了，但一想到袁国平主任交给他向党汇报的任务还没有完成，如果自己再牺牲，可能再也没有人能将袁国平的情况向党报告了。

李甫决心活着回到部队，完成袁主任最后交给的任务。李甫把自己隐蔽好，直到当天夜晚，搜山的顽军撤走了，李甫才出来，趁着夜色进村找到老乡。这里的老乡对新四军非常好，帮助李甫治疗，还掩护他冲出顽军的包围圈，一站接一站地转移了好几个地方。在乡亲们的帮助下，又经过五六天，终于渡过了长江。

一到江北，李甫就找到新四军第七师政治委员曾希圣，把袁国平主任壮烈牺牲的经过向曾希圣作了汇报，并把袁国平的勃朗宁手枪等遗物等交给了曾希圣。当时的参谋长孙仲德也在场。袁国平交给李甫向党汇报的任务完成了，袁国平那种坚强不屈、以身殉国的崇高形象，令李甫终生难忘。

时光荏苒。那是袁国平牺牲 20 年之后的 1960 年，江苏省委第一书记江渭清带着袁振威去看望安徽省委第一书记的曾希圣，曾希圣对袁振威说："你父亲真了不起，情愿自己牺牲也不连累战友、不当俘虏。人家都是战士为了掩护首长而牺牲，你父亲却为部下、为战士而英勇自尽，世上少有。"江渭清则说："恐怕也就他一个。"曾希圣还说："你父亲到最后时刻都没有忘记交代战友把随身携带的笔记本和仅有的 7 块大洋作为党费交给组织，并要求代他向组织汇报。"两位前辈都异口同声地说："你要记住他，记住这血海深仇，永远不要忘记！"

苍生永记，青山不忘！

人世间的每一个人终有一死，这是没有区别的。区别在于死的价值不同，有的人死后无声无息，有的人死后别人拍手称快，有的人死后被人无限怀念。几十年，上百年，千秋万代，人们都怀念他。英雄的袁国平是永生的，因为，他永远活在人们心里！

20 世纪的中国，涌现出一批批时代先锋、民族精英，其中一位，就是袁国平。

当他重伤难行，为了不拖累部队行动，将生的希望留给战友，袁国平自己举枪自戕，壮烈牺牲，将宝贵的生命献给了革命事业，实现了他"舍身赴敌，战死沙场"夙愿！这是一种生命的大彻大悟，是理智提前穿透时间和肉体，而预先规划自己的生命，是人类最敏感和最高贵的心才有的特殊现象。

尾声

也许你会常常扪心自问：我们从哪里来？ 又要到哪里去？

谁还能记得我们的昨天？ 谁又能知晓我们的明天？

不记得昨天、不知晓明天，今天的意义又在哪里？

今天是昨天的继续，今天烙上了昨天的印记，又昭示着明天。

走进今天，活在当下，为什么那么多昨天的东西依然顽强地嵌入今天和明天——比如流血和战争？为什么那么多昨天的特质依然在支撑着社会的运行——比如忠诚和奉献？ 为什么那么多昨天的底蕴今天依然受到人们的膜拜——比如信仰和丰碑?

丰碑是精神的凝聚、思想的旗帜，是一个民族灵魂的金字塔，矗立在人类社会前行的长路上。丰碑是一个民族的风帆，在历史长河里高扬。丰碑是不灭的精魂，支起钢筋铁骨，筑成一个民族的品格与气质。历史的丰碑，兀立于思想的峰峦，独行在精神的荒原，神圣之光在霹雳中绽放，辉映着人类思想的星空。

丰碑是灯，照亮夜行的路，在险山恶水间指引先行者的脚步。

丰碑是火，点燃熄灭的灯，引来天火燎遍千年洪荒亘古长夜。

丰碑是旗帜，崛起于阡陌之中，聚起同志千千万。为了民族大义和人民利益，中国共产党人艰苦卓绝，血肉之躯化作不朽的丰碑。越是狂风暴雨、腥风血雨，越是丰碑矗立、红旗漫卷。

血染的忠诚，如歌的丰碑，是在阴冷潮湿的牢笼里低回，把牢底穿透的《囚歌》；是《义勇军进行曲》悲壮而激越的旋律伴着镣铐声，发着铿锵的节奏；是在漫漫长夜里唱着《国际歌》走向阴森刑场的不屈的头颅；是雄壮激昂的《新四军军歌》在山河间奋力奔腾的气势!

沙砾上立不起刚壁千仞，水面上浮不起泰山万钧。忘记历史，就意味着背叛，没有丰碑，会在凄迷风雨中失去方向，会在鼓角铮鸣、刀光剑影中失去斗志。缅怀先贤，告慰英烈，牢记历史，传承遗志，是民族的良心和社会的道德，是太平盛世须臾不可忘却的记忆。

丰碑永驻，千帆竞渡，红旗指处，万木争春。丰碑的骨骼撑起共和国的大厦，共产党的旗帜与丰碑同辉。时时凝望岁月风雨中高耸的丰碑，时时拂拭时光烟尘留下的苍痕，是历史赋予的神圣职责，是面对未来的庄严承诺。

袁国平，就是一座英雄的丰碑，就是一首壮丽的史诗。

我们这一代人崇尚英雄，像杨子荣、董存瑞、邱少云、雷锋……

中华民族五千年古风浩荡，五千年正气长存。每临乱世大难必有英豪揭竿而起，每逢国运多舛总有雄杰扬眉出剑。一路筚路蓝缕，一路风流竞显，一路千古绝唱。满腔热血、一身铁骨。那是屈原望楚天山河破碎，长歌当哭后悲愤的旷世一蹈；是荆轲风萧萧兮易水寒，壮士一去兮不复还的慷慨悲歌；是苏武牧羊风刀雪剑十九载，归心不改的民族气节；是岳飞怒发冲冠仰天长啸，踏破贺兰山缺的得得马蹄声；是辛弃疾吹裂长夜笛把栏杆拍遍，金戈铁马气吞万里如虎的豪迈长吟；是文天祥零丁洋里望长天，留取丹心照汗青的千年一叹。舍生取义，杀身成仁，一幅中华民族壮丽斑斓的画卷，就是一代英雄建功立业、树碑立传的历史。

当我接受写作《袁国平烈士传》的任务时，有人问是袁隆平吗？我说，不是，有一字之差。有历史学家问，是在上饶集中营壮烈牺牲的吗？我说，不是，他是在身中四弹的情况下，为了掩护战友迅速突围，自戕壮烈牺牲的，为民族的解放流尽了最后一滴血。术业有专攻，他是研究古代史的专家，这现代史、党史、军史不能苛求他全都知道。

生命存在于历史里有两种方式：一是腐烂，一是燃烧。被历史记载着，这是燃烧。

今天的人们，阅读历史专著中的"南昌起义"一节，可以知道，这是中国共产党人运用枪杆子的第一次实践。当年在南昌城头指挥战斗、随后赶来参与战斗、暗中支持起义的，有中华人民共和国成立后被授衔的元帅（朱德、贺龙、刘伯承、聂荣臻、林彪、叶剑英、徐向前）和将军（陈赓、粟裕、许光达、张云逸、谭政、罗瑞卿）们。如此众多的未来高级将领汇聚于南昌起义，绝不仅仅是历史的巧合。

当然，袁国平也参与了南昌起义，只是他没有等到共和国授衔的那一刻。我们参与创建红军、新四军的一些杰出将领，今天很多人已不知道或不记得他们的名字了，这些人过早地消失在历史帷幕的后面。但是他们在红军、新四军初创时期起到了非常重要的作用，他们惊天地、泣鬼神的英雄事迹依然让人永世不忘，袁国平就是其中的一位，他激励着无数国人为了实现中国梦而不懈奋斗！

莎士比亚有句名言："生命短促，只有美德留传后世。"袁国平就是这样一位生命短暂，但革命生涯波澜壮阔的英雄。袁国平早年考入湖南省立第一师范，与毛泽东是校友。1925年考入黄埔军校第4期，同年加入中国共产党，次年参加国共合作的北伐战争，亲历了叶挺独立团攻克汀泗桥、贺胜桥和武昌的战役，率部保卫了中共第五次代表大会。他短暂而光荣的一生却与中共党史、军史、现代史有过许多交集，比如他参加了南昌起义、广州起义、鏖战陆海丰、两战长沙、湘鄂赣斗争、入闽作战，以及在中央苏区的五次反“围剿”、万里长征、抗日战争等。曾任红四师党代表、红五师师长、湘鄂赣特委代理书记、红三军团政治部主任、红军总政治部副主任、红一方面军政治部代主任等职。从江西瑞金出发参加红军长征，一年后到达陕北吴起镇，任西北革命军事委员会后方办事处政治部主任、红军学校政治委员，创办抗日红军大学任训练部长兼三科政委、抗日红军大学第二校政委、庆阳步校校长兼政委。全国抗战爆发后，他担任中共陇东特委书记兼八路军驻陇东办事处主任。1938年3月，担任中共中央东南分局（东南局）委员、中央革命军事委员会新四军军分会常务委员会委员、新四军政治部主任，是新四军领导成员之一。他在抗日统一战线的特殊条件下，在继承红军优良传统的同时，开拓了新四军的政治工作，他协助军长叶挺、副军长项英，高擎我党、我军抗日救国的旗帜，组织部队向苏南、皖中、皖东敌后挺进，开展大江南北游击战争，创建敌后抗日根据地，广泛开展统一战线工作，团结各阶层爱国人士共同抗日，做出了卓越的贡献。1941年1月15日，在皖南事变突围战斗中，为了不影响部队行动，不连累战友，举枪自戕，将宝贵的生命献给了革命事业，实现了“愿以最后一滴血贡献于国家民族”的誓言，牺牲时年仅三十五岁，这是皖南事变中最为悲壮惨烈的一幕。

袁国平就是一位“生命短促，只有美德留传后世”的人。

袁国平就是一座永远的丰碑，请接受我们最崇高的敬礼!

秦淮流千载，雨花添风韵。

雨花台地处古都南京的南郊，是两三百万年前古长江与其支流秦淮河在这一带交汇而堆积成的砂砾石冈区，因盛产色彩斑斓、晶莹秀丽的玛瑙石，自古被称为石子冈、玛瑙冈、聚宝山等，分东、西、凤台三冈。相传在公元6世纪初的梁代，高僧云光法师于东冈高座寺筑台讲《法华经》，一时天女献花，天厨献食，此后东冈便被称为雨花台。

雨花台一带冈峦起伏，河塘纵横，保存有众多的遗址古迹。被史学界公认南京城市起源的第一座古城越城，是越国大夫范蠡于公元前472年建造。它南倚雨花台，东靠赤石矶，控江临河，形势险要。六朝时，内秦淮河南岸有山冈，与雨花台之间有长条形平地，为吏民杂居之所，江东称山垄之间为“干”，或名长干；“里”，古代集市的居民区通名。唐代著名诗人李白“同居长干里，两小无嫌猜”、崔颢“同是长干人，生小不相识”等吟咏长干里的诗句美妙动人，传诵千古。

雨花台一带寺庙塔宇鳞次栉比，俗话说：“出了南门尽是寺。”早在六朝时期，这里的佛寺庙宇已达数十座之多。其中建佛寺最早的是孙吴大帝孙权于赤乌年间(238—251)，是为天竺僧人康僧会所建，为江东的第一座佛寺；同时建造的阿育王塔则是江东最早的佛塔。气冲霄汉的九级琉璃宝塔大报恩寺，是在明成祖朱棣的苦心经营下，历时19年建成，成为中古时期世界七大奇观之一。

位于安德门西南方的雨花台一带，这里的花农喜爱种金菊，清朝乾隆皇帝下江南时，人们将最名贵的菊花陈列在大路旁，乾隆见金菊怒放，灿若云霞，便停轿步行欣赏金菊，随口呼出“真乃菊花台也”，从此人们便称此地为菊花台。

雨花台烈士陵园位于南京市中华门南。雨花台风景区包括雨花台烈士陵园、菊花台九烈士陵园，及望江矶、花神庙一带山丘绿地。这里曾经是国民党政府屠杀共产党人的刑场，近10万革命先烈在此遇难。新中国成立后，党和政府在此兴建烈士陵园，近年又新建了烈士群雕、纪念碑、纪念馆等建筑。

项英、袁国平、周子昆——皖南事变三烈士墓就坐落在雨花台西南2公里的花神庙望江矶上。

中华人民共和国成立后，袁国平的夫人邱一涵和项英、周子昆的家人分别向组织上反映，要求寻找烈士遗骸，正式予以安葬。1952年7月29日，经中央军委批准，决定由华东军区（今南京军区）负责寻找三烈士遗骸、安葬工作开始启动。

华东军区政治部组织部邵德孚、汤汉祥具体负责，时任解放军军事学院院长兼政治委员的刘伯承特派曾参加掩埋三烈士的学员刘奎，参加寻找烈士遗骸工作，于1952年8月14日专程赴皖南泾县袁国平牺牲地点和项英、周子昆遇害地点，在当地人民政府的帮助下，终于寻找到三烈士的遗骸，分别包装，做上标记，从安徽省泾县运抵南京，由华东军区总医院负责烈士遗骸的复原组合工作。

墓址选择在雨花台望江矶上，根据陈毅的建议参考了任弼时墓的设计样式，采用中式结构建墓，穹窿顶、馒头形。苏州花冈石厂技艺精湛的师傅，用铁凿一锤一锤地凿洗出来，从选择墓地到工程完工，历时两年之久。

三烈士墓的碑文正面称“某某同志之墓”，上嵌立碑时间，下嵌立碑单位，这样体现了革命队伍中亲密的同志关系。

碑文当请一位德高望重的书法名家来书写，人们想到了萧娴，她是康有为的关门弟子，柔韧刚毅的笔法令人十分满意，请她收取一定的服务费时，她说：“项英、袁国平、周子昆是新四军的3位领导，在皖南事变中壮烈牺牲，请转告军区领导，书写碑文这是我的本分和义务，决不能收费。”

这让人十分感动！

吊唁瞻仰日期定于1955年6月16日至18日共三天，南京军区司令部、政治部、后勤部各派2名部长轮流参加三天的守灵和接待，陪同吊唁。出殡安葬仪式于6月19日上午举行。唐亮、陈伯钧、钟期光、宋时轮4位上将，郭化若、余立金、张震、聂凤智、姚喆中将等数十名开国将军，时任江苏省委第一书记江渭清、省长惠浴宇等省、市级领导，群众，以及袁国平、邱一涵的许多战友共400多人参加了安葬仪式。

后来的人们将铭记着党和国家、军队和领导人以及著名人士等对袁国平的崇高评价——

中华人民共和国主席、军委主席毛泽东说：他是我军的宣传鼓动家。

中华人民共和国国务院总理周恩来说：他牺牲是非常英勇的，是政治工作的专家，对我们军队建设贡献很大。

中国人民解放军元帅、中央军委副主席徐向前说：袁国平烈士永垂不朽！

中国人民解放军上将、中国军委副主席迟浩田说：袁国平同志是一位我所尊敬的在党史、军史上有重要影响的英雄人物……从 20 世纪 20 年代中期至 30 年代末，风起云涌的大革命史和土地革命史中许多重大事件，特别是我军艰难创建发展时期的重大历史事件，都留下了他坚定而光辉的足迹……袁国平同志壮烈牺牲后，因种种原因长期没有得到公正的评价和应有的宣扬。他的革命业绩也因此被湮没了数十年。袁国平烈士对我们军队的建设，对新四军的组建与成长，特别是对新四军政治工作的开拓和发展做出了卓越贡献。他对党和人民的无限忠诚，对共产主义理想的坚定信念和牺牲一切为革命的献身精神，是革命军人优秀品质的光辉体现，永远值得我们学习。

中国人民解放军元帅、中央军委副主席刘伯承说：他是很优秀的政治工作领导者和红军著名的理论家，既有远见卓识，又能身体力行。不仅学员、干部喜欢，毛主席对他也很欣赏。他曾提出要把红大学员培养成“政治方向要坚定正确，工作作风要艰苦朴素，战略战术要灵活机动”的指挥员，以及学校生活应该“团结、紧张、严肃、活泼”。这些后来就被毛泽东总结为抗大的教育方针和校训及我军的建军方针并长期沿用。

中国人民解放军元帅、中央军委副主席陈毅说：他很有才华，是新四军的三大才子之一。红军时期就经常编写剧本，创作歌曲、诗词，他常常骑在马上打腹稿，下马就是一篇好文章；长征中他用原韵和了毛主席的长征诗；在新四军他主持创作了新四军军歌，还创作了《别了，三年的皖南》的东进歌，写了很多好文章；他是有名的宣传鼓动家，很会做政治工作，我们有很好的友谊。

中国人民解放军上将、中央军委副主席张震说：袁国平同志是久经考验的共产主义战士，杰出的无产阶级革命家，中国工农红军和新四军的高级指挥员、卓越的政治工作领导者。

“从戎黄埔军校，首义南昌，发展红军丰功在；纵横湘鄂赣边，抗敌江南，坚持革命壮志存。”全国政协副主席、中顾委常委王首道为战友袁国平所书写的这副挽联，高度概括了袁国平一生的不朽功勋。

“黄埔潮歌始识荆，挥戈北伐著勋名。抗倭一叶江南并，衡岳湘鄂泣大英。”此是毛泽东的姑表弟、袁国平黄埔军校第四期同学、全国政协委员、原国民党中将文强悼念袁国平的诗。

2010 年 10 月 30 日中国人民解放军总政治部根据中央指示在《人民日报》和《解放军报》同时发表了《中国工农红军和新四军卓越的政治工作领导者》一文，称：“袁国平同志是久经考验的忠诚的共产主义战士，杰出的无产阶级革命家，中国工农红军和新四军的高级指挥员、卓越的政治工作领导者。他在短暂而光辉的一生里，为中国共产党领导的革命事业和人民军队的成长壮大建立了卓著功勋，为我军政治工作建设做出了不可磨灭的贡献。”

袁国平牺牲时，邱一涵年仅三十四岁，但她一直孤身独处，不管到哪里，身上都珍藏着丈夫生前的照片。在她的卧室上方始终挂着丈夫戴着眼镜，身着戎装英俊潇洒的半身照片。就这样寄托深情，陪伴英灵，终其一生。

皖南事变前，根据军部的安排，邱一涵与李一氓夫人王仪、胡立教夫人顾明结伴同行，于 1940 年 12 月撤离皖南到达上海。皖南事变后，新四军重建军部，她又转移到苏北盐城，丈夫袁国平牺牲的噩耗传到她耳中后，撕心裂肺的悲痛把这个长征中蹚过来的钢铁女战士煎熬得犹如万箭穿心。然而，当夜深人静，她凝视着丈夫的遗像，读着丈夫的遗诗，忆起与丈夫同生死共患难的一幕又一幕，她坚信丈夫是忠心耿耿、无私无畏的革命英雄，他为中华民族流尽了最后一滴血。邱一涵擦干眼泪，振作精神，化悲痛为力量，与战友们一道浴血奋战，迎来了抗日战争、解放战争的胜利。

中华人民共和国成立后，邱一涵任中共江苏省委常委兼纪委书记、省监委书记，因病英年早逝。

1956 年 11 月 2 日，邱一涵积劳成疾不幸逝世，她的生命年轮定格在永远的四十九岁。民政部颁发了革命烈士证书。

这位中共党史上第一位女县委书记、红一方面军 30 位参加长征的红军女战士之一，用裹过小脚的脚走完了两万五千里长征。

逝世前，这位从不向组织提要求的邱一涵“破了一回例”：请求与挚爱的丈夫袁国平合葬。组织上明白自己优秀女儿的心迹，同意了她的请求。在他俩合墓的碑文中写道：“邱一涵烈士 1907 年 12 月 27 日生于湖南平江县，1926 年参加中国共产党；是中央红军 30 名长征女战士之一；曾任抗大四分校、雪枫大学、华东军大政治部主任，中共江苏省委常委兼监委书记，华东妇联主任；是全国第一次人民代表大会和中国共产党第八次代表大会代表；1956 年 11 月 2 日因积劳成疾病逝，与其夫新四军政治部主任袁国平烈士合葬于此。”

葬礼上，她的生前战友亲自执绋，数十名将军，数百名干部、群众与她的独生子袁振威一起将灵柩送入陵寝。其中，除了时任中共江苏省委第一书记江渭清、省长惠浴宇，还有高级步校校长宋时轮、南京军区政委唐亮、军事学院政委钟期光三位上将，和郭化若、张震、姚喆、唐延杰、张藩、张崇文中将等数十名开国将军。战友们用中国最传统的方式为这位湖南女儿送行，去与她的丈夫相逢、与战友们相聚。

望江矶上，墓碑耸立，松涛起伏，鲜花绽放，昭示着英雄之魂不朽；
雨花台前，历史无言，精神长存，思想闪光，标志着史诗之篇永恒。

2006年中央文献出版社出版了江苏省委党史工作办公室等编的《袁国平文集》，2014年中共党史出版社出版了江苏省新四军和华中抗日根据地研究会编的《袁国平纪念文集》。

在纪念袁国平诞辰一百周年之际，根据中央领导的指示精神，江苏省委党史工作办公室、省广播电视总台、省新四军研究会和南京电影制片厂联合创作摄制了《将军·父亲》四集人物传记片，于2006年5月24日在中央电视台如期播出，后又在凤凰电视台播出，传记片播出后引起强烈反响，观众们纷纷表示，难得一见这样的好片子，袁国平将军的革命精神和崇高品质教育人、感染人，他的英名将永远值得人我们后人铭记。袁国平的英雄事迹深深地感动了我，我是在含着泪水写成此本纪实文学第一稿之后，从网上检索和从袁振威教授寄赠的碟片上收看的，袁国平的英雄事迹再度让我热泪盈眶。

2014年9月1日，中共中央、国务院批准袁国平为首批著名抗日英烈。

2015年12月12至13日在国家公祭日之际，中央电视台新闻联播在“重读抗战家书”节目中，连续两天播送了袁国平的生平事迹，展示了中国共产党人在抗日战争中的中流砥柱作用。主持人在结束语中说，袁国平在战斗动员时对战士们说：“如果我们有100发子弹，要用99发射向敌人，最后一发留给自己，决不当俘虏。”在扣动扳机的一刹那，袁国平用生命践行了承诺。他在家书中说：“世界上应该有一些像我们这种不聪明的人。”这个“不聪明”当然是加引号的，这个“不聪明”，在有些人看来是一种“傻”。然而，无论是抗战岁月，还是今天这个时代，我们身边都需要、也从不缺少袁国平这样的“不聪明”的人。这种“不聪明”的本质，是无怨无悔的看齐意识——向信仰看齐，向坚守信仰信念的人看齐。这种“不聪明”的底色，是钢铁的颜色——铁一般的信仰，铁一般的信念，铁一般的纪律，铁一般的担当。岁月挪移而底色不改，中国共产党人才能始终引领国家发展、时代前行。

2016 年 1 月，光明日报出版社出版了《邵阳文库·袁国平集》。

青山有幸埋忠骨。如今，位于雨花台烈士陵园附近的皖南事变三烈士墓，庄严肃穆，气势开阔，早已成为江苏省文物保护单位。每逢清明和重大节日，烈士遗属、解放军战士、普通群众，以及朝气蓬勃的青少年们，都会前往三烈士墓前祭扫和瞻仰，表达对先辈英烈的思念和崇敬之情。

埋骨厚国土，肝胆两昆仑。袁国平和无数革命先烈，以他们“血荐轩辕”的不朽宏志，铸造了今天中华大地的欣欣向荣。英雄魂留雨花，精神长存!

后记

创作“雨花忠魂”纪实文学丛书之一的《袁国平烈士传》，对我来说既不陌生，又有挑战。我是写散文起步的，1979 年 1 月开始在报刊上发表散文的，20 世纪 90 年代写过一批社会特写，更多时候的工作是研究经济政治，业余爱好是文学历史，五十岁后有一顿悟，我应在人物传记上有所突破。我选择的对象是中国历史名人，所以出版了施耐庵、罗贯中、吴承恩、张士诚、王艮、高谷的传记等等，近代或民国的人物我关注了全国公布的第一批抗日烈士——马玉仁（土匪抗日）、陈中柱（断头将军），因为他们的主要活动经历是在民国，我对现代史、党史、民国史做了广泛阅读和深度研究。写某一个英烈，排出他的年表，采访其后人、友人等，再到传主流徙过的地方走一走，尽可能还原历史场景，写出独到个性的人物传记、纪实文学。我们当今写传记比司马迁优势的地方是有网络，可以检索，但同时要与传统书刊校核原文，找到出处，还要去伪存真。人物传记的写作、纪实文学的创作需要文史兼备、诗真合一，首先是历史的，然后是文学的，可以想象但不容虚构。所以写人物传记难矣！像飞机在航母上的降落，那是在"刀尖上的舞蹈"。人物传记是在文史地"三个鸡蛋上的舞蹈"，既要不踩碎鸡蛋还要将舞姿跳得潇洒，是特定时空背景下的典型的人物形象。既要文学叙事上的"天马行空"，又要历史事实上"步步为营"。我写古典文学名著作家时首倡"三重证据法"（地下文物、纸上材料、民间口碑），在写雨花台英烈也可借鉴。为了写出填补空白的作品，或写出最好一本传记，我的常用方法是"竭泽而渔"，尽可能地占有所有资料，然而全息思维、综合分析、系统思考。一切历史都是当代史，写历史人物还不能就历史谈历史，应从当代人的视角切入历史，钩沉历史，能够写出符合史实、好看耐读的作品。我写纪实文学提倡"无一事无来历"，而不是"无一字无来历"；我不同意有人说的"大事不虚，小事不拘"的说法，如果真是这样，岂不是与所谓的纪实小说一样，与历史演义一样了吗？

接受写作任务以后，我像是跟随英雄袁国平率领的部队转战各地，发扬英雄精神放弃了所有的节假日，全力以赴投身到纪实文学的写作之中去，采访、创作、修改。我涉及的课题又是少人问津的领域，至今没有一本全景式描写皖南事变的纪实文学文本。这时候我才感觉到《雨花忠魂——雨花英烈系列纪实文学》丛书是江苏省作协组织实施"重大题材文学作品创作工程"的重中之重的重。这期间写过两首诗反映了此时的心路历程。一是《英雄史诗》：

寻找英雄发现诗，皖南喋血寸心知。雨花忠魂织袁传，横也丝来竖也思。

二是《登望江矶缅怀袁国平》：

黄埔北伐忆昔年，南昌广州两起源。五反“围剿”建奇功，万里长征过天险。创造铁的新四军，捐躯抗战第一线。望江矶上流风远，心绕雨花烈士园。

罗曼·罗兰说过：“伟大的心魂有如崇山峻岭”，“我不说普通的人类都能在高峰上生存。但一年一度他们应上去顶礼。在那里，他们可以变换一下肺中的呼吸，与脉管中的血流。在那里，他们将感到更迫近永恒。以后，他们再回到人生的广原，心中充满了日常战斗的勇气。”①写作《英雄史诗》的过程也是心灵净化、灵魂升华的过程。实现与传主英雄精神境界的接通，我们的立意才可能高远广阔，才有可能立起一座座可供人们变换呼吸、顶礼膜拜的精神峰峦。

盖棺论定，尘埃落定。

袁国平是我们的英雄，我们民族的英雄！

一个没有英雄精神的个人，是心灵荒凉的个人；

一个没有英雄精神的民族，是前程黯淡的民族。

英雄精神的质量可以改变个人与世界的命运。

一位哲人说过，没有英雄的民族，是世界上最可怜的民族；有了英雄，而不知爱戴、纪念、崇仰的民族，是没有希望的民族。

袁国平恰如昨夜星辰，依然闪烁在浩瀚的天空，将永远为后人所景仰。

马克思说过：“历史本身就是审判官。”历史是公正的，人民是有

---

① [法]罗曼·罗兰：《名人传》，傅雷译，译林出版社2010年版。

情的。无论要经历怎样的艰难和曲折，蒙受多么严重的冤屈和污垢，最终人民是不会忘记任何一个曾经为人民做出有益的事情的人。历史不容歪曲，历史终究是历史，最终会以本来的面目出现在人类发展的历史长河中，是什么样，就是什么样。

写作本书的过程，许多专家、学者、编辑给予了热情的支持，能够按时完成写作任务，首先感谢袁国平之子袁振威教授提供了不少第一手珍贵史料，笔者曾两度登门采访，他都给予了热情接待，为笔者完成本传创造了极为有利的条件。写作中除参考文献已在书中注明外，还得到了董恒峰、吴逵隆、万维干、尹仕民的帮助，江苏省党史学会副会长兼秘书长张衡提出了很好的审读意见，在此一并表示谢忱。

当我把第五稿改完，已是紫薇花开的季节。我按照签约合同的时间，我应该按时交稿。袁国平是一部读不尽、写不完的大书，对于我来说，这仅仅是开始。它是没有句号的。

浦玉生

于智慧城书巢

参考文献

1.《雨花魂》，江苏省委党史办等编，中共党史出版社，2015 年 2 月；

2.《袁国平文集》，袁国平著，中央文献出版社，2006 年 5 月；

3.《邵阳文库·袁国平集》，王国强、刘斌、贺兆瑞主编，光明日报出版社，2016 年 1 月；

4.《袁国平纪念文集》，肖茂修主编，中共党史出版社，2014 年 10 月；

5.《袁国平传》，董恒峰著，江苏人民出版社，2016 年 6 月；

6.《追寻先辈的足迹》，袁振威主编，中共党史出版社，2016 年 7 月；

7.《回忆黄埔军校》，陈惠丰主编，中国文史出版社，2015 年 1 月；

8.《黄埔教父孙中山》，曹群著，东方出版社，2014 年 1 月；

9.《中国红军》，陈伙成著，江西人民出版社，2007 年 6 月；

10.《中国工农红军长征记》，郑广瑾、方十可著，河南文艺出版社，2006 年 10 月；

11.《叶剑英元帅》，纪学著，解放军文艺出版社，2007 年 1 月第 2 版；

12.《彭德怀元帅》，纪学、曾凡华著，解放军文艺出版社，2007

年 1 月；
13.《朱德元帅》，刘学民、王法安、肖思科著，解放军文艺出版社，2007 年 1 月；
14.《彭德怀自述》，彭德怀著，人民出版社，1981 年 12 月；
15.《蔡锷大传》，谢本书著，广西师大出版社，2013 年 3 月；
16.《从军日记》，谢冰莹著，江苏文艺出版社，2010 年 3 月；
17.《千秋付与如椽笔》，王大鹏编著，商务印书馆，2010 年 12 月；
18.《跟着毛泽东打天下 · 抗日烽火》，马宏伟、李瑞芳著，湖南人民出版社，2009 年 4 月；
19.《福地闽风写春秋》，楚欣著，海峡文艺出版社，2015 年 5 月；
20.《长征》，王树增著，人民文学出版社，2016 年 9 月；
21.《忆长征》，杨成武著，现代教育出版社，2005 年 8 月；
22.《永远的丰碑》，中共中央宣传部新闻局等编，学习出版社，2005 年 6 月；
23.《杨开慧》，余艳著，湖南文艺出版社，2013 年 11 月；
24.《红军长征史》，中共中央党研究室第一研究部编著，中共党史出版社，2006 年 3 月；
25.《中国工农红军长征亲历记》，李海文主编，人民出版社，2010 年 8 月；
26.《这里是红军走过的地方》，降边嘉措著，作家出版社，2013 年 1 月；
27.《红色记忆：中央苏区报刊图史》，傅柒生、李贞刚著，解放军出版社，2011 年 1 月；
28.《朱克靖传》，赵勤轩、康青星著，中共党史出版社，2006 年 7 月；
29.《聂荣臻传》，刘秉荣著，中国文史出版社，2011 年 10 月；

30.《徐向前传》，张麟、马长志著，中国文史出版社，2014 年 3 月；
31.《田汉评传》，董健著，南京大学出版社，2012 年 6 月；
32.《铁血雄风》，宋绍明著，长征出版社，1997 年 10 月；
33.《抗日战争》，王树增著，人民文学出版社，2015 年 6 月；
34.《中国共产党历史讲义》，郝国兴等编，山东人民出版社，1983 年 2 月；
35.《云岭漫笔》，甘发俊著，安徽大学出版社，1995 年 8 月；
36.《新四军战役战斗选》，陈忠龙著，中国文史出版社，2000 年 8 月；
37.《中国工农红军第三军团史》，国防大学出版社，1992 年 9 月；
38.《毛泽东的故事》，贾章旺著，中国文史出版社 2013 年 8 月；
39.《历史的回顾》，徐向前著，解放军出版社，1988 年 10 月；
40.《南京名片》，杨新华、杨小苑编著，南京出版社，2016 年 1 月；
41.《黄埔传奇》，刘本森著，江苏人民出版社，2014 年 6 月；
42.《星火燎原全集精选本》，刘伯承、徐向前等著，解放军出版社，2009 年 9 月；
43.《历史：追寻之旅》，金一南著，长江文艺出版社，2015 年 9 月；
44.《云岭交响曲》，邵凯生著，解放军文艺出版社，1997 年 9 月；
45.《铁军——新四军征战纪实》，刘羽霄编著，四川人民出版社，1995 年 3 月。